남녀 실종 지사

남녀 실종 지사

송은일 소설

문이당

작가의 말

'지금 아는 것을 그때도 알았더라면!'이라는 한탄조의 어휘와 만나면 골똘히 생각해볼 때가 있다. 그 말은 지식에 대한 것이라기보다 인식에 관한 것일 터이다. 그리고 어떤 일에 대한 선택과 그 결과가 현재와 달라졌으리라는 의미일 것이다. 그런데 과연 그럴까? 지금의 나와 그때의 내가 같은 사람인데 지금 아는 것을 그때 알았더라면 어떤 선택을 했을 것이며 어떻게 달라졌을까? 알 수 없다.

삶에 대해 모르는 채로 글쟁이가 된 탓인지 날마다 삶을 살고 그에 대해 연구하듯 글을 쓰는데도 삶은 모호하기만 하다. 무엇보다 소설보다 더 소설 같은 현실이 눈앞에서 벌어질 때면 소설도 현실도, 모호하다 못해 어지럽다. 마흔 살에는 자신의 얼굴을 스스로 책임져야 한다고 했는데, 그건 자신의 삶에 어떤 중심을 세워야 한다는 뜻일 텐데, 마흔 중반에 이르러서도 나한테 어떤 중심이 있는지 알 수 없어 불안하기만 하다.

한 편 한 편 쓸 때는 주인공 각각의 삶에 깊이 들어가 있었던 탓에 의식하지 못했다. 흩어져 있던 글들을 모아놓았더니 보인다. 느닷없이 낯선 곳에 부려졌거나 갓 인생을 시작한 듯 서투르고 불안한 몸짓으로 자신의 삶을 부유하듯 서성이는 사람들과 스스로 택했건 주어졌건 자신의 삶의 자장 안에서 기를 쓰며 살아가다 또 다른 선택의 기로에서 불안해하는 사람들이.

여기 모인 글들은 그러므로 삶의 불안에 대한 기록들이라 해야 할 것이다.

2009년 여름

송 은 일

차례 남녀실종지사

4 작가의 말

9 남녀실종지사
43 눈 내리는 날의 숨바꼭질
79 여우비거나 여우별이거나
139 단풍나무와 배추
167 구토
197 매직글라스
223 고사리 장마
255 당신의 혼잣말

283 해설/실종, 존재의 불온성에 대한 내면들_고명철

남녀실종지사

레드바이올렛 카펫

'사회문화 연구소'는 20여 년 전 서후명을 중심으로 한 인문사회학 계통의 젊은 학자 다섯 명이 스터디 모임을 시작했던 방의 이름이었다. 그들은 그곳에서 공부하고 토론했으며 그 내용을 전공자가 논문이나 에세이로 작성해 발표했다. 사회문화 연구소가 작은 동아리를 넘어서 세상에 드러난 것은 인터넷 세상이 열리면서부터였다. 모임이 결성될 무렵 인터넷이 본격화되면서 그들의 글은 온라인을 타고 유포되었다. 글을 발표한 학자들은 오프라인에서도 스타가 되었다. 공부방의 이름이 저절로 모임 이름이 되었고 그들의 글은 각종 지면에도 수시로 게재되었다. 사회문화 연구소에 참여하고자 하는 사람들이 늘어나자 연구소에는 학자들은 물론 학생들과 일반인들도 연구생으로 받아들였다. 학생과 일반인이 연구생이 되려면 절차가 있기는 했다. 사회문화와 일반 상식에 대한 논술 시험을 치러야 했다. 나름대로 까다로운 그 조건에 스스로를 맞추기 위한 의지가 없는 사람은 저절로 걸러지는 조직이 사회문화 연구소였다.

10여 년 전 나는 7기 연구생으로 '사문연'에 들었다. 그곳에 다니지 않았더라면 접해보지 못했을 책을 읽었고 사람들도 만났다. 철철이 떼 몰려 엠티를 다니며 밤새 토론을 벌였고 온라인에서는 수시로 시국의 특정 현안에 대해 밤을 새우며 논쟁했다. 논쟁에 의해 정해진 행동 지침을 따라 각종 현장에도 나갔다. 그 과정에서 심심찮게 커플들이 생기거나 깨졌고 여러 커플이 결혼하고 이혼도 했다. 1기에서 19기까지, 외형적으로는 백여 명의 공식 멤버들이 기수별로 정렬돼 있는 듯한데 속내로는 가시나무처럼 엉킨 채 활동했다. 나도 오랫동안 열혈 멤버 중 한 명이었다. 아니 나는 그저 언재호야(焉哉乎也) 서후명을 유일신으로 삼은 그의 신도였을 뿐이다. 어조사일 뿐이라서 단어 자체로는 아무 뜻도 없는 천자문의 마지막 네 글자 언재호야는 서후명의 인터넷 닉네임이었다가 그의 아호로 굳어진 이름이었다.

지난봄 언재호야의 장례를 끝으로 나의 종교도 사라졌다. 언재가 없는 사문연은 나한테 폐허가 된 사원이었다. 꽃도 십자가도 가져다놓고 싶지 않았다. 그러기는커녕 때로 한 번씩 사문연에 스스로를 종잡을 수 없을 정도로 화가 치밀었다. 언재가 없는데도 그 조직이 존속하다니. 그의 사멸과 더불어 마땅히 해체되어야 하지 않은가. 그들이 스스로 무너지지 않는다면

폭탄이라도 터트리고 싶은 욕구를 가라앉히는 데에도 인내가 필요했다. 그래서 사문연으로 통하는 온라인과 접속하지 않고 오프라인과도 접촉하지 않았다. 그쪽에서 보내온 메일을 발견할 때마다 읽지 않고 삭제했다. 오늘도 사문연으로부터 날아온 여러 통의 메일을 삭제해 휴지통까지 비웠다.

전화 벨소리를 계기로 컴퓨터를 닫고 일어서려는 찰나 커피잔이 툭 넘어지더니 탁자 밑으로 구른다. 한 모금 마셨을 뿐인 커피가 질펀하게 쏟아지며 탁자 아래 카펫으로 줄줄 흐른다. 다행히 컴퓨터에는 닿지 않았다. 읽지 않은 아침 신문을 쏟아진 커피에다 덮어놓고 걸레를 가져다 카펫을 닦으려던 내 손이 문득 멈췄다. 손길이 멈춤과 동시에 카펫을 세탁할 때가 되었음을 깨달았다. 카펫으로 떨어져 내리는 커피를 될 대로 되라는 심사로 바라보며 전화기를 열었다.

「모처럼 전화를 받아주시네요? 저, 현호예요 선배.」

「알아. 잘 지내?」

「선배하고 통화조차 이렇게 어려운데 어떻게 잘 지내요? 지금 어디세요?」

「학교지 어디야.」

퇴근해 집에 온 지 한 시간이 넘었는데 거짓말이 술술 나온다. 녀석이 사문연 사람이기 때문이었다. 그쪽과의 연결 고리를 아예 끊기 위해 탈퇴 절차를 밟을까 하다가 그 또한 중뿔난 짓인 듯해 참는 중이었다.

「저 한 시간 뒤에 퇴근하는데요, 선배 퇴근하시면 저하고 데

이트 하실래요?」

데이트라는 낱말이 굉장히 고전적인, 느닷없는 단어 같다. 서로를 향해 설레는 남녀가 만나서 서로를 탐색하고 눈치 보면서 애가 닳는 시간. 그건 공식적일 수 있는 남녀 관계에만 허용되는 단어인 듯하다. 그렇게 따지면 언재와 나는 데이트를 해본 적이 없었다.

「나, 약속 있어. 맞선 보기로 했거든. 그래서 시간 때우는 중이야.」

「에이, 거짓말.」

현재 스물여덟 살인 현호는 제 대학 3학년 때 14기 연구생으로 사문연에 들어왔고 대학 졸업하면서 종이 만드는 회사로 들어갔다. 원자재 수입이 그가 속한 부서의 주된 임무라는데 늘 설렁설렁해 보이는 게 일을 제대로 하는지 의심스러웠다. 사문연에서 만나는 그는 누구 못지않게 사리분별이 분명하면서 제 주장도 뚜렷한데 개인으로 대할 때는 천방지축인 장난꾸러기 같았다.

「참말이야. 우리 교감 선생님이 주선하신 맞선이야.」

오늘 아침에 교감 선생이 나한테 맞선을 주선한 건 사실이었다. 집 가까운 학교로 온 뒤 늘 출근이 이른 여선생을 성실하게 보았는지 교감이 중신을 자청하고 나섰다. 나는 비밀을 털어놓는 양, 사실은 약혼자가 있노라고, 그가 유학을 가 있노라는 거짓말로 교감의 제안을 물리쳤다. 이전 학교에서도 여러 차례 써먹었던 수법이었다.

「그럼 맞선 보시구요, 상대가 맘에 안 들어서 일찍 헤어지게 되면요, 저를 콜 하세요. 선배가 상대 맘에 들지 못했을 때도요. 제가 금세 달려갈게요.」

「이봐, 현호 씨. 나이 들 만큼 든 여자 가지고 장난하면 못써. 지금은 현호 씨도 어리지 않잖아. 진지하게 사귈 여자한테 진지하게 다가가야지.」

「저는 선배한테 진지하지 않은 적이 없는데요?」

「난 장난처럼만 느껴져.」

「선배가 인생을 너무 진지하거나 심각하게만 여기시는 까닭이죠. 좀 가비얍게 여기는 것도 괜찮아요.」

「나한테 왜 이래?」

「이거 보라니까. 예쁘고 능력이 있어 좋다는데 왜 이러냐니, 너무 심각하잖아요?」

「고맙기는 한데, 내 일은 내가 알아서 할 테니 현호 씨는 동료나 친구들하고 놀도록 해. 그만 끊고.」

전화기를 접고는 탁자를 한쪽으로 치우고 카펫을 천천히 만다. 어머니 사후에 장만한 카펫이었다. 어머니 생전에는 직물러그를 썼다. 어머니는 늘상 깔고 사는 것이니 아무렇게나 빨아 쓸 수 있어야 한다며 한사코 면직의 러그를 고집했다. 3년여 전, 어머니 장례를 치른 며칠 뒤 나는 어머니 투병 기간 동안 내내 빨지 못했던 러그들을 쓰레기봉지에 넣어 대문 밖에 내놓았다. 그리고 텅 빈, 오래되어 마룻장이 삐걱거리는 거실을 살얼음을 딛듯 걸어 다니거나 어머니가 사용하던 흔들의자에 앉아 시간을 보냈다.

텔레비전 홈쇼핑 채널에서 카펫 광고를 보게 된 건 어머니가 떠난 지 백 일째 되는 날이었다. 49재는 절에 가서 지냈다. 아버지 위패를 모신 절에 어머니도 모셔놓았기 때문에 일정 금액의 시주만 하면 절에서 다 알아 해주었다. 그랬는데 백 일은 어떻게 해야 하는 건가, 백 일도 지내기는 하는 건가? 하다가 홈쇼핑 채널에서 10개월 무이자 할부 조건으로 판다는 카펫을 발견했다. 골드베이지와 옐로브라운과 레드바이올렛. 세 가지 색조의 카펫은 커다란 장미꽃 문양이 동일했고 넓이도 각기 두 가지씩이었다. 나는 레드바이올렛 2.5평형을 10개월 무이자 할부로 주문했다. 전화로 주문을 마치고 나서 텔레비전 뒤의 벽에 걸린 어머니 사진을 향해, 엄마 백 일 기념이야, 라고 속삭였다. 그렇지만 카펫 없는 집에서 묵어가는 남자 때문이라는 속삭임을 덧붙이지는 못했다.

세탁소에 전화 걸어 세탁물을 가져가라 하고는 원통처럼 말린 카펫을 안아다 대문에다 기대놓는다. 5분 뒤쯤엔 세탁소에서 가져갈 것이고 일주일쯤 뒤면 깨끗해져 돌아올 터였다. 세탁된 카펫에는 언재의 DNA 한 점도 남아 있지 않을 것이고. 그런데 그러면 그의 흔적이 다 없어지는 건가? 면장갑을 끼고 마당비를 든 채 둘러본 집안 곳곳에는 그의 흔적이 아직 수두룩하다. 그의 손이 닿지 않는 나무들이 없었고 그의 손이 닿지 않는 집기들이 드물었다. 내 집을 비밀 정원이라 불렀던 남자가 그 집 안팎 돌보기를 즐겼기 때문이었다.

아버지는 집 장사를 했다. 중개업이 아니라 자신이 직접 한두 채씩 지어 팔았다. 당시 시 외곽의 시골이었던 우리 집 뜰은 아버지가 팔 집을 짓고 마당을 다듬을 때 이쪽에서 그쪽으로 옮겨 심을 나무들의 임시 거처였다. 아버지는 당신 마당에 대충 심어놓았던 나무들을 다른 마당으로 채 옮겨 심지 못하고 교통사고로 세상을 떠났다. 그 바람에 대충 심겨진 뜰에서 그냥 자랄 수밖엔 없게 된 나무들이 숲을 이루게 되었다. 나는 어머니 생전에 나뭇잎들의 행방을 궁금해본 적이 없었다. 봄에 새잎 돋는 게 당연하듯 가을에 단풍 든 나뭇잎들이 떨어지는 것도 당연했다. 낙엽이 그렇게 어마어마하게 쏟아져 내린다는 사실 자체를 의식해보지 않았다. 어머니가 돌아간 해 가을과 그 이듬해 가을엔 그래서 낙엽과의 전쟁을 준비 없이 치렀다. 어머니를 흉내 내어 불을 때고 나무 밑에 차곡차곡 쌓아 밟고 종량제 쓰레기봉투에 담아 내놓거나 차 트렁크에 담아다 먼 산에다 쏟기도 했다. 작년에는 낙엽이 쌓이는 대로, 날리는 대로 어찌되는지 한번 보자는 심사로 그냥 둬보았다. 안뜰의 은행나무, 후박나무, 참죽나무, 사스래나무, 앞뜰의 나도밤나무, 내장단풍, 세열단풍, 홍단풍……. 뒤뜰의 홍가시나무, 호랑가시나무, 히말라야 삼나무, 천리향, 백서향……. 한 열흘쯤 지나니 낙엽 사태가 났다. 밖에서 대문을 열고 들어오거나 나가기도 힘들어졌다.

그 낙엽을 더불어 치워주던 사람이 사라져버린 이번 가을엔 그래서 때가 되기도 전에 서둘렀다. 날마다 퇴근해 집에 오면 마당에 비질을 해 이른 낙엽들을 아궁이로 밀어 넣어 불을 지피는 참이었다. 불을 지필 때마다 언재가 떠오르는 건 가을에 잎 지듯 당연했다. 카펫 세탁 한 번으로 지워낼 수 없는 그의 세월 또한 집안에 스미어 있었다. 그가 세상에서 사라진 지 고작해야 5개월여가 지났을 뿐이다. 사실 아직 그의 부재조차 실감하지 못하고 있잖은가. 부재를 실감하기는커녕 그가 이 세상에서 자신을 제외시켜 버린 까닭을 납득해보려 기를 쓰고 있었다. 내가 아는 남자와 스스로를 절명시켜버린 남자를 한 인물로 일치시킬 수 없는 혼란이 그치지 않았다. 내가 알던 그는 넘치는 것도 모자라는 것도 없는 사람이었다. 하다못해 비밀 정원까지 지니고 살던 사람이었지 않은가. 그렇다면 왜! 사라진 그를 향한 나의 항변은 언제나 왜에서 막혔다.

몽정

둥그런 봉분 앞에 상석은 없고 焉哉乎也 徐厚銘의 묘라고 음각된 검은 묘비가 서 있다. 언재호야, 네 글자가 아침 햇살을 받아 검게 빛났다. 그의 가족이며 친구들이며 선후배들이 장례를 치른다고 법석을 떨 때 나는 올 수 없었다. 그의 제자나 후배 모습으로 참석할 수도 있었겠지만 그러고 싶지 않았다. 그의 여느 제자나 여느 후배가 되느니 도리를 모르는 몰염치가 되는 게 나았다. 그의 파렴치함에 화가 나기도 했다. 여자한테 너 닮은 딸 하나 낳아줄래? 해놓고 목을 매버린 남자보다 파렴치한 인간이 세상에 또 있겠는가. 딸이 없었다면 또 모른다. 토끼보다 예쁜 딸과 여우보다 아름다운 아내가 있는 남자가 한 달여 만에 찾아와 한 말이 그거였다. 유진아, 너 닮은 딸 하나 낳아줄래? 그는 학회 여행을 마치고 제 집보다 먼저 나를 찾아왔던 길이었다. 그 말을 해놓고 집으로 돌아간 뒤 일주일여 만에 전해온 소식이 자살이었다.

「술들을 다 어째야 할 줄 몰라서, 이대로 가다간 저 환갑 때도 이 술들이 남아 있을 것 같아서 가져왔어요. 두 병 가져왔으니 많이 드세요.」

그가 나를 찾아올 때면 자주 선물이라고 들고 온 게 술병들이었다. 하지만 나와 함께 있을 때 그는 술을 마시지 않았다. 나도 그와 있을 때는 술을 마시지 않았으므로 그가 들고 온 술병들은 마루 한쪽에 오래전부터 놓여 있던 장식품인 양 서 있을 수밖에 없었다.

무덤 속의 언재에게 몇 잔 술을 따르고 따른 술을 스스로 마시는 동안 시간이 무력하게 흘렀다. 분노도 슬픔도 옅어져 무기력했다. 그저 시간이 바람처럼 살갗을 스치고 가는 걸 느낄 뿐이다. 스쳐가는 시간을 따라 졸음이 왔고 졸음에 겨워 가방을 베고 누웠다. 자살할 사람들은 주변에 구조 신호를 보낸다고 하지만 나는 그에게서 일말의 기미도 느낀 적이 없었다. 그의 전화 첫마디는 늘 내 시간 유무를 묻는 것이었다. 유진, 혹시 나한테 내줄 시간 있나? 나한테는 언제나 시간이 있었다. 언제나 시간이 있는 여자를 자기 시간 있을 때만 찾아온 남자는 살고 싶다거나 죽고 싶다거나, 즐겁다거나 우울하다거나 하는 따위의 말을 하지 않았다. 책이나 신문을 읽지 않았으며 글을 쓰지도 않았다. 대신 잠을 자거나 전지가위를 들고 뜰의 나뭇가지를 다듬거나 요리를 하거나 나를 알몸으로 만들어놓고 샅샅이 매만지거나 했을 뿐이었다.

나와 있을 때의 그는 그저 평화를 누리는 한 남자였다. 이단적인 학설과 주장과 저작으로 사회에 물의를 일으키는 학자가 아니었고 열혈 팬과 그만큼의 안티 팬을 거느린 우상, 반우상이 아니었다. 학생들 앞에서 모범적으로 살아야 하는 교수가 아니었고 처자식 거느린 가장이 아니었다. 때문에 나는 그가 우울증을 앓고 있다는 사실조차 몰랐다. 그의 부인은 알고 있었다고 했다. 그가 목을 맨 채 발견되었다는 소식이 들렸을 때 연구소 사람들은 그가 우울증을 앓았다는 그의 부인의 설명을 들은 상태였고 그의 죽음을 어렵잖게 납득한 듯했다. 아아, 언재가 오랫동안 우울증을 앓았구나. 그래서 자살한 거구나.

나도 그렇게 수긍했다. 그가 우울증을 앓았구나. 그래서 자살한 거구나. 그뿐 더 이상은 생각할 수 없었다. 우울증이 만연한 시대, 숱한 자살자들의 자살 이유가 우울증에 있다고 매스컴이 떠들썩해도 이해할 수 없었다. 내가 그에 대해 무얼 알았나 싶으면 생각이 막혔다. 그가 자신의 우울증을 미리 알려주었어도 내가 할 수 있는 일은 없었을 터였다. 죽고 싶다는 말이 살고 싶다는 말의 반어라고 해도 죽고 싶은 사람은 죽고 살고 싶은 사람은 사는 거 아닌가. 죽음 실행은 정말 죽고 싶은 사람만 하는 것이었다. 언재는 죽음을 실행했다. 그의 실행에 나에 대한 일말의 배려가 없었다는 건 내 문제일 뿐 언재의 문제는 아니었다. 그만 살자는 마당에 자기 뒤에 남은 자들의 삶이 무슨 대수일 거라고? 나는 언재의 죽음을 그렇게 수긍하고 납득하고 이해했다. 아니 수긍하고 납득하고 이해하려 기를 쓰며 반년여의 시간을 보냈다. 납득하지도 이해하지도 못했다. 그래서 와보았다. 그의 봉분이 만들어진 지 반년 된 날이었다. 49일도 백 일도 일주기도 아닌, 어떤 의미도 붙지 않는 날. 그래서 아무도 그의 무덤을 돌아보지 않는 날.

장흥 수문리 선창가 방파제 가장자리에 앉은 젊은 그들의 발밑에서 바닷물이 찰랑거렸다. 발이 닿기에는 꽤 높은 방파제였지만 그들은 방파제 아래로 발을 늘어뜨리고 물장구를 치고 있는 듯했다. 이십대 중반쯤으로 보이는 두 사람 사이에 소주병 세 개가 놓여 있었다. 둘 다 적당히 취한 듯했다.

「여기서 일몰을 볼 수 있겠네요. 나 혼자 있기 싫어 그러는데, 잠깐 같이 있어도 괜찮아요?」

아마도 이쪽에 다시 오기 어려울 것이었다. 천상과 지상의 거리가 이만큼이지 않을까 싶을 만큼 먼 곳이지 않은가. 간밤 고속도로를 달려오면서 느낀 거리감이 그랬거니와 오늘 아침부터 조금 전까지 언재의 무덤에서 느낀 거리감도 그랬다. 아니, 그의 무덤가에 머문 시간이 길어지면서 그는 점점 더 멀어졌다. 그럼에도 당장 이곳을 떠나고 싶지는 않아 이 바닷가로 찾아들었다.

금세 곁을 내준 그들 앞에서 나는 새 술병을 꺼냈다. 언재의 무덤에서 마시던 술은 그 자리에 남겨두었다. 때마침 술이 떨어져 사러 갈 참이었던 그들이 와, 양주네 하면서 반가워했다. 남자는 재경이라 했고 여자는 승아라고 했다. 스물일곱 살인 그들은 초등학교 동창생이자 연인 사이라 했다.

「나는 남자친구를 끼고도 여행이 무서운데 언니는 혼자 여행을 다니실 수 있을 만큼 강한 여자네요? 부러워요.」

내가 혼자 여행을 왔다고 하자 승아가 그렇게 말했다. 재경이 승아를 바라보는 눈길은 뭐랄까, 큰오라비가 스무 해쯤 터울이 지는 막내 여동생을 보는 듯 너그러웠다. 재경은 보통 키에 보통보다 마른 몸피인데도 승아와 함께 있으니 아주 커다래 보였다.

「승아가 언니라 부르니 저는 누나라고 부르겠습니다. 누나, 우리 승아 정말 예쁘지요?」

재경이 승아가 정말 예쁘지 않냐고 물으니 눈에 띄지 않을 만큼 평범하다 싶던 승아가 정말 예뻐 보였다. 한 여자를 예뻐하는 남자의 얼굴이 저렇구나, 배가 아픈 것 같다가 가슴이 아렸다.

「언니, 재는요, 나를 하나도 예뻐하지 않으면서 말은 저렇게 잘해요.」

혀가 약간 고부라진 승아가 앙탈부리는 것도 사랑스럽다. 자신이 사랑받고 있음을 아는 여자의 투정이었다. 나는 여태 남자한테 예쁘다는 말을 들어본 기억이 없었다. 예쁘다는 말 대신, 너 닮은 딸을 낳아달라는 말을 지껄인 인간은 목을 매버림으로써 자신의 말을 허언으로 만들었다. 그래서 나는 그들에게 이 술은 말이야, 하면서 술병을 갖게 된 내력을 허황하게 늘어놓았다.

「난 양주 맛을 몰라. 난 양주 맛을 모르는데, 내 애인은 내가 양주 맛이나 포도주 맛을 모른다는 걸 몰랐나 봐. 나한테 올 때마다 위스키나 와인 등을 한 병씩 들고 왔잖아. 가지고 와서는 먹지도 않아요. 나중에 마시련다고 그냥 두고 가는 거야. 그이는 정말 똑똑한 사람이야. 그 사람이 세상으로부터 받은 평이 그래, 똑똑하다. 그 사람은, 그대들이 알지 모르겠지만 옛날에 텔레비전 프로그램에 〈장학퀴즈〉라는 게 있었어. 암튼, 그 사람은 거기서 연말 장원해서 대학 4년 장학금을 다 받아먹은 건 물론이고 졸업한 담에 국비 받아서 유학까지 한 사람이야. 그렇게 똑똑한 사람이 자기 애인이 양주 맛, 포도주 맛 모르는 걸 모른 거야. 말이 돼?」

「애인 아니었나 보네요 뭐.」

승아가 혼잣말처럼 그렇게 중얼거린 걸 나는 뒤늦게 알아들었다. 알아듣고 나니 몹시 무안하다. 내가 그에게 어떤 존재였던가 싶은 의문이 생기기도 했다. 애인이었다면 그렇게 가버릴 수는 없는 거 아닌가. 때늦게 찾아온 회의에 나는 승아의 말을 듣지 못한 체했다. 그에 대해 회의하기 시작하면 그와 더불어 보낸 나의 10여 년도 회의해야 하지 않은가. 아무리 멋지게 포장하려 해도 세상의 눈으로 보면 비도덕적일 수밖에 없는 게 그와의 관계였다. 그의 허위와 나의 고집이 지속시켜온 시간을 나는 되짚어보고 싶지 않았다. 해가 지려는 참이었다. 셋이 나란히 앉아 해가 바닷속으로 완전히 사라질 때까지 지켜보다 나는 먼저 가겠다며 일어났다.

「벌써요?」

재경의 질문이 어떻게 벌써 자러 가느냐는 질문이 아니라 왜 벌써 자신들을 떠나려는 거냐고 묻는 듯 느껴지는 게 기이하다. 그럼에도 웃음이 났다.

「젊은 연인들 노는데 타인이 오래 끼어 있는 것도 주책 아니겠어? 나 저기 보이는 모텔에 있을 거니까 혹시 술이 더 마시고 싶은데 친구가 필요하다면 연락해요.」

곁을 내준 그들에 대한 인사일 뿐이었다. 이 언니가, 혹은 이 아줌마가 미쳤나 생각할지도 모를 인사를 남겨놓고 돌아서는 순간 내가 한 인사를 잊었다. 사실 몹시 피곤했다. 지난 밤 잠자리에 들려다 차를 몰고 고속도로로 나섰지 않은가. 언재의 무덤 앞에서 한나절 내내 오기 부리듯 버티면서 자는 듯 조는 듯했지만 무덤이라도 얹고 있는 듯 몸이 무거웠다. 모텔에서 뜨거운 물에 샤워를 하고 나니 몸의 감각이 약간 살아나는 듯했다.

방에 들어온 지 두 시간이나 지났을까. 설핏 잠들었을 때 방문 두드리는 소리가 났다. 어깨동무를 한 채 내 방을 찾아온 승아와 재경은 두 시간 전보다 훨씬 더 취한 상태였다. 특히 승아가 몸을 가누지 못할 만큼 취해 있었다. 빈방 투성이인데 방을 하나 얻을 것이지 쯧쯧, 나는 속으로 혀를 차며 승아를 침대에

눕혔다. 승아는 두 손을 한바탕 흔들더니 모로 누워 곧장 잠들었다.

「내가 이 방에 있는 걸 어떻게 알고 곧장 찾아왔어요?」

「아까 누나 들어가시고 나서 이 방에 불이 켜졌거든요. 2층 왼쪽 첫째 방. 손님이 워낙 없는지 카운터에도 아무도 없더라구요. 우선 급해서 그냥 올라왔어요. 승아 술 좀 깨면 데리고 나가겠습니다. 방을 얻으려고 했더니 마구잡이로 유진 언니 방에 가자고 떼를 쓰지 뭐예요. 사실 승아는 저랑 한 방에 둘이만 있는 걸 싫어하거든요. 자기는 재미도 없는 섹스만 하려고 제가 덤빈다고요.」

애도 취했나 싶어 쳐다보니 재경이 비로소 실언을 깨달은 듯 웃었다. 계면쩍은 표정이다.

「제가 별소릴 다 했네요. 죄송합니다. 저는 나가 있을 테니 쉬세요.」

「승아 씨가 금세 깬다는 보장이 없고……, 그냥 있어요. 뭐하면 내가 옆방으로 옮기지 뭐. 둘이서 술이나 더 마시든가. 냉장고에 맥주 있던데.」

방은 넓고 따뜻했다. 한 사람이 자고 있어도 둘이 앉아 술 마실 공간은 얼마든지 있었다. 해변을 향해 트인 발코니도 원탁이 놓여 그럴싸했다. 나는 냉장고의 맥주 세 병을 챙겨서 발코니로 나갔다. 재경이 창을 열어놓고 바다를 내다보고 있었다. 바싹 마른 그의 뒷모습이 가파르고도 쓸쓸했다. 젊은 남자의 조붓한 등판에서 메마른 바람이 새어나오는 것 같지 않은가.

그러고 보면 언재의 뒷모습이 기억나지 않는다. 구부정한 뒤태는 기억나도 그의 뒤 꼭지나 그의 등판에 어렸던 그늘 같은 것에 유의해 본 적이 없었다. 대체 나는 그의 어떤 모습을 보며 그와의 시간을 보내왔던 것일까. 언재를 털어내듯 고개를 저으며 술병들을 탁자에 내려놓자 재경이 돌아서더니 맞은편에 앉았다.

「승아 씨는 술이 약한 것 같네. 재경 씨가 좀 말릴 걸 그랬어.」

「말린다고 말려지나요. 어제 시험 결과 발표가 났거든요. 또 떨어졌죠. 공무원 시험 준비한다고 공부를 해대다가 불안하면 또 어딘가에 입사 원서 넣어보고 떨어지면 또 공무원 시험 준비에 매달리고. 저도 다를 것 없지만 승아는 요새 아주 불안정해요. 기분 바꿔 공부 다시 시작하자고 여행 온 건데 이렇게 됐어요.」

「저렇게 푹 자고 일어나면 괜찮을 거야.」

「괜찮아질까 싶어요. 승아나 저나, 당장 취직된다는 보장이 없거든요. 취직이 되지 않는 이상 지금 상태에서 벗어날 수 없을 테고요. 둘이 너무 오래 붙어살았나 싶을 때도 있어요. 만나는 것도 습관인가 싶기도 하고요.」

「스물일곱 살이 아니라 마흔 일곱 살쯤 된 남자처럼 말하네.」

「그런가요? 그런데 누나는, 혹시 애인이 어디 가셨어요?」

「왜?」

「아까 말씀하실 때 과거형이었거든요.」

나는 내가 사용했던 말투가 기억나지 않아 엄지손가락을 세워 위를 가리켰다.

「내 애인은 저 위로 올라갔어. 하늘나라.」

언재의 죽음을 이렇게 가볍게 얘기할 수 있다니. 내 경박함에 문득 진저리가 났다.

「왜요?」

「죽었으니 갔겠지? 저 위는 죽어야만 갈 수 있는 데잖아.」

재경은 그 애인이 왜 죽었는지 물어오지는 않는다. 다행이다. 재경이 물어왔다면 언재가 왜 죽었는지 모르는 나는 온갖 거짓말로 죽은 남자와 그와 나의 관계를 미화했을지도 모른다. 젊은 여자를 꼭꼭 숨겨놓은 채 간통죄 폐지를 주장하고 일부일처제를 비판했던 그였다. 그런 그에 대해 한마디도 하지 않으면서 나는 상대를 구속하지 않는 산뜻한 사랑이었다거나 잔잔하고도 따뜻한 관계였다고 떠벌렸을지도. 오래도록 그렇게 믿어온 터였다. 그 믿음으로 모자란 것이 하나도 없다고 믿었으므로 그의 비밀 정원이든 숨겨진 정부이든 부족하지 않았다. 그가 한마디 언질도 없이 사라진 이유를 알 수 없는 지금은 모든 것이 모호했다. 아니 서후명이라는 남자의 정체가 의심스러웠다. 맥주를 야금야금 마시면서 파도 소리를 들었고 바람을 느꼈다. 취기와 더불어 피곤도 몰려왔다. 못지않게 취한 재경은 하염없이 앉아 있고 싶은 듯했지만 나는 자꾸 졸렸다.

아무래도 자야겠다며 재경더러 승아 곁에서 눈을 붙이라 하고는 침대 발치의 바닥에 베개만 가지고 누웠다. 재경이 불을 끄는 것 같았다. 그가 눕는 기척을 느끼지 못한 채 나는 곧장 잠에 떨어졌다. 그러다 가슴에 낯선 무게를 느끼고는 눈을 떴다. 어두웠다. 캄캄한 꿈속인 듯했다. 어둠 속에서 한 손이 오른 젖가슴을 마구 만지고 있었고 한 손은 샅을 헤집고 들어와 있었다. 꿈결인 듯 언재인가 하다 익숙한 그의 손길이 아니라 서툴고 거친 낯선 손길이라는 걸 깨닫고 소스라쳤다. 재경이었다. 그를 깨닫는 순간 나는 비명을 지르려는 내 입술을 깨물었다. 승아의 존재를 동시에 깨달은 것이다. 모른 체 돌아누우며 그를 밀어내보려는데 재경은 의외로 완강하다. 잠깐의 실랑이가 벌어졌지만 충분히 밀쳐낼 자신이 있었다. 자신 있다 여긴 순간 그를 밀어내기기 싫어졌다. 그냥 흘러가는 대로 맡겨두면 어때서? 내가 정조 지킬 일 있나? 그리고 나는 지금 꿈을 꾸고 있을 뿐이라고. 합리화해대는 사이 속옷이 발끝으로 밀려내려갔고 다리가 벌어졌고 사내의 속살이 부딪쳐왔다. 집요한 움직임 끝에 재경이 무너졌다.

나는 몹시 흐트러졌던 호흡을 다스리며 무너진 그를 슬그머니 밀어내고 돌아누웠다. 몸을 닦아야 한다고 여기면서도 움직인 순간 승아한테 들킬 것 같아 움직일 수 없었다. 이제 와 새삼 승아를 의식하다니. 내가 대체 무슨 짓을 한 건가. 자조하며 숨죽이고 있는데 몸 위에 이불이 덮였다. 그대로 잠이 들었다. 새벽녘이었던 것 같았다. 먼데서 비명 소리가 들렸다. 아아 죽고 싶어. 죽어버렸으면 좋겠어! 승아가 울부짖는 소리 같았다. 그만 좀 해. 제발 정신 좀 차리잔 말이야! 살기 싫으면 죽든가. 재경의 목소리였다. 이어진 두 사람의 짧은 다툼과 문을 열고 뛰쳐나가는 기척들이 어렴풋이 느껴졌지만 나는 꿈결인 듯 눈이 떠지지 않아 내처 잤다.

아침에 일어났을 때 그들이 없었다. 간밤의 모든 것이 꿈만 같았다. 그런데 승아의 배낭이 남아 있었다. 그들이 들렀던 것은 꿈이 아니었던 것이다. 아침 바다를 내다보며 그들을 기다리다 모텔을 나와 주변을 차로 돌며 두 사람을 찾아보았다. 찾아지지 않았다. 모텔 카운터에다 두 사람에 대해 물었더니 청소부인 듯한 아주머니가 고개를 저었다. 하는 수 없이 차 안에서 승아의 가방을 뒤졌다. 시험 문제집 두 권과 필통과 후드 티 한 장과 새까만 색 표지의 두툼한 다이어리가 나왔다. 수험생의 공부일지려니 했던 다이어리에는 뜻밖에도 다이어트 과정이 기록되어 있었다. 자신이 먹으려 했던 음식의 양과 자신이 먹은 음식의 양이 속속들이 자세하게 적힌 공책. 6월 1일부터 9월 30일까지, 승아는 날마다 계획을 세웠고 실행했다. 하지만 계획과 실행은 늘 어긋났다. 기록 속 승아는 날마다 계획보다 너무 많이 먹거나 너무 적게 먹었다.

나도 작정하고 다이어트를 한 적이 있었다. 임용고시에 붙고 나서 발령을 기다리던 스물네 살즈음이었다. 그때까지 늘 듣던 귀엽다는 말이 갑자기 듣기 싫어진 까닭은 사회문화 연구소에서 언재의 부인을 만난 탓이었다. 직업이 대학 교수라는 그이가 모델처럼 늘씬하고 세련된 모습으로 남편이 관계하는 연구소에 나타나 연구생들의 점심 준비를 거들어주다가 나를 향해 말했다. 어머나, 귀여운 사람이네! 그즈음 연구생들 중에 내가 비교적 어렸으므로 그이로서는 무심코 내뱉은 말이었을지도 몰랐다. 하지만 나는 그날 집에 돌아와 다이어트 계획을 세웠다. 계획한 만큼 적게 먹으면서 계획한 만큼 운동하기 위해 굶주린 암캐처럼 온 동네를 빙빙 돌며 몇 시간씩 걷거나 뛰었다. 어머니 때문에 한 달 예정을 다 채우지는 못했다. 딸자식의 다이어트가 너무 가혹하다 싶은지 어머니가 단식을 선언하고 나섰던 것이다. 네가 계속 굶으면 나도 이제부터 굶으련다. 평생 나들이를 즐기지 않은 채 집 안에 숨은 듯 살던 어머니는 당신이 굶겠다면 정말 굶을 여인이었다. 나는 그날로 다이어트를 포기했다. 10킬로 감량 계획이 6킬로그램 줄어드는데 그쳤지만 실패는 아니었다. 자신감을 얻었고 그 자신감으로 언재 앞에 제자가 아닌 여자로 설 수 있었다.

승아의 다이어트 다이어리를 보고 있자니 승아가 실패한 연유를 알 듯했다. 운동에 대한 언급이 일체 없지 않은가. 승아 기록은 먹을거리에 대한 사항뿐이었다. 먹을거리에만 매달려 살면서 먹을거리 때문에 절망하고 그런 자신에 또 절망했다는 내용이었다. 취직 시험에 들지 못하는 절망과 다이어트에 실패한 절망 중 어떤 게 깊을까. 그러고 보면 나는 절망 자체를 모르는 건지도 모른다. 언재가 앓았다는 우울증은 나에게 그를 이해하거나 납득할 수 있는 코드가 아니었다. 그렇다면 끝내 언재의 죽음에 대해서도 이해하지 못할 것이다. 하기는 이제 와서 무슨 상관인가.

이해하지 못하는 절망과 고통과 우울과 죽음을 저만치 밀쳐버리곤 승아의 다이어리를 가방 속에 넣는다. 주변 식당에서 밥을 먹으며 더 기다렸지만 그들은 나타나지 않았다. 모텔 청소부 아주머니는 승아 가방을 맡을 수 없다며 고개를 저었다. 하는 수 없이 전화번호를 메모해 모텔 카운터에다 놓고는 승아의 가방을 실은 채 출발하고 말았다. 연락이 오면 택배로 부쳐주면 될 터였다.

낙엽과 난로

토요일 아침 신문을 건성으로 넘기는데 문득 사회면 기사가 눈에 띄었다. 장흥 실종 남녀 숨진 채 발견이라는 타이틀 기사였다. 어쩌면 장흥 다녀온 후유증 탓일지도 몰랐다. 그 바다에다 퐁당 내던져버리고 왔다 여겼던 언재는 고스란히 따라와 나날의 꿈자리를 어지럽혔고 새벽잠을 앗아갔다. '전남 장흥 앞바다에 놀러왔다 실종된 이십대 남녀가 모두 숨진 채 발견됐다…….' 장흥 수문리 바닷가 선착장에서 마지막으로 목격된 뒤 실종되어 각기 보성군 회천면 군농리 해안가와 고흥군 도덕면 대공리 앞 200미터 해상에서 주검으로 발견되었다는 이십대 남자와 여자. 설마? 신문지를 가까이 당겨 기사를 다시 읽었다. 실종되었다가 주검으로 발견된 젊은 남녀의 실명은 나와 있지 않았다. 경찰은 '타살, 자살 아닌 실족사 가능성'이 있다고 밝혔다.

설마 싶으면서도 아무래도 그날 밤 만난 그들일 것 같았다. 아니 틀림없었다. 가방 임자가 나타나면 전해주라 모텔에다 메모를 남기고 왔지만 소식이 없던 그들. 2주 전 장흥 바닷가에서 싣고 와 벽장 속에 넣어두었던 가방을 꺼내왔다. 가방 속 내용물을 이미 여러 번 살폈지만 연락을 취할 수 있는 정보는 끝내 발견하지 못했다. 신문 기사를 오려낸 뒤 스크랩 기사를 다시 읽어보았다. 그 두 사람이 분명했다. 승아의 가방을 어째야 하는 걸까? 어떻게 해야 할지 알 수 없어서 마당을 내다보니 아침볕이 눈부시다. 요즘 퇴근해 올 때마다 낙엽을 긁어 군불을 지폈다. 낙엽을 쓸어내느라 정신없는 즈음이었다. 낙엽 지듯 바닷속으로 떨어졌을 승아와 재경. 어쩌면, 죽고 싶다고 울부짖던 승아가 뛰어들었을지 모른다. 그런 승아를 말리기 위해 재경은 덩달아 뛰어들었을 것이고. 아니 모른다. 그들이 살고 싶었는지 죽고 싶었는지 어떻게 짐작해본단 말인가.

그들의 죽음 기사에서 애써 고개를 돌린다. 나는 그날 새벽에 젊은 남자와 정사를 벌이는 꿈을 꿨을 뿐이야. 꿈속 상대가 재경이었던 건 그가 거기 있었기 때문이었어. 그건 그저 몽정이었을 뿐이라고. 그건 몽정이었을 뿐이라고 재차 중얼거리고 보니 정말 꿈결에 일어난 일이었던 것 같아지고 그들은 그저 신문 기사 속의 사건으로 되돌아가는 듯했다.

「이렇게 쉽게 전화를 받으시고. 웬일이실까요?」

면장갑을 끼고 마당으로 나서려는 판에 울린 전화의 발신자 하현호가 투정을 부린다. 사흘이 멀다하고 전화를 해도 받아주지 않는 것에 대해 어리광을 섞어 비아냥대고 있는 것이다. 어리광이든 비아냥거림이든 그의 전화가 반가웠다. 불쑥 이 친구를 불러 일을 좀 시키면 어떨까, 싶기도 하다.

「혹시 시간 있어?」

「있지요.」

「그럼 우리 집으로 좀 와줘.」

「몇 시에요?」

「가능하다면 지금.」

통화를 마친 후 마당의 가마솥에다 물을 가득 채우고 아궁이에 불을 지폈다. 아궁이 속의 불길이 맹렬해졌을 즈음 대문이 흔들렸다. 반 시간 만에 찾아온 하현호였다. 어머니 장례식 때 사문연 사람들 도움을 많이 받았다. 집 위치가 사문연에 알려진 것도 그때였다. 화장터에서 몇 사람이 집으로 함께 왔는데 그중에 현호도 있었다. 그날 그는 집 안팎을 두리번거리다 물었다. 유진 선배, 흐린 날이면 사방에서 귀신 나오지 않아요? 선생들과 선배들의 눈총이 쏟아지자 순간 아차 싶었는지 현호가 제 입을 쥐어박으면서 사과했다. 죄송합니다, 선배님. 제가 이렇게 천지분간이 안 되는 놈입니다. 용서하세요. 그때 나는 모처럼 웃었다. 그가 귀여웠고 주변에서 눈총 받는 게 안쓰러웠다.

그때 나 대신 언재가 현호를 달랬다. 현호가 걱정할 만해. 혼자 살기엔 집이 너무 깊어 보이니까. 장례 사흘간 유다른 내색 없이 동료들과 더불어 빈소를 지켜주었던 언재였다. 모두 돌아가고 나 혼자 남아 무얼 해야 할지 몰라 서성이고 있던 그날 밤 언재가 다시 찾아왔다. 이따금 함께 호텔을 드나들긴 했지만 둘이 아침을 함께 맞아보기는 그때가 처음이었다. 그날 이후 내 뜰은 그의 비밀 정원이 되었다. 방학 때면 그는 먼 곳을 여행하는 사람처럼 찾아와 얼마간씩 머물렀다. 내가 연수를 받느라 집을 비우기라도 할라치면 그는 혼자 있는 시간에 나뭇가지들을 잘랐다. 나무 자체를 솎아내지 못한다면 전지라도 해야 할 것 같다면서 녹슨 연장들을 갈아가면서 온 나무들을 다듬고 집안을 손질했다. 지난봄까지의 일이었다.

「일이 뭔데요, 선배?」

작업복 대신인지 아예 추리닝 차림새로 나타난 현호가 듬직하게 물었다. 마당 아궁이에 군불을 지피며 낙엽을 밀어 넣던 나는 턱으로 나무들을 가리켰다.

「나무를 뽑으려구요? 그건 우리 둘이서 힘들 거 같은데요? 포클레인을 불러야 하지 않아요?」

어이가 없어서 면장갑 낀 손으로 이마를 문지른 나는 손으로 주변을 싹싹 쓸어 아궁이 안으로 밀어 넣고는 아궁이 문까지 닫고 몸을 일으켰다.

「포클레인까지는 필요치 않아. 저기 삼나무 밑에 포대 있지? 거기다 이 뜰에 있는 낙엽들을 한껏 담는 게 일이거든.」

「담아서 어쩌시게요?」

「요 뒷산, 아니면 근교의 산으로 가져다 버리려고. 장작도 아니고, 장작이래도 문제지만, 하염없이 불을 때고 있을 수는 없잖아. 그렇다고 쓰레기 종량제 봉투에 담아 버리는 것도 미안할 노릇이고. 집 안에다 쌓아놓는 것도 한계가 있고. 싸

가지고 나가서 산에 있는 나무들에 거름이나 보탤 수밖에 없어. 자연에서 왔으니 자연으로 돌아가자는 말도 있잖아.」

「그럼 자루에 담아보죠 뭐. 근데 선배, 아무래도 나무들이 너무 빼곡하지 않아요? 어디서 들으니까요, 나무들은 최소 공간이 확보되어야 잘 자라는 건 물론이고 오래 살 수 있다던데요? 그 말 들으면서 수백 년 묵은 유명하다는 나무들 떠올려보니까 하나같이 널찍한 자리 혼자 차지하고 살더라구요. 그 면에서 보자면 선배님 마당 나무들의 밀집도는 너무 높아요. 사람들이 저렇게 붙어 산다면요, 사흘도 못 돼서 숨 막혀 죽을 거예요.」

나무들의 밀집도와 생장에 필요한 최소 공간. 그건 나무들에게만 해당하는 말이 아닐 터였다. 사람과 사람 사이에는 일정한 거리가 있어야 하고 어떤 사람에게든 공간이 필요하다. 현재 나에게는 내가 언재에게 그 거리와 공간이었다고 주장할 근거가 없었다. 언재가 나한테 그런 존재였는지도 알 수 없었다. 분명한 한 가지는 시간이 흘러간다는 것과 흘러가는 시간 따라 모든 게 어떻게든 변한다는 뻔한 사실뿐이었다.

「선배, 나무들 일부를 솎아 이사시키는 건 어떠세요? 좀 팔든가요. 조경하는 사람들이 탐낼 만한 나무들도 꽤 있을 것 같은데요?」

어머니 생전에는 물론 혼자 지내면서도 이미 수십 번 해본 궁리였다. 해답이 나오지 않을 뿐이다. 나무를 파는 건 꿈도 꿔보지 않았지만 옮겨 심기도 엄두가 나지 않았다. 어느 나무를 솎아내 어디로 이사를 시킨단 말인가? 싶은 질문에 맞닥뜨리면 어떤 생각도 무용했다.

「현재로서는 답이 없어. 답이 없으니 그냥 갈 수밖에 없고. 낙엽이나 쓸어 담아.」

「아, 네에!」

과장된 언사로 수긍한 현호가 갈퀴를 들고 낙엽 더미에 달려들었다. 내가 벌린 비닐 자루에다 현호가 한 아름씩의 나뭇잎을 쓸어 담고 발을 넣어 밟았다. 순식간에 자루가 채워졌다. 열 자루쯤 만들고 나니 나무 밑이며 마당이 약간 성글어졌다. 나뭇잎을 꽉꽉 채운 자루를 차에다 실어 근방 산 등산로 옆 숲에다 뿌렸다. 같은 행보를 여섯 차례 하고 나니 마당이 비로소 좀 트였다. 현호가 다시 비질을 하다 말고 불쑥 물었다.

「어머님 장례 때요, 친척들이 전혀 없었잖아요? 실제로 그렇게 아무도 없어요? 선배는 정말 고아예요?」

서른네 살에 고아냐는 질문을 받으니 기이하다. 고아라니 고아 같기도 했다. 어머니와 아버지가 만난 건 어머니의 스물세 살 무렵이었다고 했다. 당시 아버지는 서른다섯 살이었다. 어머니는 돌잡이 아들이 달린 유부녀였고 아버지는 노총각이었다. 그래서였는지 어머니는 늘 집안에 숨은 듯 고요히 살았다. 내가 짐작하는 부모의 내력은 그뿐이었다. 어머니가 시집에서 스스로 나왔는지 쫓겨났는지 알지 못했고 어머니가 낳은 아들이 어디서 어떻게 사는지도 듣지 못했다. 외가에 대해서도 일체 듣지 못하고 말았다. 아버지는 열 살 무렵에 부친을 따라 월

남했고 금세 다시 만날 수 있을 줄 알았던 이북의 가족을 끝내 만나지 못했다. 그래서 나한테는 친척이 없었다.

「어, 정말 고아야. 내가 알기론 전혀 없어. 그건 그렇고 오늘은 일 그만하자.」

어느새 사방이 어슴푸레했다. 현호가 마당 정리하는 걸 내버려두고 집안으로 들어와 밥을 안쳤다. 어제 간단하게나마 시장을 봐왔던 터였다. 된장찌개를 안치고 어제 사온 오징어를 얇게 저며 데쳤다. 시금치를 데쳐, 저며 익힌 오징어와 초무침을 했다. 조기 두 마리를 굽는 동시에 김 석 장도 구웠다. 아침에 무친 숙주나물에는 참기름 한 방울을 다시 떨어뜨려 상을 차렸다. 된장찌개가 다 끓었을 때 현호가 집안으로 들어왔다.

「이야! 맛난 냄새나네. 설마 선배가 피우는 냄새예요?」

「설마라니? 내가 지금 몇 살인데 이쯤 냄새도 못 피울까 봐 설마야? 손 씻고 와. 고마워서 열심히 차렸어.」

그가 마당의 수도에서 손 씻었다며 그냥 식탁 앞에 앉았다. 그 앞에다 된장찌개가 보글거리는 뚝배기를 가져다 놓았다. 두 그릇의 밥을 떠 마주 앉으니 그득하고 훈훈하다. 지난 초봄 언재가 다녀간 이후 모처럼 정식으로 차린 밥상이었다. 현호의 먹는 모습이 보기 좋아 하염없이 쳐다보며 밥을 깨작이는데 문득 고개를 든 현호의 시선이 내 시선을 붙들었다. 왜? 나도 눈으로 묻는다. 현호의 눈이 대답하는 대신 입이 열렸다.

「언재 선생님 말예요」

「언재 선생님이 뭐!」

「언재 선생님하고 언제까지 계속하실 거예요?」
「뭐?」
「제 질문이 그렇게 황당해요? 최유진은 언재호야를 오래 좋아했다. 그가 이 세상에서 사라진 뒤에도 최유진은 그에게 붙들려 있다. 그런 최유진을 하현호도 오래전부터 좋아했다. 그래서 사라진 사람에게 붙들려 있는 여자가 안타깝고 안쓰럽다. 그 결과 내지르는 말이 언제까지 계속할 거냐는 질문이잖아요. 설마 최유진이 언재를 좋아한 사실을 부인하지는 않을 거고, 그렇다면 대답이 뭐 어려워요?」
「어려울 것 없고 부인할 생각도 없는데, 좀 놀라기는 했어.」
「왜요, 선배하고 언재가 좋아한 사실이 무슨 비밀이라고요?」
「나는 비밀인 줄 알았어. 그랬는데 현호 씨가 아는 걸 보니 사문연이 다 알겠네?」
「사문연 사람들이 다 아는지 어떤지는 제가 모르죠. 하지만 저는 저절로 알아지던데요? 언재 선생님하고 선배가 같이 있는 자리에 제가 합석한 건 겨우 두 번뿐이었지만 첫 번째 자리에서 느꼈고 두 번째 자리에서 확신했어요. 선배 대학 2학년 때 언재 선생님이 그 학교에 강연 갔다가 맹랑한 질문을 던진 학생을 발견했노라고, 그런 사담 나누던 자리였죠. 선배가 강사 언재한테 그랬다면서요? '선생님은 자신이 이단학자로 불리는 걸 즐기고 계시는 것 같은데요?'라고 질문을 시작했다면서요. 그때 두 분을 번갈아보다가 뭐야, 둘이 진짜 좋아하고 있잖아? 싶어서 저는 질투가 났죠.」

겨우 10여 년 전의 일이 참 까마득한 옛날 같다. 외부 초청강사와 그에게 맹랑한 질문을 던진 학생으로 만나 그를 선생으로 따르며 사문연에 들었고 그를 우상으로 삼아 지금에 이르렀다. 평생을 다 살아버린 것 같지 않은가.

「그래, 사람들이 아는지 모르는지에 그다지 신경 쓴 적 없으니 알 사람은 알겠지. 암튼 질문 받았으니 답할게. 사랑? 사랑이었을 거야. 우정이니 연민이니 하는 다른 이름이어도 상관없고. 그래서 붙들려 있다는 표현이 맞을지도 모르지만, 그건 한 번도 그에게 붙들린 적이 없다는 것과 같지 않을까? 그냥 그 사람이 세상 어딘가에 있어 좋았어. 어딘가에 있던 그 사람을 가끔 한 번씩 볼 수 있는 게 좋았고. 그게 사랑이란 거겠지. 언재도 나한테 그런 감정임을 의심해본 적이 없어. 그런데 갔지. 어떤 내색도 없이, 일말의 배려도 없이. 나는 그걸 납득할 수가 없어. 나한테는 지금 그게 가장 큰 숙제야.」

「그 숙제를 해결하지 못하면 다른 남자를 사랑할 수 없다 그 말인가요?」

「모르겠어, 사랑을.」

「모르는 채로 저랑 다시 해봐요. 사랑 공부를 해보자구요. 저랑 같이.」

젊음이 좋구나 싶어 하하 웃는다. 젊으니 사랑하자는 말도 수저질하듯 할 수 있는 것이다. 나도 그랬다. 거리낌이나 겁 없이 사랑한다고, 사랑해달라고 말하던 때가 있었다. 나이, 조건 같은 게 아무 문제가 되지 않았던 건 젊었기 때문이었다.

「그런 거는 차차 생각해보기로 해. 지금 말고, 뭐가 됐든지 아무렇지도 않아졌을 그때. 저절로 그렇게 되는 날이 오지 않겠어?」

「그렇겠지만 제가 선배 기다리는 것을 말리지는 마세요. 저는 선배를 기다리는 제가 좋거든요. 언재를 질투하면서 선배 안고 싶은 거 참는 제 상태가 스릴 있어요.」

현호가 장난을 하는 것처럼 느끼기보다 그가 너무 어려보이는 게 더 문제일 터였다. 여태껏 나한테 현호는 누나를 상대로 놀기 좋아하는 장난꾸러기 남동생 같았다.

「그렇담 그 문제는 그대가 알아서 해. 아참, 나 말이야. 지지난 주말에 장흥 갔었거든? 언재한테 갔다 내려와 바닷가에서 하룻밤 묵었는데, 그때 해수욕장 옆 선창가에서 연인 한 쌍을 만났어.」

「그래서요?」

「셋이 술 마시다가 내가 먼저 자리를 떴는데 밤에 그 친구들이 내 방으로 술에 취해 찾아왔어. 두어 시간 머물렀나. 너무 피곤해서 난 자야겠다고 너희들도 여기서 그냥 자라고 내가 먼저 누웠어. 잠결에 그 친구들이 나가는 기척을 들었지만 가나 보다 하고 그냥 잤어. 혼자가 아니니까 걱정할 일도 없잖아.」

나도 모르게 거짓말을 하고 나서야 나는 스스로의 허위를 느끼고 주춤한다. 그날 밤 내가 벌인 일을 아무리 합리화시켜보아도 승아를 곁에 두고 한 섹스는 떳떳치 못했다. 불순하고 불

량하고 불온했으며 결과적으로 그 둘에게 불길했다.

「그런데요?」

현호의 채근에 스크랩해 두었던 '장흥 실종 남녀' 기사를 가져다주었다. 현호가 수저를 입에 문채 기사를 읽다가 눈을 동그랗게 뜨고 나를 건너다보았다.

「이 기사의 주인공들을 만났단 말예요? 선배 방에서 나간 길로 실종된 거구요?」

「그날 그 바닷가, 그리 유명한 곳이 아닌 데다 시즌이 아니어서 여행자들은 거의 없었어. 더구나 선창가에서 술 먹던 젊은 남녀는 그들뿐이었지. 그리고 내가 있었고. 틀림없이 그 친구들이야.」

내가 그날 밤 상황을 대충 설명하는 동안 골똘한 얼굴로 듣던 현호가 가방 속에 뭐가 들어 있는지 보았냐고 물었다.

「시험 공부 하는 문제집 두 권, 후드 티 한 장. 필통이며 연습장, 그리고 다이어리 한 권. 다이어리도 살폈어. 주인을 찾을 수 있는 단서는 발견하지 못했고.」

「그럼 굳이 주인 찾아 나설 필요가 있을까요? 유가족을 새삼스레 들쑤시는 것도 문제겠지만 그쪽 경찰서에 연락해서 유가족 연락처 알아내야 할 거고, 그러면 마지막 목격자로 수선을 피워야 할지도 모르잖아요. 오라느니 가라느니. 바다로 들어간 그들이 되돌아올 것도 아닌데요.」

「그냥 내가 갖고 있는 게 낫겠다 그거지?」

사실은 은근히 겁이 나기도 했다. 경찰이 실종된 그들의 행적을 찾다가 내가 남긴 전화번호를 발견할까 봐. 그리하여 그 밤에 그들과 함께 지냈던 인물로 지목될까 봐. 내가 그들을 바다로 밀어넣지 않은 건 분명하지만 밀지 않았다고 당당할 자신도 없지 않은가. 무엇보다 혹시 그들로 인해 내 행위를 되돌아봐야 할지도 모르는 게 불편한 것이다.

「아니, 그 가방을 그냥 갖고 계시는 거 반대예요. 그렇잖아도 집 안 사방에 귀신들이 좌정하고 계신 것 같은데 더 초대하려구요? 반대예요. 밥 먹고 나가서 아궁이에다 사르죠. 바람이 되었으니 바람처럼 우주를 주유하라 빌어주고 말자구요.」

의젓한 그의 말이 나의 불편함을 누그러뜨려주는데, 나는 내 불편함의 원인에 대해서 내뱉지 않는다. 그날 밤 재경을 상대로 벌였던 몽정에 대해서도 물론 말하지 못했다. 제 여자를 곁에 두고도 딴 여자의 몸을 탐한 그와 딴 여자를 품고 난 뒤 제 여자와 바다로 들어간 그가 같은 사람이라는 게 기이하지 않은가. 나도 마찬가지다. 무덤 속에 있긴 했을망정 내 남자를 찾아갔다가 딴 사내를 받아들이고 다시 무덤 속의 남자를 품고 있는 내가 같은 인물이라니. 어두운 마당에 바람이 부는지 마당으로 난 미닫이문이 흔들렸다. 난로를 꺼내다 손질해야 할 계절이 닥쳐 있었다.

눈 내리는 날의 숨바꼭질

그날 밤 폭설

짧은 머리카락에 헤어 젤을 발라 세운 양소미의 머리통이 고슴도치 형상이다. 치렁치렁 늘어뜨린 흑회색 망토에 막대처럼 가는 다리를 한껏 강조한 검은 레깅스를 꿰고 무릎에 닿는 회색 부츠를 받쳐 신었다. 눈두덩에는 회색 섀도를 짙게, 눈꺼풀에는 아이라이너를 새까맣게 칠하고, 입술엔 회색 립스틱을 발랐다. 왼쪽 귓불에 갖가지 모양의 귀고리 세 개, 오른쪽에 두 개의 귀고리와 새까만 매니큐어. 제 몸에다 설치 작품을 해놓은 듯한 소미의 눈이 주변을 재빠르게 훑어보고 있다.

「이 시골까지 웬일이야?」

「선생님 혼자 계셨어요?」

「나야 거의 그렇지.」

커피 잔을 두 손으로 감싸 쥔 소미가 탁자에 펼쳐진 잡지를 흘깃 보았다. 지난 전시회 전에 인터뷰했던 연호의 기사가 꽤 화려한 화보로 나온 잡지였다. 화보 속 연호는 작업용 앞치마 차림으로 건물 앞뜰의 가마솥 뚜껑에다 호두 기름을 먹이는 참이다. 아버지의 대장간에 오래도록 묵혀 있던 무쇠 솥이었다. 평생 읍내 장터에서 대장장이 노릇을 하던 아버지가 돌아간 뒤 연호는 아버지의 대장간에 있던 모든 물건들을 실어다 폐교의 작업장을 다시 정리했다. 용광로도 재현했다. 아버지가 팔지 못하고 남겨 놓았던 낫이며 칼이며 농기구들을 필요할 때마다 녹여 써먹었다. 그렇게 몇 년을 녹여 쓰고도 아직 남은 무쇠가 직경이 1미터에 달하는 가마솥이었다. 그 솥을 작업실 앞에다 커다란 화덕을 만들어 앉히고 굴뚝을 세웠고 화덕 위에는 종탑 모양의 지붕도 만들어 씌웠다. 가마솥 쓸 일이란 재미 삼아 찻잎이나 감국 꽃을 덖어 차를 만들어 보는 정도지만 그걸 가짐으로써 연호는 아버지의 유산을 물려받은 대장장이의 딸일 수 있었다. 금속 공예 작가한테는 대장장이 딸이라는 사실도 나름의 타이틀이었다. 가마솥은 그래서 전시용이기도 했다.

「요즘 선생님 기사 자주 보네요. 지난번 전시회도 성공적이셨다지요? 사방에서 불황이라고 죽는 소리들 해대는데, 축하드려요. 용광로보다 뜨거운 창작 욕망을 얼음물에 쉿덩이 담그듯 절제할 줄 아는 작가라는 평을 여러 군데서 봤어요.」

어디선가 읽었을 세평을 전하는 소미의 어조에 축하 대신 질투가 서렸다고 연호는 느낀다. 동업에 종사하는 사람들 사이에서 생길 법한 감정이었다. 연호에게는 돌이나 나무보다 훨씬 자유로운 제재가 쇠였다. 용광로 속에서 마냥 자유로워지는 붉은 액체. 그 액체로 빚은 종(鍾)들마다 다양하고도 청아한 소리를 냈다. 이연호는 종 때문에 일찌감치 돈을 벌 수 있게 된 운 좋은 작가였다. 탁자에 펼쳐진 잡지에 그렇게 쓰여 있었다. 이연호 본인이 웃으며 그렇게 표현했다는 첨언과 함께.

「축하해주니 고맙네. 그런데 무슨 일이야?」

「승수 씨하고 도무지 연락이 되지 않아서요. 벌써 한 삼 주쯤 된 거 같은데요, 저희 그룹 기획전 날짜가 한 달 정도밖에 남지 않았잖아요. 혹시 승수 씨가 여행이라도 갔을까요?」

「나는 그 남자 본 지 한 달이 넘은 거 같은데?」

「남편하고 한 달이나 연락이 되지 않으면 보통은 아내들이 걱정을 하는 거 아닌가요?」

「내가 보통 아내가 못 된다는 걸 다른 사람은 몰라도 소미 씨는 잘 알지 않나? 그래서 지금 이렇게 쳐들어와 내 사생활을 따질 수 있는 거고.」

양소미가 제 파트너인 박승수 부부의 사생활을 얼마만큼 깊이 아는지 연호는 때로 궁금했다. 박승수가 아내를 대상으로 벌이는 행태를 인지하고도 그와 작업하고 섹스를 할 수 있는지. 아니 박승수의 폭력성이 양소미에게 나타나는지가 더 궁금한 것인지도 모른다.

「아이, 따지다니요. 그냥 걱정되어서 여쭤보는 거지요. 전화는 먹통이고 댁에 갔더니 아무도 없는 것 같고요.」

「난 그 남자 소식 한두 달씩 모르고 살기 다반사야. 이번에도 몰라. 아파트 주차장에 차를 두고 나간 건 알지. 그래서 외국 여행이라도 간 건가, 하는 참인데. 그 여행엔 소미 씨도 동행했을 거라 여겼는데, 나를 찾아와 묻는 걸 보니 아닌가 보네. 아무튼 만나거나 연락되거든, 내 말 좀 전해줘. 부디 조용히, 깨끗이 정리하자 하더라고.」

스물여덟 살짜리 남자와 결혼한다고 나섰을 때 주변에서는 연호를 미친년 취급했었다. 그제야 비로소 연호는 서른여덟이라는 자신의 나이를 느꼈다. 이전까지는 나이가 오는지 가는지, 많은지 적은지에 대해 감각하지 못했다. 미쳤냐? 자신의 결혼 소식을 듣게 된 이들이 하나같이 그렇게 물어왔을 때 연호는 시인했다. 다들 미쳤다고 하니 미치긴 했나 봐. 농담인 양 시인했을 뿐 젊은 사내한테 미쳐 제정신이 아니었던 터라 주변 사람들의 미쳤다는 말이 단순히 나이 차에 관한 독설만은 아니었음을 깨닫지 못했다.

뭔가 잘못됐음을 처음 느낀 건 결혼하고 한 달쯤 되었을 때였다. 승수가 작업실을 옮겨야겠다며 도와달라 했을 때 연호는 그가 아내에게 작업실 정리를 도와달라는 것을 당연하게 여겼다. 알았어, 어디로 옮길 건데? 연호가 묻자 알몸의 젊은 남편이 히죽 웃으며, 그야, 선생님이 어떤 방을 만들어 종을 걸어주느냐에 달렸겠죠? 했다. 작업실을 얻어달라는 뜻임을 뒤늦게 깨쳤다. 남편의 작업실을 아내가 얻어줄 수도 있는 일이었다. 그의 작업들을 힘닿는 대로 후원할 용의가 있었다. 문제는 그가 대놓고 그걸 요구했다는 사실이었다. 그것도 섹스를 치르려 알몸이 된 침대에서, 당연한 듯. 가슴을 긋는 듯한 날카로운 통증이 한 차례 지나갔지만 연호는 아직 그에게 미친 상태였다. 그의 거친 애무와 젊은 그가 몸 안으로 파고들어올 때의 환희가 간절했다. 온몸이 파열되는 듯한 그 격렬한 환희. 박승수를 만나기 전까지 연호는 몸의 환희를 몰랐다. 그로 하여 깨친 것이었다. 늦게 배운 도둑질로 날 새우는 꼴이었다고나 할까. 젊은 남편의 요구가 가슴 아팠을망정 파렴치하다 느낄 수 없었고 박승수가 어떤 종자인지도 그때까진 눈치 채지 못했다.

「선생님, 승수 씨 차가 댁 앞의 주차장에 있기 시작한 게 언제부터예요?」

「정확히 모르겠는데? 나는 삼 주쯤 전에 전시회 끝내고 곧장 경주 갔잖아. 경주 실컷 보며 돌아다니다 집에 갔더니 집 앞에 차는 있는데 집에 사람은 없더라구.」

연호에겐 전국의 박물관을 중심으로 여행을 다니는 습관이 있었다. 경주 박물관을 세 번째 간 지난번 경주 여행은 내년이 경주 박물관 개관 백주년이 되는 해라 여러 이벤트를 준비하고 있다는 기사를 읽은 덕이었다.

「선생님 전시회 폐막 즈음에 여행 가셨다는 말 들은 것 같아요. 첫눈 오던 날이요. 승수 씨가 그날 술이 많이 취했는데도 기어이 집엘 가겠다고 해서 제가 데려다줬는데, 그때요. 주차하고 승수 씨더러 집으로 올라가라 하고 돌아갔구요. 그렇다면 그때부터 쭈욱 차가 그 자리에 있었다는 건데요, 승수 씨는 좀체 차 없이 움직이지 않잖아요. 이상하지 않은가요?」

둘이 뒹군 흔적을 집안 곳곳에 흘려놓고도 거짓말을 잘도 한다. 젊은 그들은 잠깐이나마 저희 선생 노릇을 했던 연호를 개의치 않고 내키는 대로 엉켰다. 승수가 결혼하기 전에도 둘은 파트너였다. 그 둘 사이에 연호가 결혼이라는 형식을 통해 끼어들었지만 그들에게 남자의 아내는 어떤 걸림돌도 되지 않았다. 그들이 조심하지 않고 아무 데나 늘어놓은 흔적들은 그들보다 나이 든 연호가 내색하지 않거나 내색치 못하고 치웠다.

「나는 이상하지 않지만 소미 씨가 그렇게 느낀다면 이상한 거겠지. 그대가 그 사람을 나보다 훨씬 잘 알잖아? 필요하다면 그대가 찾아보도록 해. 그만 가보지 그래? 이십 분쯤 뒤에 손님이 찾아올 거야. 계간 〈미술계〉에서 작업실 탐방을 나온다 하더라고.」

이따금 인터뷰 때마다 기자들은 연호에게 젊은 남편 박승수에 대해 물어왔다. 연호는 젊은 남편에 대해 언급하는 대신 수줍은 웃음으로 때웠다. 그러면 그들이 제 지면에 필요한 만큼 소설들을 썼다.

「실종 신고를 해야 하지 않을까요?」

「하든가.」

「선생님이 하셔야죠. 가족만 할 수 있는 건데요.」

「그래? 그렇담 가족인 내가 알아서 할 테니 그대는 신경 꺼.」

연호가 먼저 일어나 문을 여니 마지못해 따라나선 소미가 복도에서 아! 과장된 탄식을 뱉으며 멈춰 섰다.

「제가 이렇다니까요. 선생님, 승수 씨 차에 노트북하고 카메라가 있을 텐데요, 그것들 좀 주시겠어요?」

「그 사람이 가져갔겠지, 있겠어?」

「차가 있는데 그것들을 메고 갔을 리 없지요. 보통 트렁크에 넣어두거든요. 저희들 프로젝트에 기획안으로 쓸 포트폴리오가 있어서요. 레디메이드 오브제를 이용한 아상블라주로, 테마를 '환한 방의 비밀'로 잡아놨어요. 복사해놓고 돌려드릴게요.」

「무엇이든 두 사람이 함께 만들었을 거라는 걸 알아. 그렇지만 그 사람 부재중에, 그게 트렁크에 있는지 없는지는 몰라도 그 사람 물건들을 내가 내줄 수는 없어. 전시회가 예정돼 있다면 돌아오겠지? 좀 기다려봐.」

차 열쇠도 집 열쇠도 내줄 수 없다는 말을 알아들은 소미는 표정이 굳어 돌아섰다. 건물 밖으로 나서자마자 화풀이하듯 담배를 피워 물고는 차로 향한다. 그네 차가 운동장을 거칠게 한 바퀴 돌다간 교문 밖으로 사라지자 개가 연호를 향해 짧게 짖고는 차를 따라 교문 밖으로 나간다. 주변 어느 집의 개인 모양인데 이번 겨울 들면서 폐교 안을 어슬렁거렸다. 요즘도 심심하면 찾아와 연호를 기웃거리다가 가마솥 아궁이로 들어가 잠을 자기도 했다. 녀석 때문에 아궁이 속의 재를 깨끗이 치우고 그 자리에 종이 상자를 들여놓은 게 며칠 전이었다. 녀석의 흰 털이 잿빛으로 변한 모습을 본 뒤였다.

서울 쪽에 눈이 온다더니 여기도 내리려는지 하늘이 몹시 낮다. 3주 전 첫눈은 폭설이었다. 오늘은 어떨지. 찾아올 기자들에게 지피에스를 따라오라고 주소를 자세하게 가르쳐주긴 했다. 폐교돼버린 지 오래된 곳이라서 학교 이름도 없었다. 일반 구경꾼이 기웃거리는 게 싫은 연호는 폐교에 문패를 걸지 않았다. 연호의 영토에는 찾아오는 사람이 드문 대신 무한한 고요가 있었다. 특히 눈이라도 내릴라 치면 지상에 자신만 존재하는 듯 자유로웠다.

고부(姑婦)

박승수의 모친은 며느리가 주로 작업실에 있다는 말을 듣고 화순 골짜기까지 갔다 왔다. 연호는 감기 기운이 있어 사흘째 광주 시내의 아파트에서 두문불출했다. 종일 텔레비전을 켜놓은 채 자고 또 잤다. 전화기를 꺼놓지는 않았지만 벨소리를 죽여놓은 탓에 시어머니가 자신에게 연락하기 위해 부단히 애쓴 걸 몰랐다. 예정된 전시회 날짜에 파트너가 나타나지 않아 엉성하게 전시회를 치른 양소미가 승수의 모친을 부추겨 연호를 찾게 만든 것이다.

소미로서는 그럴 만했다. 첫 그룹전부터 늘 설치 작업을 같이 해온 두 사람이라 혼자 작업하는 훈련이 돼 있지 않았다. 사실 혼자서 작업을 해낼 만한 재능이나 역량이 소미나 승수 둘 다한테 없었다. 1년에 서너 차례씩 난삽한 물건들을 만들어 그룹전을 벌이지만 그들이 설치전을 벌이는 목적은 작품 자체보다 전시회였다. 전시회를 핑계로 지방 정부가 젊은 작가들에게 지원하는 지원금을 챙겨먹는 것이다. 그리고 그런 전시 이력을 통해 각종 문화 행사장의 장식 일을 수주했다. 승수, 소미뿐 아니라 아직 젊은 탓에 개인 전시회를 벌일 만한 능력이 모자란 그 팀은 떼를 지어 그룹전을 벌이고 다녔다. 아니 삶의 비의를 찾아다닌다던가. 구상하는 데에 시간이 얼마나 걸렸든 그들의 설치 작품은 보통 하루면 완성되었다. 작업의 특성이 그렇기는 했으나 설치는 그렇게 간단한데 팸플릿에 쓰인 해설은 늘 장황했다. 팸플릿에 언제나 빠지지 않는 문구는 '삶의 비의(秘意)를 찾는 작업'이었다. 연호는 그들의 전시회 팸플릿을 볼 때마다 찾으면 찾아지는 게 삶의 비의인 모양이지? 중얼거렸다.

「젊은 여자가, 그렇게 외진 데서 혼자 있으면 무섭지 않냐?」

한번 가봤다고 그새 걱정이 생기셨다. 연호가 시어머니한테서 듣는 첫 걱정이었다. 모친의 반대를 무릅쓰고 결혼했던 터라 왕래가 드물었다. 더구나 그네는 빠듯한 살림에 승수 말고도 전실 자식 둘과 재혼 뒤 낳은 자식 둘이 더 있었다. 예술을 한다지만 사실은 백수건달처럼 사는 다 큰 자식한테까지 신경 쓸 여력이 그네에겐 없었다.

「이웃이 친정 동네인데다 제가 육 년을 다닌 학교인데요. 무섭지도 않지만 제가 하는 일들에는 시끄러운 소리가 많이 나서 그렇게 외떨어져 있어야 합니다.」

「그래도 너무 넓은데 대문이랑은 또 너무 허술한 거 같더구나. 친정 동네라 해봐야 친정도 없다면서.」

연호의 친정어머니는 남편이 돌아간 뒤 서울에 사는 아들네로 들어갔다. 아직 봐줘야 할 어린아이들이 있어서 애보기로

간 셈이지만 그 핑계로 연호의 동생 치호는 어머니 집의 살림을 모조리 팔아 갔다. 치호는 어머니를 제가 모시겠다고 했으나 아이들이 입학하고 어머니 손이 필요치 않을 때도 함께 살 수 있을지는 두고봐야 알 일이었다. 어쨌든 현재 연호가 태어나 살던 옛집이며 텃밭 자리에는 퇴직 공무원이 지은 전원주택이 들어서 있었다.

「아무리 튼튼한 대문이라도 누가 억지로 열려고 들면 다 열리기 마련이지요. 제 문을 억지로 열고 들어오고 싶은 사람이 없기를 바라면서 살아요.」

박승수를 알기 전 연호는 사람 무서운 걸 몰랐다. 때문에 폐교가 비어 있다는 소리를 들었을 때 대번에 얻기로 결정했다. 회화며 조각을 하는 젊은 작가 셋이서 빌려 사용했던 곳이었다. 그들은 5년 단기 계약 기간도 채우지 못하고 떠났지만 연호는 20년 장기 계약을 했다. '종(鐘) 작가'로 이름이 알려지면서 이연호가 만든 종들이 돈이 되기 시작한 것은 서른 살 무렵이었다. 이후 여섯 차례의 '소리 나는' 전시회를 했다. 폐교에서 맘껏 작업할 수 있었기 때문이었다. 사계절이 얼마나 예쁜 곳인지. 뒷산은 또 얼마나 아름다운지. 삶을 몰랐던 때 경치를 알았으랴. 어릴 때는 보지 못했던 풍경들이었다. 원시림처럼 깊어진 숲 사이로 오솔길이 구불구불 고즈넉하게 누워 있었다. 금세라도 숲의 정령(精靈)이 날아오를 것 같은, 안개 빛의 호젓함이 서린 길이었다. 연호를 위해서만 존재하는 것 같은 산이고 길이었다. 그곳에서의 연호는 무서운 게 없었다. 박승수와 결혼 뒤 더불어 산 아파트에서의 연호와 폐교 작업장에서의 이 연호는 달랐다. 아파트에서는 늙고 힘없는 아내였고 작업장에서는 자신의 세계를 가진 작가였다. 때문에 박승수가 폐교 작업장에 오는 일은 흔치 않았고 와서 부리는 행패도 아파트에서의 그것에 비할 수 없게 약했다. 패악을 부리러 왔다가 무언가에 눌린 듯 슬그머니 주저앉아버리는 식이었다.

「승수가 집에 안 들어온 지가 벌써 석 달이나 됐다면서 걱정 안 되냐?」

「멀쩡한 젊은 사람을 왜 걱정하겠어요?」

「멀쩡한데 집엘 안 들어와?」

「원래 한두 달씩 들어오지 않기가 예사인 걸요. 이번처럼 오래 깜깜 소식 없기는 처음이지만 저한테 화가 나서 그렇다는 걸 알기 때문에 걱정하지 않습니다. 소식 딱 끊으면 제가 자길 기다리며 말라죽을 거라 여길 테니까요.」

「말 참 독하게도 한다. 안에서 정이 없게 만드니 바깥으로만 나도는 거 아니냐? 석 달씩이나 안 들어오고 있는데 걱정조차 안 하는 너한테 무슨 정을 느낄 거라고.」

「그래서요, 저한테 정이 없어 들어오지 않는 서방을 찾지 않는 거예요. 그리고 사실은 몇 달 전엔가 일본 여행하고 싶다 한 적이 있어서, 원래 잘 나다니는 사람이고, 갈 때 간다고 말하는 사람이 아니라서, 일본 갔나 보다 하고 있어요.」

「일본을 가면 갔지 제가 뭔 돈이 있다고 석 달씩이나 남의 나라에서 놀아?」

「석 달 정도 놀 만한 돈은 있었을 거예요. 작업실 전세 보증금 뺀 지 얼마 되지 않았을 때니까요. 저는 그 돈을 제가 그 사람한테 줄 수 있는 마지막 돈으로 여겼어요. 사실이 그렇구요. 그 사람하고 4년 남짓 살면서 저한테 남은 건 이제 이 전셋집뿐이거든요.」

「그놈이 한 푼도 안 벌고 여편네만 뜯어먹고 사는 것처럼 말하는구나.」

연호는 시어머니의 빈정거림에는 입을 다문다. 그가 사라지기 석 달 전쯤 연호는 승수가 사용하던 자신 명의의 신용카드들을 다 해지시켰다. 해지하기 전달에 쓴 카드 대금을 갚는 것으로 그에 대한 일체의 지원을 중단했다. 마침내 그를 포기한 것이었다. 돈을 주지 않는 연호는 그에게 아무것도 아니었다. 그는 해지된 신용카드들을 연호 면전에 내던지며 코웃음을 치더니 나가 제 작업실 보증금을 빼고는 양소미의 작업실로 들어갔다.

「참말로 일본 간 것 같으냐?」

「그랬을지도 모른다 생각은 하지만 모르겠네요. 알고 싶지도 않고요.」

「젊은 놈 좋다고 울며불며 매달려 결혼할 때는 언제고 이리 독하게 구는지, 나는 네가 참 무섭다. 차라리 이혼을 할 것이지.」

울며불며 매달려 결혼했다. 결혼 전 인사하러 갔을 때 시어머니 자리였던 그네가 내뱉은 거절의 말이 그만큼 독했다. 난 저놈한테 에미 노릇 못했다만 저놈도 아들 노릇 아예 할 맘이 없는 놈이다. 서방 노릇은 할 것 같으냐, 뭘로? 며느리 자리 나이가 많아 맘에 들지 않는다는 통상적인 이유로 반대를 했더라면 외려 좋겠다는 생각에 연호는 그 자리에서 눈물을 쏟았다. 저주 같았던 것이다. 저주였든 우려였든 결과적으로 그네의 말은 맞았다.

「설마 제가 이혼 안 해주는 걸로 생각하시는 건 아니지요? 어머님은 제가 무섭다 하시지만 저는 제 서방이 무섭습니다. 울며불며 매달려 결혼한 대가로 제가 어머니 아들한테 어떤 대접을 받고 사는지 한번 보실래요?」

연호는 왼쪽 어깨 부분의 옷을 끌어내려 왼쪽 가슴 위에서 어깨까지 길게 그어진 붉은 흉터를 내어보였다. 작년 여름 그가 부순 의자에 맞은 상흔 중 하나였다. 그는 얼굴이나 목, 머리나 팔 등 밖으로 드러나는 신체 부위는 귀신같이 피해가며 상처를 입혔다. 때문에 연호는 전날 밤 어깨를 찢겨도 다음 날 멀쩡한 얼굴로 인터뷰를 할 수도 있었다. 며느리 몸의 상흔을 본 그네 눈이 동그래지는가 싶더니 금세 외면한다.

「더는 보시고 싶지 않죠? 이혼은 제가 안 하는 게 아니라 그 사람이 안 해주는 거예요. 때때로 이렇게 만들면서 이혼은 꿈도 꾸지 말라고 빈정거리기만 하죠. 그러면서 제가 작업도 못할 만큼 병들면 그때 이혼해주겠다고 하고요.」

「그놈이 잘했다는 건 아니다만 공연히 애먼 사람을 때리기야 했겠냐?」

「제가 맞을 짓을 해서 맞았다, 그건가요?」

「그거야 내가 모른다만.」

「어머님도 맞을 만한 짓을 해서 맞고 사시는 건가요?」

연호를 외면했던 그네 고개가 휙 돌아왔다. 노려보는 눈매가 분노로 떨린다. 혹은 부끄러움으로. 몸에 각인된 기억은 사라지지 않는다. 박승수의 몸에는 제가 맞은 매와 어머니가 맞은 매의 기억이 동시에 새겨져 있었다. 생부가 그들 모자에게 저지르던 폭력이 생부가 죽으면서 끝나는가 했는데 어머니가 재혼을 했다. 의부는 의붓아들에게 직접 손을 대지는 않았으나 재취한 아내에게 폭력을 가함으로써 그의 아들 또한 친 것이었다. 의부가 안방 문을 잠그고 어머니를 때릴 때마다 그 아들은 문 밖에서 제 어머니가 그 방 안에서 죽어버리기를 바랐다. 그랬다고 했다. 미워하면서 닮는다던가. 그의 몸과 마음에 새겨진 채 잠들어 있던 폭력이, 세상에서 유일하게 저보다 약한 존재를 발견하고 물꼬 터지듯 터진 것이었다. 기억이 살아날 때마다 그는 저를 사랑함으로써 저보다 약한 존재가 된 아내를 향해 주먹을 휘두르거나 손에 잡히는 모든 걸 흉기로 삼았다.

「그 사람이 절 팰 때 흔히 하는 말이에요. 엄마도 매를 버는 여자라고. 저더러 엄마를 닮았다구요.」

그네의 상처를 일부러 들쑤셔 혹독하게 말했다. 연호는 자식이 없으므로 자식 걱정하는 어미 맘을 몰랐다. 남편의 폭력으로부터 자식을 지켜줄 수 없는 그 허약한 모정에 대해 알고 싶지도 않았다.

「이런 상처들. 제가 매달려 한 결혼이라서, 저보다 한참 젊은 남자랑 한 결혼이라서 못 내놨습니다. 한편으로는 안쓰럽게 도 여겼죠. 상처가 많아서 그렇구나. 일이 풀리지 않아서 그렇겠지. 이 한때만 지나가면 괜찮아질 거야. 내가 겪는 이것들을 밖으로 내놓으면 젊은 사람 앞길 막는 것인데 더 참자. 내가 더 잘해야지.」

「그렇게 참을 것이면 더 살갑게 굴면서, 안 들어오면 찾아보고 그래야지. 암만 망나니짓을 하는 놈이라도 하나뿐인 식군데, 어떻게 석 달이 지나도록 소식을 모르고 살아. 그러고도 잠이 와?」

그 공포와 아픔과 부끄러움을 같은 입장에서 어느 정도 이해할 거라 여겼는데 아닌 모양이다. 그네는 아내로서의 자신과 어머니로서의 자신을 분리하고 있다. 당연한 것이었다. 섭섭하기는커녕 그네와 맺었던 관계가 정리된 듯 홀가분하다.

「어떻든, 저는 현재로서는 어머니 아들의 행방을 모릅니다. 알고 싶지도 않아요. 아, 어머니 모시고 제 작업실까지 다녀왔을 양소미가 어머니께 실종 신고를 하시라 했을 텐데요, 꼭 그래야겠다면 어머니가 하셔요. 저는 그 사람이 사라질 사람이라 믿지 않거든요.」

「감기 걸렸다면서 좀 나았냐?」

느닷없는 화제 전환이다. 할 말이 없으니 그저 해보는 소리였다. 어쩌면 한 차례 확인한 것으로 마음의 짐을 덜어낸 것인지도 모른다. 연호도 더 이상은 할 말이 없었다. 박승수가 그런 종자가 아니었고 자신이 그런 종자에 매달려 산 여자가 아니었다면 그네와 연호는 어쨌든 고부간이므로 미운 정이라도 들었을 것이다. 박승수는 아들 노릇을 일체 하지 않았고 연호는 며느리 노릇을 하지 않았으며 그네는 어머니 노릇을 하지 못했으므로 그네와 연호 사이에는 맺힌 것이 없었다. 감기 다스리느라 실온을 올려놓은 탓에 더운지 그네가 땀을 흘렸다.

「어지간해져서 나가볼까 해요. 가을에 전시회가 예정돼 있거든요. 추울 때 얼추 작업을 해놔야 해서 길게 앓을 시간도 없어요.」

겨울 내내 연호는 다음 전시회 주제를 '소리의 상상'으로 잡고 작업해왔다. 경주 여행에서, 특히 박물관에서 보낸 며칠이 작업에 매달리게 만들었다. 온갖 불상들의 광배 문양과 극도로 화려한 꾸미개들의 무늬들을 그려내며 시간을 보낼 수 있었다. 용광로 사용이 맞춤한 겨울에는 작업하기도 맞춤했다.

「서방이 종무소식이어도 너는 네 일만 열심이구나.」

「그 사람이야 어디선가 자기 재미에 빠져 있을 텐데, 저도 제 일 해야지요. 저랑 같이 나가세요, 제가 댁 근처까지 모셔다 드리고 작업장으로 갈게요.」

「택시 타면 되는걸, 됐다. 네가 태평하니 나도 괜한 걱정했나 싶어진다. 혼자 갈 테니 너는 어지간하면 하루 더 쉬어라. 얼굴이 많이 축났다.」

그네가 일어선 이상 연호가 기운 없는 몸을 끌고 나설 필요는 없었다. 얼핏, 어쩌면 아파트 주차장에 양소미가 아직 대기하고 있을지도 모른다는 생각이 들기도 했지만 아무래도 상관

없었다. 연호는 그네를 엘리베이터가 닫힐 때까지 배웅하고는 집으로 돌아왔다. 박승수가 부재하면서 비로소 집이 집 같아졌다. 그가 집에 있으면 언제 폭탄이 터질지 몰라 전전긍긍했다. 손에 들어오는 건 압정 하나라도 차곡차곡 정리하는 게 연호의 오랜 습벽인데 그가 있으면 집안의 사물이 제자리에 있는 법이 없었다. 연호에게 정리되지 않는 단 하나의 대상이 박승수였다. 그 하나가 삶을 온통 난장판으로 만들었다. 요즘은 살만했다. 감기로 인한 고열조차도 감미로웠다.

연호는 다시 텔레비전을 켜놓고 소파에 누워 이불을 턱밑까지 끌어당겼다. 화면에는 낯익다 못해 친밀감까지 느껴지는 과학 수사관 역할의 배우들이 범죄의 증거를 찾아내는 중이었다. 첨단 과학 기기와 전문 지식을 갖춘 데다 유머까지 지닌 그들의 과학 수사망을 벗어날 수 있는 범죄자는 없었다. 그렇다고 그들이 모든 범죄자를 다 잡을 수 있는 건 아니었다. 증거가 있어야 했다. 심증이 있으되 물증이 없으면 그들의 수사가 물거품이었다. 흉악무도한 연쇄 살인범도 유들유들 웃으며 수사관들에게 안녕 인사를 하고 경찰서를 빠져나갔다. 집에 홀로 있을 때 연호가 미국 수사 드라마를 즐겨보는 까닭은 그 숨바꼭질의 정밀함 때문이었다. 폭탄이 터지듯 삽시간에 벌어진 사건의 숨겨진 원인이 드러나고 과정이 유추되고 증거에 의해 결과로 정리되는 걸 지켜보노라면 자신조차도 정리되는 듯했다. 숨은 자와 찾는 자의 숨바꼭질. 연호는 때때로 미국 드라마를 보면서 숨기와 찾기의 두 가지 역할을 다 즐겼다. 결혼 뒤 생긴 유일한 취미였다.

실종 신고

한 달 전 집으로 찾아왔을 때처럼 김 형사 손에는 연호가 써서 제출한 실종 신고서의 사본이 들려 있었다. 그때 그는 신고서를 보며 박승수의 나이를 확인했었다. 신고인인 연호 나이와 박승수의 나이가 뒤바뀐 게 아닌지 잠시 착각했다던가. 연호는 자신이 나이 많은 아내임을 재차 확인시켜야 했다.

「요 앞에 있는 가마솥은 주로 어떤 용도로 사용하십니까?」

「이따금 재미로 찻잎들을 덖어 보기는 해도 특별한 용도는 없어요. 불 때는 일이 흔치 않아 개가 아궁이를 제 집으로 삼고 있죠.」

「직접 제작하신 겁니까?」

「아니요. 제 친정아버지가 이쪽 읍내에서 대장간을 하셨는데 돌아가신 뒤 대장간 정리하면서 제가 실어다 건 거예요. 아버지 유품이자 일종의 장식품인 셈이죠. 나중에 실력이 쌓이면 종을 만들어볼까 싶어 간직하는 중이기도 하구요. 쇠가 좋거든요. 순도가 높아요.」

김 형사가 가마솥을 한참 살피는 걸 보았다. 가마솥뿐만 아니라 폐교 안 구석구석을 돌아보았고 작업장이며 창고 등을 샅샅이 뒤져보며 다녔다. 하지만 거실로 들어와 연호를 건너다보는 그의 눈길이 날카로운 것 같지는 않다.

「드물게 큰 솥인데, 저 정도면 용량이 어느 정도나 될까요?

사람도 너끈히 들어갈 만한 크기던데?」

「글쎄요, 옛날 술도가에서 술밥 하던 솥이라고 들었어요. 반가마 술밥을 한 번에 했다던가, 그랬던 것 같아요. 술도가가 문을 닫은 뒤 아버지가 쇠를 쓰려고 쌀 두 가마 값에 샀다더군요. 대장장이가 욕심낼 만한 무쇠 덩어리니까요.」

「솥에도 역사가 있군요. 어쨌든, 그때 말씀해주신 사항들을 기반으로 여러 가지를 확인했고요, 부군의 통화 기록도 확인했습니다. 작년 12월 초 마지막 전화 일곱 통은 부인한테 했는데 부인이 전화를 받지 않으신 걸로 나왔고요. 그때 경주 여행 중이었다고 하셨던가요?」

「그 사람이 저한테 전화했을 때는 경주로 가던 길이었을 거예요. 전시회를 끝냈던 즈음이라 바쁠 것도 없어서 여기저길 돌면서 쉬엄쉬엄 갔죠. 전화가 울리는 줄도 몰랐는데 나중에 배터리 충전하고 살펴보니 부재중 전화가 그렇게 찍혀 있더군요. 저는 답신하지 않았어요. 원래 그 사람한테 전화를 거의 하지 않기도 하구요.」

「그러셨더군요. 광주 시내, 댁 근방에서 하신 전화들이었습니다. 그 전화들을 끝으로 전화가 끊겼고요. 아무튼 지난달 댁을 방문했을 때 알려주신 부군의 친구들도 다 만나보았습니다. 부인처럼 친구들도 거의 부군이 외국 여행이라도 간 걸로 여기더군요. 그래서 출국 기록을 확인해보았는데, 동남아를 두어 번 돌아다녔고, 프랑스며 영국 등 유럽을 두 번, 미국을 한 번, 인도며 네팔이며 티벳도 두 번 다녀오셨고요.」

모두 이연호의 신용카드를 긁고 다녔던 여행들이었다. 여행 간다고 말하지 않아도 그가 여행을 준비 중인 즈음엔 금세 알 수 있었다. 집에 들어와 있다고 술기 없이 전화를 해오는가 하면 마주 앉아 다음 전시회에 어떤 테마로 작품을 할 것인지 설명해주었다. 아내의 작업 진척 과정을 물어오기도 했다. 그럴 즈음의 그는 젊은 예술가다웠다. 빛나고 아름다웠다.

「그런 편이었어요. 그중 좋아했던 곳이 일본, 도쿄인 것 같더군요. 도쿄의 활기가 적성에 맞는다 하더라구요. 조용한 곳을 즐기는 성격은 아니거든요.」

「그렇지만 이번엔 출국하신 건 아니더군요. 항만청 기록에도 나오지 않고요. 현재로서는 단순 가출에 의한 자의적인 미귀가로 잠정 결론을 내려는 참입니다. 그전에 부인께 한 가지 확인할 사항이 있는데, 유산을 하셨다고 했지요? 그래서 아이가 없다고.」

결혼 첫해 넉 달 만에 임신을 했는데 박승수의 폭력이 그때 시작됐다. 그 첫 번째 폭력 과정에서 유산되었다. 그러곤 다시는 임신이 되지 않았다.

「그렇게 말씀드렸지요.」

「그때 왜 유산이 되신 겁니까?」

「태아를 지키지 못할 만큼 제 몸이 허약한 탓이었겠죠. 나이도 적지 않았구요.」

당시 연호는 몸보다 맘이 허약했다. 그가 휘두르는 폭력을 믿을 수가 없어서 넋이 빠졌다. 그가 나쁜 장난을 하는 거라고,

악몽을 꾸는 거라고 여기면서 연호는 정신을 잃었고 깨어나니 병원이었다. 임신한 아내가 피를 흘리는 것을 보고서야 정신이 든 박승수는 연호를 병원으로 데려가 계단에서 발을 헛디뎠노라고 했던가 보았다.

「그때 산부인과 기록을 살폈는데, 의사가 진료 기록을 보면서 알려주더군요. 당시 유산의 원인이 부인 몸에 직접적으로 가해진 폭력 때문으로 짐작한다고 적혀 있다고요. 혹시 남편에게서 상습적인 폭력을 당하신 겁니까?」

부정할 수 없는 상황이었다. 돌아가지 못할 거라면 질러가야 한다. 연호는 맞은편의 형사를 곧게 바라보며 고개를 끄덕였다.

「그 사람한테 주사가 있어요. 일이 풀리지 않으면 화가 나 술을 마시고 화난 상태에서 술에 취하면 그 화가 저한테 쏟아지곤 해요. 그래놓고는 외국 여행을 떠나버리곤 하죠. 저는 그걸 누구한테도 말하지 못하고 혼자 추슬러야 하고요. 아프고 무서운 것보다 부끄럽거든요. 그래서 저는 집에 있는 시간보다 여기 머물 때가 많아요. 그 사람이 여기 오는 일은 드무니까요. 덕분에 일을 많이 하는 셈이에요.」

「남편 분이 재산세는 물론 소득세를 낸 기록도 없더군요. 결국 부인께서 다 지원해오셨다는 건데, 자신의 모든 것을 지원해주고 폭력 사실까지도 감춰주는 부인 앞에 나타나지 않는 원인이 어디 있다고 보십니까? 이렇게 종적 없이 잠적해 버린 이유가?」

박승수는 연상의 아내를 제 보험으로 여겼다. 그를 비롯한 패거리가 이연호를 두고 내기를 했다는 사실을 연호는 나중에 알았다. 늙은 처녀 작가 이연호를 누가 꼬드겨 넘어뜨릴 것인가. 첫 번째 주자로 박승수가 나섰는데 연호는 그들의 첫 내기에 걸렸다. 박승수는 알고 보니 그네가 진짜 처녀였더라고 연호의 첫 남자 경험을 술안주로 삼았던가 보았다. 그 자리에서 술에 취한 젊은 사내들이 끼득끼득 웃으며 박승수를 부추겼다고도 했다. 야, 까짓 결혼해라. 그보다 든든한 보험이 어딨냐?

「저도 그게 궁금하지만 알고 싶지는 않아요. 솔직히 저는 그 사람이 제 앞에 나타나지 않는 현재가 좋아요. 그렇게 바라지만 제가 아는 한 그 사람은 그럴 사람이 아니라서 수시로 불안해요. 오늘 밤에라도 당장 돌아오면 어떡하나 싶구요. 집에 돌아갈 때마다 먼저 지난번에 살펴보신 그 차, 아파트 입구에 그대로 세워놓은 차를 확인해요. 차에 변동이 있으면 집에 들어가지 않으려구요.」

이따금 그 난리를 겪으면서도 집에 가지 않을 수는 없었다. 그와 함께 있는 공간이 때때로 지옥으로 변할 걸 두려워하면서도 두려움의 깊이만큼 그에 대한 그리움이 간절했다. 그때마다 설마 또 그러랴, 기대했다. 어쩌면 그를 처음 만났을 때 그의 눈빛을 그리워했는지도 모른다. 시립 미술관의 강좌에서 자신을 주시하던 그 섬약하고도 예민한 눈동자는 금속 공예가 이연호의 작업 과정에 관한 강의를 들으면서 경이롭게 반짝였다. 강사를 향해 용광로의 불빛, 그 뜨거움을 즐기시는 겁니까? 라고 묻던 스물다섯 살의 청년. 그 눈동자는 예술에 대한 그 자신의 열망을 표현하고 있었다. 그 열망이 두세 해 만에 그렇게 뒤틀린 모습으로 발현될 수 있다는 걸 연호는 오래도록 믿지 못했다.

「부인에겐 부군이 세상에서 아주 사라져주는 게 좋겠군요?」

「솔직히 그래요.」

「너무 솔직하신 거 아닙니까?」

비웃음 같지는 않은데 석연치 않은 웃음기를 풍기는 그의 눈매가 처음 들어설 때보다 뾰족해졌다.

「그 사람 파트너도 만나보셨을 테고, 그 사람들 작업실도 둘러보셨겠지요. 다 확인하고 오셔서 묻는데 솔직하지 않을 까닭이 없잖아요?」

연호 말에 응대하듯 멀리서 종소리가 짜르랑거렸다. 교문에 매달아놓은 초인종이었다. 초인종에 맞춰 개가 짖었다. 연호가 폐교에 오면 녀석도 어김없이 찾아왔다. 지난여름부터 연호는 녀석한테 먹을거리를 주며 풀무라는 이름을 지어 붙였다. 녀석은 연호한테 밥을 받아먹으면서도 제가 풀무가 된 줄은 아직 몰랐다.

「요식 절차라 알아보는 것입니다. 어쨌든 기본 수사를 마친 현재로서는 부군의 미귀가와 행방불명, 실종에 관한 어떠한 단서도 찾지 못했습니다.」

교문에서 다시 초인종 소리가 났다. 지난 초여름에 사람은 드나들되 내방객의 차를 밖에 세우도록 가로막을 설치해놓은 탓이었다. 연호더러 나와보라는 듯 또 풀무가 짖었다.

「손님이 드는 모양이군요. 오늘은 이만큼 하고 필요한 사항이 생기면 다시 연락드리겠습니다.」

할 만큼 했다는 듯 형사가 미련 두는 기색 없이 운동장으로 나갔다. 연호는 그를 배웅할 겸 손님을 맞을 겸 뒤를 따랐다. 한 달 전이나 이번이나 한 시간이 채 걸리지 않은 기본 수사였다. 기본 외의 수사에 경찰이 얼마나 더 공을 들이게 될까. 그들이 박승수의 행로를 쫓아 그를 찾아낼 수 있을까. 경찰이 박승수의 행적을 찾아내는 건 이연호한테는 치명적이지만 경찰의 힘이 그렇게 강할 수 있다는 걸 확인하는 것이니 딴엔 재미있을 것 같기도 하다. 국민을 보호하는 경찰력이 그렇게 막강하다니. 연호는 여태 그런 경찰력이 존재하는 걸 실감하지 못했지만 그걸 확인하고 나면 우리나라 좋은 나라라고 초등학생처럼 노래를 부르게 될지도 모른다. 연호가 김 형사를 쫓아 나가자 풀무가 저만큼 멀어져 어슬렁거리는 대신 여성 월간지의 취재 기자와 사진 기자가 인사를 하며 다가들었다.

「이연호 선생님! 초인종이 세모 모양이네요? 세모 모양 종은 처음 봐요. 그리고 종소리가 여러 톤으로 울리는 것 같은데요?」

취재 기자의 귀여운 말투에 연호는 싱긋 웃음을 지었다. 겉은 세모지만 안쪽은 궁형인 종 세면의 쇠의 두께가 달라서 여러 톤의 소리가 나는 것이었다. 기자의 귀가 밝으니 오늘 취재도 부드럽게 진행될 것 같다. '소리의 상상'을 주제로 한 전시회가 한 달여 앞으로 다가온 참이었다. 오늘 인터뷰는 전시회가 열릴 인사갤러리 에디터의 물밑 작업의 결과였다. 화보 기사가 실릴 잡지는 전시회 열흘 전쯤에 나올 터이다. 연호는 차에 오르는 김 형사한테 목례를 해보이고는 두 기자를 안으로 이끌었다. 마주 보이는 학교 뒷산에 단풍이 곱게 스미는 기미가 보이기 시작했다.

첫눈

올해 첫눈도 폭설이다. 어제 오후부터 진눈깨비가 날리기 시작하더니 밤엔 세상을 무너뜨릴 듯 마구 쏟아졌다. 덕분에 아침에 일어나니 천지가 하얘져 있었으나 눈발은 약해져 흐슬부슬 날렸다. 연호는 지난 열흘간 폐교 밖으로 나가지 않았다. 작업장의 안팎을 정리하고 구석구석을 청소하다 지치면 난롯가에 앉거나 누워 책을 읽었다. 아무 때나 졸리면 잤다. 찾아오는 이 없고 전화는 받지 않았다. 용건이 있는 사람들은 문자 메시지를 남겼다. 응하고 싶은 용건에는 연호도 문자를 보냈다.

어제부터 반찬이 똑 떨어졌다. 미음을 안친 냄비를 난로에 얹어놓고 풀무가 어디서 움직이는지 창을 통해 찾아본다. 온통 눈밭인 운동장에서 흰 개는 좀체 눈에 들어오지 않았다. 미음 끓는 냄새가 풍겼다. 반찬이 아무것도 없으니 미음을 끓여 마실 수밖에 없었다. 밖으로 나가지 않는 것도, 미음만 먹을 수 있는 것도 자유였다. 자유의 맛은 고소한 듯 심심했다.

「풀무야, 밥 먹자.」

요즘 녀석은 제 이름을 알아들었다. 어느 구석에 박혀 있는지 모른 채 그냥 불러도 녀석은 금세 문 앞에 나타났다. 녀석이 안으로 들어오게 된 것은 제 이름을 알아듣게 된 후부터였다. 미지근하게 식힌 미음을 덜어 녀석 앞에 놓아주고 연호는 뜨거운 미음을 호호 불어가며 떠먹는다. 먹으며 녀석한테 말을 걸었다.

「싱거운 걸 자꾸 줘서 미안해. 이따가라도 나가서 맛난 것 듬뿍 사올게. 고기도 좀 사고. 요새 우리 너무 못 먹었잖아. 그렇지?」

미음 그릇을 핥아대던 풀무가 고개를 들고는 컹 짖었다. 응답인 줄 알았더니 연이어 짖으며 문 앞으로 뛰어가 껑충거렸다. 문을 열어달라는 뜻이다. 그러고 보니 초인종 소리가 났다. 바람에 흔들리는 소리가 아니라 누군가 종추를 잡아 친 것이다. 문을 열어주고 창유리로 살펴보니 한 여자가 운동장으로 들어오는 참이었다. 양소미다. 서너 달 만인가. 회색 편물 모자를 깊숙이 써서 그네 특유의 까치 머리는 보이지 않는다.

「개를 키우시네요?」

거실로 들어온 소미가 창으로 다가가 밖을 내다보며 중얼거렸다. 화장이 옅어졌다. 검정 누비 점퍼도 단순하다. 귀고리는 여전히 많이 걸었다. 모처럼의 손님이지만 내줄 것이라곤 뜨거운 맹물밖에 없었다. 연호가 뜨거운 물을 따라놓으니 소미가 탁자로 다가와 양손으로 감싸 쥐고 호호 분다.

「집 없는 아이야. 심심하면 들러서 심심한 내 벗이 되어줘.

오랜만이네.」

그네가 새삼스럽게 연호를 쳐다보았다. 기이하다는 눈길이다.

「왜?」

「부드러우셔서요. 늘 날이 서 있는 것 같다고 여겼는데 오늘은 그렇지 않으세요.」

「그런가? 사나운 것보다는 낫겠지. 그러는 소미 씨도 많이 부드러워진 거 같은데?」

「그런가요?」

「그래 보여. 이런 날씨에 어쩐 일로 여기까지 왔어?」

「전화를 받지 않으시니 댁으로 갔다가 여기까지 찾아왔죠. 저희가 신세계갤러리에서 신년 첫 전시 초대를 받았는데요, 테마가 희망이에요. 거기 에디터가 필수 사항은 아니라 하면서 덧붙이기를 이연호 선생님 작품을 함께 전시하면 어떻겠냐고 하더라구요. 희망 메시지에 종이 어울리지 않느냐는 의미죠.」

인사동에서 열었던 〈소리의 상상전〉은 성공적이었다. 경주에서 영감을 얻었던 덕에 종의 표면에 새겨진 고풍스런 문양이 화려했다. 61점의 작품 중 42점이 팔렸고 나머지 작품은 전시회 뒤 인사갤러리의 상설 전시품으로 남겨두었는데 몇 점이 더 팔렸다는 연락이 왔다. 종을 구입한 이들에는 외국인이 많다고 했다. 그 소식을 들었을 광주의 신세계갤러리에서 다음 전시회를 자신들과 하자는 연락을 해왔지만 연호는 다음 전시회 계획이 잡혔다는 말로 그들을 물리쳤다.

「나 그거 진작 거절했는데.」

「거절하셨다는 말 들었어요. 그래서 저더러 선생님께 청해보라고 했겠죠. 승수 씨 빈자리 채워주시는 셈치고 두어 점 내어주시면 안 될까요? 아무러한 작품이라도 저희들이 그 작품에 맞춰 설치하는 걸로 할게요. 부탁드려요.」

「전시회에 나가지 않은 작품이 현재로선 없는걸. 시월에 내걸었다가 남은 몇 점은 인사갤러리에 있고. 이미 전시했던 걸 가져다가 또 내걸 수는 없잖아.」

「한 번 건 걸 다시 걸지 않는다는 원칙이신 거 알지요. 그렇지만 아직 보름쯤 시간이 있으니까 생각해주세요.」

「난 보름 가지고 어려워. 알잖아. 지난 전시회 뒤에 용광로를 한 번도 살리지 않았어. 현재로선 불가능해.」

「정 안 되시겠다면 하는 수 없지만 좀 서운하기는 해요, 선생님.」

「서운할 게 뭐 있어. 그대들 젊고 능력 있잖아. 아이디어 좋고. 여럿이 하는데 무슨 걱정이야.」

「하는 수 없지요. 그나저나 여기서 계속 머무시는 거예요? 작업도 안 하신다면서요?」

「난 여기 혼자 있는 게 좋아. 아, 요즘은 풀무가 있어 혼자가 아니네. 저 밖에 있는 녀석 이름을 풀무라고 지었어.」

제 주머니를 뒤져 담뱃갑을 꺼내든 소미가 피워도 되느냐는 눈길로 연호를 쳐다보다가 거부를 느꼈는지 다시 주머니에 집어넣는다. 연호는 방문객들에게 실내에서의 끽연을 허용하지 않았다.

「선생님, 승수 씨를 기다리지는 않으시죠?」

느닷없는 질문인데 뭔가를 떠보는 듯 대답을 기다리는 눈길이 집요하다. 연호가 빤히 쳐다보자 그네 시선이 물잔으로 옮겨갔다.

「기다리지는 않지만 불안하기는 해. 내가 갇힌 방 안에 시한폭탄이 설치된 건 아는데 언제 터질지 모른 채 터지기를 기다리는 심사 같다고나 할까?」

「그런데 선생님 뵈면요, 절대 돌아오지 않으리라는 걸 확신하고 계신 거 같아요.」

「그래? 그리 뵌다면 다행이네. 그 사람이 돌아오든 말든 이젠 상관없거든. 그의 늙은 아내 노릇을 작파하기로 했으니까. 암튼, 그러는 그대는 박승수를 기다려?」

「아니요.」

「왜?」

「절대 돌아오지 않을 거 같거든요.」

「박승수가 섭섭해하겠네. 헤어지고 싶어 몸부림치는 나야 그렇다 쳐도 그대는 여러 가지 일을 함께 했던 친밀한 파트너였잖아. 좀더 기다려줘야 하는 거 아냐?」

눈길이 다시 마주쳤다. 연호가 저희들의 관계를 알고 있다는 걸 알면서도 거리낌이 없었던 그네였다. 아니 모른다. 거리낌이 있었는지 없었는지. 제도와 관계에 묶여 안절부절못했던 연호는 제도와 관계 등을 초월해 살 수 있는 듯한 그들에 대한 이해를 일찌감치 포기했다. 그들은 자신과 종족이 다른 것 같았다.

「돌아오지 않을 걸 아는데 왜 기다리겠어요?」

「어떻게 그렇게 확신해?」

「제 주변에 소설 쓰는 친구가 있어요. 얼마 전에 만났을 때 박승수가 정말 감쪽같이 사라져 일 년 가까이 종무소식이라 했더니 갑자기 눈을 반짝이면서 소설거리라고 하더군요. 저한테 여기 폐교 풍경이 어떤지 설명해보라면서 즉석에서 시놉시스를 만들어 들려주기까지 했어요. 들어보실래요?」

「작품 만들기도 전에 남한테 들려줄 얘기라면 작품 되긴 틀린, 어쩐지 시시한 내용일 거 같아서 별로 듣고 싶지 않네. 그래도 들려주고 싶다면 해봐.」

「신체 건장한 서른두 살짜리 남자가 수증기처럼 증발해버릴 수는 없잖아요. 그렇지만, 그가 정말 이 세상에서 사라졌다고 가정하는 거예요. 어떻게 사라졌을까. 박승수가 실종될 즈음 마지막으로 만난 사람이 저, 평소의 작업 파트너였다고 가정하다가 그 생각을 빼더군요. 한 사람이 더 있었을 거라고 상상한 거예요. 그 사람이 누굴까. 친구는 가장 적당한 인물이 그의 아내인 선생님이라 하대요.」

「그래서?」

「작년 선생님 전시회 끝냈을 즈음 첫눈이, 폭설이 내렸잖아요? 당시 경주 여행 중이셨던 선생님은 여행을 가지 않고 여기 폐교에 계셨던 거지요. 가령이요. 전시회 끝날 때마다 여행을 하는 게 습관이라 해도 그땐 여행을 떠나고 싶지 않았을 수도 있고 눈에, 잠시 머뭇거렸을 수도 있구요. 그런데 박승수가 술에 취해 택시 타고 이리로 왔어요. 이유는 아무래도 상관없고요. 와서 여차여차하다 술기운을 이기지 못해 잠이 들어요. 혹은 아내가 없는 빈 공간에서 술기운을 못 이겨 잠이 들어요. 그런데 그 아내는 여행을 가지 않고 있던 참이라 그가 찾아왔을 때 그를 만나기 싫어 숨었어요. 그러다 남편이 잠든 뒤 들어와요. 그러고는 그를 세상으로부터 증발시키는 거지요.」

「어떻게?」

「그러게요, 어떻게 할까요? 거기서 막혀 친구의 시놉은 미완성으로 끝나고 말았어요.」

「숨바꼭질하다 술래가 숨은 사람을 찾지 않고 사라지는 격이네. 시시해.」

「시놉은 그랬지만 친구는 거기서부터 본격적인 이야기를 만들 수 있겠다고 하더군요. 사람을 어떻게 증발시킬 수 있을까요?」

「그건 몰라도 연락 끊긴 파트너를 대상으로 그런 놀이를 할 수 있는 소미 씨가 놀랍네.」

비아냥거림이 느껴지는 소미의 눈동자가 연호의 눈길에 닿자 깜박하더니 표정이 사라진다. 그리고 입술이 먼저 웃음을 그렸다. 가면 쓸 때의 표정이 저런 거로구나. 연호도 입매에 웃음기를 만들어내다가 순간, 사람 얼굴 형상의 종을 만들어보면 어떨까 생각한다. 어떤 방향에서 보아도 한 사람의 표정이 느껴지는, 그리하여 숱한 표정이 담긴 종. 작년 이맘때 석굴암에서 머리 위에 열 개의 얼굴을 얹은 십일면 관음보살상도 보았을 때도 얼핏 비슷한 생각을 했지만 다른 문양들에 홀려서 잊고 있었다. 면면에 쓰일 쇠의 무게가 다를 테니 종추의 움직임에 따른 종소리도 다양할 수밖에 없을 터이다.

「그래서 가령이라고 했잖아요. 설마 제가 제 파트너를 가지고야 그런 장난을 할 수 있겠어요? 그냥 예를 들어 그렇다 한 거지요. 어쨌든요, 선생님. 그런 경우 어떻게 증발시킬 수 있을까요? 선생님이시라면요?」

정말 궁금한 것을 묻는 아이처럼 집요한 소미의 표정에 두 여자의 관계에 대한 배려, 혹은 거리낌은 없는 듯하다. 연호가 심각해지는 게 오히려 우스운 상황이었다.

「나는 그대나 그대 친구 같은 상상력이 없어 이야길 잇지 못하겠어. 그러는 그대라면 어떻게 증발시키겠어? 가령 말이야.」

두 사람의 눈이 충돌하듯 맞닿는다. 한참 이어질 것 같던 눈싸움은 소미의 외면으로 싱겁게 끝났다. 창밖으로 고개를 돌린 소미가 중얼거렸다.

「그러게요. 저도 사람을 증발시킬 방법을 모르겠어요. 저 운동장이나 뒷산에다 묻는다 해도 그건 증발이 아니겠죠. 수십, 수백 년 전의 유골들도 자기 존재를 밝히며 나타나기도 하니까요.」

「역시 싱겁네. 혹시 박승수가 나타나기 전에, 아니 나타난 뒤에라도 소설이 써지거나 써졌다고 하면 이어서 들려줘.」
「그만 가보라는 말씀이시지요?」
「응, 바쁠 거 아냐. 팀원들하고 전시회 의논도 해야 할 거고.」

연호는 요즘 사람 목소리가 시끄러워 라디오도 켜지 않았다. 눈 내리는 소리와 바람 소리와 종소리와 장작 타는 소리와 개 짖는 소리와 멀리서 들리는 자동차 소리까지도 다 좋은데 사람 소리는 견디기 쉽지 않았다. 사람한테서 들을 수 있는 소리는 이미 다 들어버린 것 같았다.

「선생님은 여기 계속 계실 건가요?」
「당분간 있을까 해. 그래서 이따 바깥바람 쐴 겸 이쪽 오일장에 나가보려고. 장이 열리는 날일 거거든.」
「그럼 그렇게 하세요. 저 개, 물지는 않죠?」
「저한테 위해를 가하지 않는 대상을 물만큼 사나운 것 같지는 않아.」

거실을 나간 소미가 운동장을 가로질러 교문 쪽으로 향하는 걸 연호는 창 안에서 바라보았다. 풀무가 졸래졸래 따라가는가 싶더니 교문 앞에서 돌아서 껑충껑충 뛴다. 연호는 창을 약간 열고 풀무를 불렀다. 녀석이 뛰어오나 싶더니 방향을 바꿔 교문 밖으로 달려 나간다. 약한 대로 눈발은 여전했다. 작업실 앞의 화덕이며 그 앞의 차는 눈에 뒤덮여 이글루처럼 솟아 있었다. 장을 보러 가려면 차의 눈을 좀 털어내긴 해야 할 텐데 여전히 밖으로 나서기는 싫다. 까딱하다간 저녁도 미음으로 때우게 될 터였다.

여우비거나 여우별이거나

1

마흔이 되도록 시집도 안 가고 일에만 매달려 사는 딸년 주령이 먼지가 더덕더덕 엉겨 붙은 차를 몰고 대문 앞에 당도한 게 그저께 점심참이었다. 지난 설에 오지 않았던 딸이 왔으므로 단짝 반가워야 했건만 예고 없던 주령의 출현에 몽금댁은 가슴이 철렁했다. 주령을 보는 순간 경산댁네 필우의 영혼결혼식 치르기로 한 날이 모레라는 게 퍼뜩 생각났기 때문이었다. 주령은 회사를 옮기게 되었다고 했다. 새 회사에 출근하기 전에 좀 쉬러 내려왔다고. 그렇게 설명 들었어도 몽금댁은 눈에 낄 백태가 맘에 낀 것처럼 얼찐얼찐한 것이 영 편치 않았다. 요새 텔레비전 보면 노상 실직자 타령이더니 혹시 저것도 회사에서 아주 떨려난 것인가. 그래놓고 어미 걱정할까 봐 딴 회사로 옮길 거라고 거짓말을 하고 있는 거 아닐까. 시집도 못 가고 떨려났다면 그 노릇은 또 어쩌누. 마흔 살이나 된 계집이 직장도 없다면 누가 돌아보기나 할지.

몽금댁은 건넌방으로 들어가 주령을 마구 흔들어 깨우고 싶은 심사를 억누르며 부엌으로 들어선다. 회사일이야 어쨌건 우선은 일찌감치 밥해 먹이고 쫓아 보낼 심산이었다. 비까지 질금거리는 게 암만해도 불길했다. 작년 내내 비가 고양이 눈물만큼씩, 그것도 겨우 몇 차례 내렸다. 지난겨울에도 눈발 한번 시원하게 날리지 않았다. 그러더니 마치 날 받은 것처럼 비가 뿌리고 있지 않은가. 경산댁네가 수도암(修道庵) 가서 일을 치른다니 동네 시끄러울 일이야 없겠으나 때맞춰 비가 내리는 것조차 꺼림칙하다. 주령이 와 있지 않고, 필우 일 치르는 날이 아니라면 합장하면서라도 반길 비인데 지금은 비가 딸년의 발목이라도 잡을 것처럼 느껴지는 것이다.

필우는 누구나 혀를 내두르게 만들던 개차반이었다. 맨정신일 땐 물 위의 기름같이 겉돌면서 도무지 입을 떼는 일 없는 놈이 술에 취하면 제정신을 잃고 온 동네를 시끄럽게 했다. 서울이고 광주고 부산이고 취직해 나갔다는 얘길 들었다 싶으면 어느새 돌아와 애도 어른도 몰라보고 아무한테나 시비 걸며 행악을 부리던 놈이었다. 놈이 막걸리 마시듯 제초제를 들이켜고 눈자위가 뒤집혀 버르적거리다 병원으로 실려 가기도 전에 절명한 게 15년 전. 주령이 대학을 졸업하고 직장 생활을 시작했던 해 늦봄이었다. 그때 놈의 나이가 스물여덟이었던가. 놈이 어떻게 살았건 장가를 들이지 못한 것이 경산댁한테는 한이었을 것이다. 그 맘을 어찌 모르겠는가. 알지만 몽금댁은 오늘만큼은 경산댁네 식구들과 섞이고 싶지 않았다. 간밤 집 앞 골목을 지나 올라가는 차들의 기색을 봐 하니 경산댁 자식들이 다 모인 것 같았다. 필우 놈을 빼고도 여섯이나 되는 자식들이 모두 제 식구를 달고 왔다면 골목 끝의 그 집은 지금 미어지고 있을 것이다.

재작년에 늙은 과부가 된 몽금댁한테는 결혼도 못한 채 일에 치어 살다 기어 내려와 잠만 자대는 늙은 딸년이 곁에 있을 뿐이다. 몽금댁한테도 남부럽지 않을 아들 셋이 있기는 했다. 말이 남부럽지 않은 아들 셋이라지만 늙을수록 아들들은 남의 자식 같았다. 며느리들은 어렵고 손자들은 멀었다. 할미를 작년에 만난 거름더미 또 본 듯 슬슬 피해 다녔다. 그렇더라도 오늘 같은 날 자식들이며 손자들이 모두 모였다면 좀 좋으랴, 싶긴 했다. 힘이 날 것 같았다. 하지만 따지고 보면 아무 날도 아니었다. 진작 진토되었을 남의 자식 영혼결혼식 올리는 게 무슨 상관이라고 바쁜 내 자식들을 오라니 가라니 하겠는가. 주령이 아무것도 모르는 상태로 떠나게 하면 그뿐인 것이다.

「순엽 씨, 필숙이네 무슨 일 있대요?」

급작스레 들려온 장난스런 기척에 소스라친 몽금댁이 조기를 뒤집으려던 뒤집개를 떨어뜨린다. 제 방에서 늘어져라 자고 있을 줄 알았던 주령이 부엌 앞문으로 고개를 들이밀면서 모자를 벗었다. 안으로 들어와서는 겨울 잠바를 벗어 식탁 의자에 걸쳐놓는다. 영감 떠난 뒤 새벽이면 깜박 잠에 빠지는 버릇이 몽금댁한테 생겨 있긴 했다. 새벽 두어 시면 잠이 깨어 집 안을 귀신처럼 뒤지고 다니다가 정작 일어나야 할 여명 참에 깜박잠이 드는 것이다. 주령은 그새 산보를 다녀왔는지 볼이 발갛게 얼었다. 봄이 오곤 있어도 아침저녁으론 아직 겨울인 2월 하순이었다.

「자는 줄 알았등만. 언제 나갔드냐?」

몽금댁은 어쩌다 떨어뜨린 것처럼 뒤집개를 주워들며 심상한 듯 묻는다. 주령이 부엌으로 들어와 개수대 수도꼭지를 틀어 손을 씻더니 행주를 가져다 식탁을 닦았다.

「등허리가 아파서 더 못 자겠기에 일어나 뒷산 언저리 한 바퀴 돌고 왔어요. 나비가 제법 똑똑하데. 나비야 고모는 이쪽으로 갈 건데, 하면 저만큼 막 달려가다가도 나한테 다시 달려오고, 갈림길에서는 내가 어느 쪽으로 갈지 눈치 살폈다가 앞장서고. 든든하고 좋았어요. 심심치도 않고.」

나비는 영감이 돌아가고 난 뒤 맏며느리가 제 친정에서 얻어다준 강아지였다. 처음 데려 왔을 때 아기 베개만 한 게 괭이같이 앙증맞아서 나비라 불렀더니 웬걸, 1년 만에 송아지 만하게 커버렸다. 몸집이 큰 종자라고 들었던 것 같기는 한데 잊어버리고 있다가 날마다 쑥쑥 크는 걸 보면 놀랍기도 하고 신기하기도 했다. 지난해부터는 다 컸는지 몸피가 커지는 대신 야물어지는 것 같은데 다행히 성질은 순했다. 두어 번 얼굴 볼까 말까 했던 주령이 제 식구인 줄 알아 짖지도 않고 꼬리를 살랑살랑 흔들어댔다.

「필숙이네 집 앞에 차들이 즐비하던데. 엄마, 오늘 그 집에 무슨 일 있어요? 필숙이도 왔을라나?」

못 들은 척했더니 저도 첨 묻는 양 기어이 또 물어온다. 뒷산에 오르는 길에 필숙이네를 지나쳤을 것이고 뒷산에 올라서도 명절 때보다 더 북적이는 그 집을 내려다보았을 테니 주령의 질문을 피해갈 도리가 없다.

「모르겄다. 즈그 아부님 생신이 이 무렵이었던 것 같기도 하고. 그 집은 냅두고 밥이나 묵자. 오늘은 올라가 봐야지야?」

「에이 순엽 씨, 딸님 휴가라고 했잖아요. 모처럼 아무것도 안 하고 놀고먹으려 왔더니, 엄만 내가 집에서 빈둥거리는 게 싫어요?」

휴가 받아 와서 이렇게 한가한 꼴은 여태 못 보았다. 모르긴 몰라도 주령이 몸담은 계통이 아무 때나 일주일씩 맘 편한 휴가를 가질 만큼 여유작작한 동네가 아닌 정도는 짐작한다. 짐작은 하지만 어미가 속아주기를 바라니 속아주는 것뿐이다. 그리고 다니던 회사를 관두고 다른 회사로 옮길 마련이 있다는 말이 참말이겠거니 하는 믿음도 있었다. 대학 졸업하고 지금까지 세 번인가 회사를 옮겼고 옮길 때마다 대접이 더 나아지는 것 같지 않던가.

「혼자 늙는 딸년, 넘보기 우세스러워 그런다, 어짤래.」

「혼자 늙는 딸년, 남우세스러운 건 이해하겠는데요, 좀 봐주세요. 며칠만 더 있다 갈게.」

「만판 잠이나 퍼잘라문 네 집 가서 자란 말이다. 잔소리 해쌓는 늙은 어매 없는디서 세상 조용하니. 암 소리 말고 밥 묵고 핑하니 올라가. 정히 네 집서 못 쉬겠어서 나온 거라문 올라가다가 어디 경치 좋은 곳에 자리 잡고 한들한들 걸어댕기다가 곤하면 쉬고.」

「그런 곳에 가도 엄마, 내 집에 있는 거랑 똑같아. 뭐든 읽을라고 하고 뭐든 끄적일라고 하고. 쉬어지지 않는단 말예요. 심란하기만 하고. 순엽 씨 잔소리 잠결에 들으면 푸근하고 좋단 말이야. 잠이 무겁지 않고 편해.」

제 딴엔 어미가 다정할 때 부르는 순엽 씨라는 호칭도 그렇지만, 잠이 무겁지 않고 편하다는 말에 몽금댁은 무르춤해진다. 주령이 출판사에 다니는 것을 알고 나이 들면서 편집장 노릇을 하게 된 것도 알지만 그 일이 어떤 일인지는 모르는 몽금댁이었다. 그러면서도 딸이 책을 만들어낸다는 걸 내심 큰 자랑으로 여겼다. 경로당 늙은 여편네들 앞에서야 그놈의 책 때문에 시집도 못 간다고 책을 흉보고 딸년 흉도 보지만 그거야 말로 자랑이었다. 필우 일만 아니라면 어서 올라가라고 잡도리하는 대신 며칠이고 끼고 앉아서 한껏 먹이고 재우며 쉬게 할 터였다.

「엄마, 혹시 군내 어디에 신촌이라는 동네가 있어요?」

「신촌이라면 느그들 대학교 댕길 때 살던 데 아니냐? 궤짝시럽게 신촌을 왜 여기 와서 찾어?」

「신촌이 서울 말고도 드물지 않게 있잖우? 이쪽에도 있다고 들은 거 같은데?」

「그렇긴 허재. 읍내 군청 근방에도 있는 것 같고, 언젠가 금산 섬 구경 들어가서 봉께 거그 면소재지에도 신촌이 있다 했고. 허지만 신촌은 정식 이름이 아니라 그 동네 사는 사람들이 입버릇맹키 부르는 이름이기 쉽재. 그라고 봉께 멀리 갈 거 없이 몽금 옆에도 신촌이 있구나.」

「외가 옆 동네에도 신촌이 있어?」

「거, 몽금 들어가자면 거치는 동네 있잖냐. 머리 위에다 저수지를 인 동네.」

「거기가 신촌이야? 아니었던 거 같은데?」

「그 동네도 정식 이름은 몽소린디 몽금 사람들은 노상 신촌이라고 부르재. 근디 신촌은 왜?」

「신촌에 숨었다는 작가 한 사람 찾으려구요. 옮겨가기로 한 회사 사장이 신촌에 숨었다는 작가를 찾아서 데려오라잖아.」

「못 찾어 못 데꼬 가면 즈그 회사 오지 말람서?」

「그건 아니고.」

「그라문 숨바꼭질한다는 작가는 서울 있는 신촌 가서 찾고. 아! 오늘 안 갈라문 엄마랑 놀러나 가자. 나도 딸님 덕에 호강 좀 해야 쓰것다.」

퍼뜩 떠오른 신통한 생각에 몽금댁의 가슴에 뭉쳤던 먹장구름이 수욱 걷혀나가는 것 같다.

「어디 가고 싶으신데?」

「외가 가자. 네 큰외삼촌 뵌 지가 반년은 된 성싶다. 그남둥 지나가는 소 구경하는 닭 모냥 읍내서 잠깐 뵀재. 며칠 전에 외숙모랑 통화할 때 들으니 고뿔이 드셔서 열이 펄펄 난다 하셨는디, 가보들 못했다. 그 참에 아예 이모도 그쪽으로 오시라 해갖고 항꾼에 봐야 쓰겄다. 아니다, 아예 장호리로 돌아서 느 이모 모시고 외가로 가자. 일머리도 아적 안 터졌겄다, 자석들 성화에 품팔이도 못 댕기고, 니 이모 요새 심심해 몸살 날 것잉게.」

궁여지책이었지만 몽금댁은 딸년을 데리고 동네 비울 방안을 떠올린 자신이 대견하다. 수도암에서의 혼사는 10시쯤부터나 시작될 테니 경산댁네는 9시쯤에 움직이기 시작할 것이다. 소문 듣기로는 수도암 주지승 성덕은 원래 신기 높은 무당이었다고 했다. 무당질로 돈을 많이 번 뒤에 수도암을 샀고 수도암에 들어앉기 위해 중이 되었다고. 알머리를 한 덕에 스님으로 불리긴 해도 정식 중은 아닐 거라는 말도 아마 맞을 터였다. 어쨌든 그전에 거의 버려져 있다시피 하던 수도암은 20여 년 전에 성덕이 들면서 윤기가 나기 시작했다. 차들이 맘대로 드나들 수 있게 길이 닦였고 허물어져 있던 지붕이며 삭아 있던 기둥들이 말끔해졌다. 근동의 여편네들은 자식들 신년 운세를 보고 등을 달아주기 위해 수도암으로 몰려갔다. 지금 수도암에는 여승 세 명에 밥해주는 공양주 보살까지 있는 모양이었다. 그들이 근동 여편네들의 쌈지를 갈퀴로 긁어가고 있다고도 했다.

「그래요, 그럼. 나는 큰외삼촌 뵌 지가 오 년은 된 것 같네. 이모는, 재작년 칠순 때 뵀나?」

「재작년이 아니라 재재작년이었다네, 이 딸님아.」

워낙 잘 맞힌다는 소리를 듣고 몽금댁도 수도암을 찾아간 적이 있었다. 시주단지에 돈을 넣은 뒤 고명딸 주령이 언제 결혼을 할 것인지 물었다. 주령이 갓 서른 됐을 때였는데 서른세 살 무렵에 결혼하겠다고 했다. 서른네 살에 찾아가 또 물었더니 고개를 갸웃하면서 마흔 살이 되어야 저보다 나이 어린 서방을 맞게 되리라고 했다. 주령이 지금 마흔 살이었다. 그동안 연애는 간간히 하는 것 같았다. 서울 신촌에서 집 앞까지 주령을 데려다 주러온 놈을 먼빛으로나마 구경한 적도 있었다. 서울 한 번 가면 세 아들네 집을 골고루 들러보고 작은집에도 가지만 하룻밤이라도 더 머무는 곳은 혼자 살아 만만한 주령의 집이었다. 해가 한없이 길던 초여름 날이었다. 제 오라비들이 전부 결혼한 뒤 주령이 혼자 얻어 살던 집에서 부지런히 저녁 준비를 하며 하마 딸년이 퇴근해 오는가 싶어 자꾸만 창을 내다보는데 빌라 앞에 차가 멈춰 섰다. 그 차에서 주령이 내렸는데 껑충한 사내놈이 따라 내리는 게 아닌가. 어미 왔다고 선을 뵈주러 데려온 놈인가 싶어 가슴이 마구 뛰었다. 주령이 서른두 살 때였다. 서른세 살에 결혼한다고 수도암 중이 말했지 않은가. 신통하기도 해라. 환호성을 지를 판인데 맙소사, 따라 들어오려니 싶던 놈이 주령의 볼에다 쪽 입 맞추는 시늉을 하고 차에 올라 휑하니 떠나가버렸다.

코앞까지 왔다가 휙 떠난 그놈 꼴도 못 본듯 저녁상머리에서 주령에게 사귀는 놈 있냐고 물었다. 있다고 했다. 뭔 일하는 놈인지 물었더니 같은 출판사에서 일하는 후배라고 얼버무렸다.

데려와보라고 했더니 저 좋아해 무쳐놓은 숙주나물이 맛있다며 딴전을 피웠다. 그뿐이었다. 이후로도 데려온 놈은 일체 없었다. 그나마 몽금댁이 주령에게 사귀는 남자에 대해 묻지 않게 된 지도 꽤 되었다. 물을 때마다 사귀고 있다는 남자가 앞서 물을 때 사귀던 남자와 다른 것 같아서였다. 그건 짐작만으로도 무서웠다. 하여튼 성덕 스님의 말이 맞는지 안 맞는지 올해 똑똑히 지켜볼 참이었다. 무당이건 중이건 그네 말이 맞아떨어지면 사람이 진짜일 것이고 어긋나면 가짜일 터, 몽금댁은 시계를 힐긋 보고는 밥솥을 연다. 8시였다. 얼른 밥 먹고 설거지도 놔두고 달아나면 된다. 몽금댁은 그릇이 미어지게 밥을 담아 딸년 앞에 놓아주고는 접시에다 구운 조기 세 마리를 모두 올려 식탁에 놓는다. 주령이 제 앞에 놓인 밥그릇을 아연하게 바라보다 몽금댁을 쳐다보는데 어이가 없다는 눈길이다.

2

해우소에서 나와 허리춤을 여미는 경산댁의 눈앞이 부시다. 이슬비 사이로 밝은 기운이 내리비치고 있었다. 필우 놈 장가들이는 걸 하늘도 반기시는가. 참 오래 가물었다. 논이며 저수지에 물이 찰찰 넘치게 비가 듬뿍 쏟아졌으면 싶다. 하지만 필우 장가들이는 오늘은 그저 흐슬부슬, 이슬비처럼만 내려주기를 바라는 중인데, 볕이 돋았지 않는가. 금세 사라질 해이기는 해도 경산댁은 여우볕이 마냥 반갑다. 법당에 병풍이 세워지고 그 앞에 초례청이 차려져 있었다. 볏짚으로 만들어진 인형 틀에 헝겊을 씌운 형상이나마 색 고운 한복을 입혀놓은 신랑 각시는 곱고 의젓했다. 부처님 법력으로 신랑 각시를 목욕시킨 스님이 혼례 치르기 전에 염불을 하는데 그놈의 염불이 참 길기도 했다. 그렇다고 다시없을 큰일 치르는데 실실, 오줌이 마려울 건 뭔가. 까닥하면 질금, 오줌을 지리는 요실금이 있는지라 경산댁은 하는 수 없이 법당에서 빠져나온 참이었다.

별이 비치는 방향으로 한 차례 합장 절을 바친 경산댁은 서둘러 법당으로 향한다. 딸들은 물론이고 며느리들까지 들들 볶아 모조리 내려오게 만들었다. 머뭇거리는 셋째 며느리와 막내딸 연숙한테는 스님을 팔았다. 필우 장가를 들이지 않고는 너희들 일이 풀리기는 어림도 없다 하더라 공갈 치고, 기름 값 주겠노라 큰소리쳤다. 부산 사는 셋째가 다니던 회사에서 떨려난 뒤 변변찮게 보내고 있는 지 두 해 넘었고 순천 사는 막내 사위가 음주 운전 사고를 내 가게를 말아먹은 지는 1년이 가까웠다. 딸로는 둘째인 필숙은 서방이 미워서 숨이 넘어갈 판이었다. 세 번째 각시를 얻어 살고 있는 큰아들은 말할 것도 없었다. 각시를 세 번이나 바꾸는 동안 무슨 살림이 되었겠는가. 여섯 자식들이 하나같이 비실거리는 게 아무래도 필우 장가를 들이지 않아서 그런 것 같았다. 맘이 급해졌다.

필우 놈 장가를 들이기 위해 속주머니를 찬 지 10년이 넘었다. 손끝이 닳게 농사지으면서도 봄에는 틈틈이 밭떼기 장사치들의 마늘을 뽑으러 다니며 품값을 벌었고 겨울에는 미역 공장에 다니며 미역을 다듬었다. 손자들 세뱃돈조차 천 원짜리로만 세서 주며 지내왔다. 품일을 다니는 틈틈이 처녀 영가를 찾았다. 돈이 모이니 처녀 영가가 찾아졌다. 석촌 처녀였다. 살았다면 마흔두 살로 필우보다 한 살 아래였다. 중학교 졸업하고 서울에 있는 공장엘 다니다 병이 들어서 집에 내려와 죽은 게 처녀 나이 스물다섯 살 때라고 하니 필우 놈이 죽은 시기와 얼추 비슷했다. 그것도 마음에 들었다. 민며느리들이듯 처녀 영가를 돈으로 싸서 데려오는 셈이나 그건 사돈네가 돈을 탐해서가 아니라 그쪽 사정이 워낙 여의치 못해서였다. 그래도 며느리 될 처녀의 부모와 숙모며 고모, 동생 간들이 여럿이 와서 깊은 산속 자그만 암자가 사람으로 벅적거리는 게 잔칫집 같아 흐뭇했다.

금세 초례를 치르게 될 거라 여겼던 법당 안이 착 가라앉은 채 한편으로는 수런거린다. 병풍 앞에 초례상. 초례상 양쪽에 신랑 각시. 초례상 측면에 주석하고 불상을 향해 염불을 외는 성덕 스님. 그 뒤쪽에 하객들이 줄맞춰 앉아 있었는데, 스님이 하객들 쪽으로 돌아앉아 있고 그 옆에 신부의 모친과 숙모라던 이가 붙어 앉아 소곤대고 있지 않은가. 공숙과 필숙과 연숙이 사돈네들 앞에 쑥 범벅같이 쪼그리고 있다가 경산댁을 맞았다.

「뭐시냐. 왜 이런다냐?」

경산댁이 낮은 목소리로 딸들에게 묻자 큰딸 공숙이 낯을 잔뜩 찌푸리며 속삭였다.

「암만해도 엄마, 돈을 더 내놔야 할랑가 봐요.」

「뭣 땜시?」

「각시 영가가 스님한테, 서방 될 놈 맘이 저한테 없다면서 결혼 못하겠다고 한다잖아. 그래서 사돈네들이 시방 어쩌면 좋겠냐고 저러고 있고.」

「뭐시야?」

얼음 바가지 깨지는 듯한 경산댁의 외침에 법당 안에 흘러다니던 자잘한 소음이 뚝 그친다. 그러거나 말거나 눈에 뵈는 게 없어진 경산댁은 스님과 안사돈에게로 나아가 털썩 주저앉는다.

「무신 말씀이요? 처녀가 시집을 못 오겠다는 말이?」

「그렇잖아도 신랑 어머님하고 의논을 해야겠다 싶어서 기다렸습니다. 양쪽 어머님들, 맘들 가라앉히시고 차분히 의논을 하십시다. 저야 신랑 각시 혼인 치르고 천도재 올리는 비용으로 만만찮은 시주를 받았고 그래서 반드시 일을 성사시켜야 할 책임을 졌으니 시간이 얼마나 더 걸리든 좋은 쪽으로 나가고 싶습니다. 시주를 더 하시라는 뜻이 아니니까 그 점은 염려들 마시고, 왜 신부가 제 귓가에 와서 결혼을 못하겠다고 하는지 그 내력을 살펴서 신부 맘을 달래주고 결혼하게 하십시다.」

돈을 더 내놓으라는 뜻은 아니라 하니 경산댁 맘이 우선 풀린다. 돈도 문제지만 어떤 일인데 돈 가지고 장난을 치는가 싶어 버럭 화가 돋았던 것이다.

「각시가 시집을 못 오겠다문서 스님 귀에 소삭댔고 그 탓이 우리 필우한테 있다문, 우리 필우는 스님 귀에다 대고 암 말도 안 허요? 그놈도 넘 못잖은 목청을 갖고 있던 놈인디요?」

뒤에서 키들키들 웃는 소리가 났다. 필숙이 년 웃음소리가 젤로 크다. 저하고 터울이 그중 가까워서 필우 놈 때문에 맘고생을 제일 많이 했던 년이었다. 그만큼 제 오라비에 대해 아는 게 많아서 정도 깊었을 터였다. 물론 경산댁의 짐작이었다.

「신랑은 묵묵, 말이 없네요. 하고 싶은 말이 많은데 참는 것 같아요.」

「오매 뭔 일로 하고 자운 말을 다 참고, 그놈이 구천 떠돎시롱 무쇠가 꽉 들었는갑소이.」

내가 시방 뭔 소리를 지껄인다냐, 뱉어놓고 경산댁이 후회하는데 또 사방에서 웃는 소리가 난다.

「아따, 시방 웃으라고 하는 말인 중 아는가들? 쫌 쉬었다 하는 셈치고 다들 나가시서 입다심 하심시롱 비 구갱이나 하샜으면 좋겄소야. 안사돈들하고 우리만 여기 남고들. 글타고 누구라도 산을 내려들 가시면 안 될 것이고오.」

반 협박인 경산댁의 서슬에 자리를 비워야 할 사람들과 법당 안에 남아야 할 사람들이 쉽사리 갈라져서 움직인다. 나갈 사람들 모두 나가고 나니 법당 안에서 스님과 사돈네 여인들 넷과 경산댁네 여인들 여섯이 남았다. 둘째 며느리와 세 딸과 경산댁이었다. 경산댁은 초례상을 마주한 채 양쪽으로 놓여 있는 신랑 각시 인형을 건너다보며 눈도 꿈쩍 않는 저것들이 뭔 소리를 한다고 이 수선일까, 생각하다 스님에게 고개를 돌린다.

「남을 사람만 남았응게 스님, 다시 말씀해보시오. 우리 필우는 여전히 암 소리가 없소?」

「예. 신랑은 말이 없는데 각시가 말합니다. 신랑이 신랑네서 가지고 온 짐 꾸러미를 자꾸 쳐다본다고요. 맘이 그쪽에 쏠려서 자기를 본척만척한다고 합니다. 신랑댁, 결혼식 끝난 뒤 태워주려고 가지고 온 물건 꾸러미를 어디다 두셨어요? 좀 가져와보세요.」

경산댁은 딸네들을 쳐다보았다. 15년 전에 죽어 없어진 놈 물건이 변변히 남았으랴. 놈 떠난 뒤 새시 기술자인 큰아들과 둘째 아들이 늙고 작은 집을 수차례 뜯어고치며 늘렸고 고칠 때마다 묵은 물건들이 사라졌다. 태워줄 고인의 물건을 챙겨 오라기에 간밤에 딸네들한테 찾아보라 했다. 그런 게 남았겠냐고 난감해하던 딸들 대신 헛간 구석에서 필우 물건이 든 궤짝을 찾아낸 사람은 영감이었다. 놈이 기갈 든 듯 술을 마셔대다가 급기야 제초제를 퍼마시고 가버린 뒤 제 놈이 쓰던 골방의 앉은뱅이책상에 있던 것들을 죄 쓸어 담아 헛간에 박아놓은 사람이 영감이었던 것이다.

큰아들 차에 실려 왔던 궤짝이 들어와 열렸다. 그 안에 들었던 물건들이 드러났다. 금세라도 바스러질 것 같은 만화책 몇 권과 잡지와 색 바랜 모자와 수건과 양말짝과, 말라붙은 잉크병과 볼펜 나부랭이 등. 스물여덟 해를 살다간 놈의 일생이 너무나 초라하고 허접해 경산댁은 몸이 오그라드는 것 같다. 짐짝을 뒤적거리던 필숙이 궤짝 밑바닥에서 회색빛으로 바란 사무용 봉투를 찾아냈다. 헤져서 바스라질 것처럼 보이는 봉투 속에서 두꺼운 비닐 껍질을 매단 공책이 나왔다. 겉장에 1985라는 숫자가 적혀 있을 뿐 공책 임자의 이름은 적혀 있지 않았다. 어쨌거나 읍내 고등학교를 다니다 만 놈이 남긴 물건으로는 아닌 밤중에 홍두깨였다.

「뭐하냐. 얼렁 안 딜다보고.」

경산댁의 채근에도 필숙은 머뭇거리는 기색이 완연하다. 뭔지 알아챈 기색인데 눈이 많아 망설이는 눈치 같기도 하다. 막둥이 연숙이 제 언니 손에서 휙, 공책을 채갔다. 겉장을 넘기더니 속표지에 쓰인 글씨를 또박또박 읽는다.

「거기서 누가 우느냐, 내가 바로 울려는데, 금강석처럼 빛나는 이때를 거기서 누가 우느냐……. 〈젊은 빠르끄〉, 폴 발레리.」

읽기를 마친 연숙이 입을 다물었다. 잠깐 적막이 흘렀다. 멀뚱히 있던 경산댁이 옆에 앉은 필숙에게 물었다. 시방 막둥이가 뭐라고 나불댔냐? 그새 눈자위가 발개진 필숙이 경산댁의 물음에 놀란 듯 한 뼘 물러나 앉았다. 늙고 덜 늙고 젊은, 열 한 명이나 되는 여인들 중 연숙이 읊은 구절을 대번에 알아먹은 사람은 없었다. 이게 무슨 고양이 풀 뜯어먹는 소린가 싶어 멀뚱해진 얼굴들이 연숙이가 다음 장을 넘겨서 읽어보기를 기다렸다.

「폴 발레리. 주지주의 입장에서 지적 예술의 우위를 주장한 시인. 이십 년의 침묵 끝에도 시를 쓸 수 있었던 그는 2차 대전 중에, 점령당한 파리에서 떠나지 않고 지성의 절조를 지키다가 영양실조에 걸렸고, 그 때문에 전쟁이 끝난 뒤 사망

했다.」

아까 돋았던 여우별이 어느새 사라졌는지 법당 안에 싸늘한 정적이 고인다. 바람이 법당 문을 긁어대느라 자꾸 걺작거렸다. 여인들은 말을 잃고 연숙이 마룻장에다 내려놓고 다 같이 보자고 넘기는 공책을 내려다만 보았다. 검정 쌀알 같은 글자들이 장장이 단정하게 줄맞춰 여무지게도 채워져 있었다. 젊은 연숙일지라도 내용을 제대로 읽으려면 불을 더 밝혀야 할 판이었다. 연숙은 더 읽지 않고 글자가 쓰인 데까지 넘기다가 공책을 덮었다. 3분의 2쯤 쓴 공책이었다.

「일기인 모양인데, 근데 이게 누구 거래? 작은언니, 네 거야?」

연숙의 질문이 필숙에게 꽂히자 모두의 시선이 쏠리는데 필숙이 고개를 마구 저으면서도 입은 열지 않는다. 공숙의 손이 바닥에 놓인 공책을 휙 채다가 다시 몇 장을 들여다보더니 필숙을 향해 흔들어댔다.

「그럼 이게 필우가 쓴 거란 말이냐? 언뜻 듣기로도 맨판 책이 어떻고 시인이 어떻고 그런 내용인데 이걸, 이 일기책을 그놈이 썼다고? 아나 개뿔이다.」

사돈될 이들이 옆에 있음에도 필우에 대한 공숙의 험담은 거침없다. 그게 민망한 필숙이 언니 입을 막으려는 것처럼 중얼거렸다.

「주, 주령이. 주령이 일기장이었을 거야. 옛날에, 주령이 고등학교 다닐 때쯤에. 오빠가 훔쳤을……. 주령이 방학, 집에 내려왔을 때. 잘 오지도 않았는데…….」

아이고 어째사 쓸꼬이.

필숙의 중얼거림이 채 끝나기 전에 경산댁한테서 나온 탄식이었다. 탄식은 곧장 곡성으로 이어진다. 가난이 한이 돼 갖고오오. 배우덜 못해서 한이 쌓여 갖고오오. 아이구 내 탓이다. 이 어매 탓이야. 월사금을 제때 주덜 못항게 선생들한테 얻어터지다 학교도 그만두불고오, 맘을 못 잡고 댕기등만. 아이고오 시상에나. 이를 어째사 쓸고나 아이고오 내 새끼 불쌍해서 어째사 쓸거나. 곡을 하면서도 경산댁은 이 사태를 어떻게 모면할 것인지를 셈했다. 그 옛날에 필우가 주령을 사모해서 공책을 훔쳤다는 걸 대번에 알았기 때문이었다. 그렇다고 그걸 꼬투리 잡혀서 다 차린 밥상에 재를 뿌릴 수는 없는 일 아닌가. 공납금 제 날짜에 대지 못하고 아들을 천덕꾸러기로 만들었던 자신을 탓하는 게 상수였다.

「아따매 엄마, 공책이 누 껀지 확실치도 않은디 왜 이래 쌓소. 이거시 뭔 울 일이라고요?」

공숙도 실상을 흐리면서 모친을 거들고 나섰다. 경산댁은 곡소리를 더 높였다. 아이고오, 학교에 얼매나 포한이 맺혔으면 넘의 집 애기 공책을 다 딜다보고 싶었을 꺼나, 아이고오. 겉으론 가난을 한탄하면서 속으로는 스님을 원망하고 의심도 했다. 원력이 높다더니 순 뻥 아닌가. 귀신이 와서 뭐라고 속삭였으면 이 판에 맞게 달래서 판을 이어갈 것이지, 그걸 기어이 내놓아서 일을 꼬아놓았다. 돈을 더 들이밀면 처녀 영가가 맘을 풀고 필우를 서방으로 맞겠다 한다는 쪽으로 일을 풀어갈 심산인지도 몰랐다. 실상 필우 장가를 들이기 위해 준비한 돈은 천 5백이었다. 내일 신랑 각시 천도재까지 합쳐서 8백을 수도암에 들여놓았다. 모든 준비를 절에서 다 한다고 했지만 사돈네에다 혼사 준비하라는 명목으로 2백을 건넸고 이쪽에서도 소소하게 2백가량이 더 들었다. 3백 정도가 남았다. 딱 갈라 막내며느리와 막둥이 갈 때 찔러줄 셈이었다. 무당 중이 그 돈 냄새를 맡은 게 틀림없었다. 얼른 그걸 더 주겠다고 하는 게 일이 쉽게 풀릴지도 몰랐다. 돈이 남았다고 은근히 좋아했던 욕심이 사달을 일으켰다면 포기하는 수밖에 없다. 그런데 암만해도 일판이 수월치 못하게 흘러가는 것 같다. 안사돈 될 여편네도 곡을 시작하지 않는가.

「아이고, 이것이 뭔 일이다냐. 아이고오, 내 딸년 미례야, 살아서 내내 천대만 받등만 죽어서도 천대를 못 면허는구나아. 서러워서 어짠다냐아아. 이 설움을 엇다 대고 하소연을 한다냐아. 이보시오 사둔 나는 못하요, 한이 돼서 이대로는 못허요. 영가 시집보냄시롱 시앗 꼴을 봐야 한단 말이오. 나는 못하네라. 아이고오, 이보시게 김 서방. 자네를 사위로 맞을 꿈에 부풀었등만 여적도 옛날에 사모한 처녀를 못 잊고 우리 미례를 괄시하능가? 나는 못 보네, 그 꼴은 못 보겄네. 그 처녀를 잊어불고 맘 풀기 전에는 우리 미례를 자네한테 못 보내네. 오매 미례야 내 딸년아. 네가 인자서 엄마를 찾아왔구나. 그래 들린다 네 소리 들린다. 오냐 오냐. 그 처녀를 데리고 오라니. 하이고 이 철없는 년아, 이 미친년아, 살아서는 순해 빠져 애통을 터지게 하등만 죽어갖고 왜 그라냐아, 아이고오, 그 처녀를 시방 어디서 찾아온단 말이냐. 그 처녀가 어딨는 줄 알고. 안다고 부르면 와주기나 한다냐 이 썩지도 못할 년아아.」

자신보다 한술 더 뜨는 사돈될 여편네의 곡소리를 듣고 있자니 경산댁의 곡은 수그러들었다. 살아서 천대만 받았다니, 누가 천대했단 말인가. 딸년을 천대받게 키운 제 탓은 전혀 없는 여편네의 자발스런 곡소리에 비위가 팍 상하기도 하려니와 곡소리로 얼렁뚱땅 넘어갈 사태가 아닌 것을 깨달은 것이다. 우선 스님하고 거래를 트는 게 급선무였다. 까딱하다가는 주령을 이 자리로 데려와야 할지도 모른다. 그건 막아야 했다. 그저께 밤에 몽금댁이 경로당에 나타나지 않았다. 화투짝을 떼던 여편네들이 주령이가 다니러 온 것 같다고 했다. 원래 딸년이 오면 몽금댁은 알 품은 암탉같이 자기 집을 벗어나지 못했다. 명절도 아니고 제 부친 제사도 아닌 때이므로 하마 신랑감이라도 데려왔나, 여편네들이 궁금해했다. 어젯밤에도 몽금댁은 경로당에 나타나지 않았고 여편네들은 딸년한테 뭔 일이 있는가, 고개들을 갸우뚱했다. 큰일 앞둔 날이라 인사차 들렀던 경산댁도 그런가 보다 했을 뿐이었다. 그런데 이 판세가 어떻게 그 주령에게 이어진단 말인가.

못된 송아지 엉덩이에 뿔난다고 필우는 한밤중에 주령이 방을 넘보다가 난리를 낸 적이 있었다. 방에 들어가보기라도 하고 걸렸으면 또 모른다. 방문이 안에서 잠겼던가, 문고리를 딸

그락거리며 얼찐거리다가 주령이네서 고용 살던 박씨한테 덜미를 여지없이 잡혀버렸던 것이다. 8월 초, 태풍이 오살나게 치던 밤이었다. 바람에 감나무가 땡감을 사정없이 떨어뜨리는 소리를 들으며 잠을 설치고 있는데 누가 방문 앞에 와서 벼락 치듯 여봅시다, 하고 불렀다. 내다보니 저승사자 모양 시커먼 그림자가 토방에 서 있었다. 주령네 일꾼 박씨였다. 그가 퉁퉁한 목소리로 시방 좀 오셔야것소, 했다. 뭔 일이냐고 묻지도 못하고 벌벌 떨며 따라가 한 선생네 대청에 꿇어앉은 아들놈을 발견했다. 그날 밤 경산댁 양주가 한 선생 내외한테 손이 발이 되게 빌어 치도곤을 면하기는 했다. 촌에서 머시매, 가시내들이 밤중이면 어울려 싸돌아다니는 일이 비일비재하고 담장 넘는 일도 흔했지만 주령네, 한 선생 댁은 달랐다. 그 집 사람들 점잖기가 빈말로라도 흉볼 일이 없었다. 그런 사람들이라 그나마라도 넘겨준 것이었다.

그런 집 딸내미를 욕보이려 한 전사가 버젓이 있는데, 또 그 집 담을 넘어갔다는 거 아닌가. 공책까지 훔쳐냈으면 주령이 방까지 침범했다는 뜻이다. 다시 난리가 난 적 없으니 빈방에 들어갔겠지만 공책을 집어온 것은 엄연한 도둑질이었다. 20년 묵은 죄를 죄 지은 놈이 지금 자복하는 셈이다. 그러고도 주령에게 필우 놈 혼을 달래 장가들게 해달라고 사정해야 할 판이라니. 그건 못할 노릇이었다. 그렇다면 막아야 하는데 주령은 어쩌자고 딱 이때 고향으로 돌아왔단 말인가. 혹시 필우 놈 혼이 주령을 불러들인 거라면 그 노릇은 또 어째야 하는가. 몽금댁 아니라 어느 어미인들 시집도 안 간 딸을 이런 자리로 내보내겠는가. 아이고오 내 팔자야! 속으로 긴 한탄을 내뱉은 경산댁은 스님한테 따로 좀 보자는 눈짓을 하고는 몸을 일으킨다. 찬 마룻장에 그냥 앉아 뭉갰던 탓에 온몸에 한기가 들어 삭신이 부스러질 것 같다.

3

필숙은 필우 유품에서 나온 공책이 주령의 일기장 같다고 뇌까렸던 자신의 입을 재봉틀로 박아버렸으면 싶다. 그 순간에 그 이름을 내놓지 않아야 하는 걸 분명히 느꼈는데 주절대고 말았지 않은가. 자신이 입만 다물었다면 아무도 그 공책이 주령의 것임을 모르고 지나갔을 터였다. 얼핏 보기로도 일기장이라기보다 독서 노트였다. 고2 때 웬 책을 그리도 읽어댔는지 8월 초에 주인 손에서 사라졌을 노트에는 순 책에 관한 내용들뿐이었다. 날짜가 꼬박꼬박 적혔으니 일기인 게 틀림없는데 어디서부터 어디까지가 책 이야기고 어느 대목이 제 하루에 대한 생각을 적어놓은 것인지 구분하기조차 어려웠다. 그래서 수수께끼가 됐을지도 모를 공책 임자의 이름을 나불댄 덕분에 주령을 찾아 데려가야 할 임무가 저절로 필숙에게 맡겨졌다.

주령의 집에선 전화를 받지 않았다. 주령과 그 모친의 핸드폰 번호는 알지 못했다. 말이 좋아 소꿉동무지 필우가 주령네 담장을 넘은 날로부터 같이 놀아본 적도 없었다. 필우가 죽은 뒤에 몇 차례 얼굴을 본 적은 있지만 이미 의례적인 인사나 나누면 그뿐인 사이였다. 때문에 주령의 번호를 알기 위해 필숙은 스무 군데도 넘게 전화질을 해댔다. 간신히 알아내 전화를 걸었더니 주령의 전화기는 전원이 꺼져 있다고 했다. 하는 수 없이 산을 내려와 동네로 들어왔다. 예상했듯 주령네 나무 대문은 잠겨 있다. 안에서 빗장이 걸린 게 아니라 바깥에 설치된 자물쇠가 완강히 잠겨 주인들이 집을 비웠음을 선언하고 있었다. 안채와 아래채와 문간채로 이루어진 주령네는 담장이 높듯 대문도 컸다. 대문을 닫아버리면 안을 엿보기 어려웠다. 그 옛날의 김필우는 중학교 2학년 여름방학을 맞아 집에 돌아와 있던 한주령의 방을 침범하기 위해 태풍 치던 날 밤에 살쾡이처럼 담장을 넘었다. 그리고 동네 창피를 다 당했다.

어차피 지은 죄, 방에 들어가보기나 하고 걸렸다면 어땠을까. 필우가 제 맘먹은 짓을 하고 난 뒤에 도망치다 붙들린 거라면? 그랬어도 한주령이 그렇게 도도하게 새침을 떨고 다닐 수 있을까? 그 상상을 하다가 필숙은 그런 자신에 소스라친 적이 있었다. 세상에, 내가 미쳤나 봐. 주령이가 그런 일 당했기를 바라다니, 더구나 그 일 저지르려 한 놈이 누군데, 미친년! 잠깐 상상한 죄로 자신에게 백 마디도 넘은 욕설을 먹였지만 여전히 찜찜했다. 필숙은 사건이 있던 날 낮에, 원래 제 방이 아니라 아래채 책방에서 방학을 보내고 있는 주령과 놀았다. 온 동네에 있는 책을 전부 모아도 그 방의 책만큼 되지 않을 것이었다. 앞뒤 문만 빼고는 책이 꽉 찬 그 방에서 주령은 책만 읽으며 지냈다. 부럽고 샘이 났던가, 필숙은 그날 저녁밥상 머리에서 종알댔다. 어쩌다 주령네에 관한 말이 나왔고 그래서 말했는지도 모른다. 주령은 책 읽느라고 아예 잠도 제 아버지 책방에서 잔다고. 책벌레가 되고 싶은가 보다고. 필우는 찍소리도 없이 밥만 먹더니 비바람이 몰아치는 집밖으로 달아났다. 그리고 한밤중에 담장을 넘다가 덫에 걸렸다.

그 이틀 뒤 주령은 꼭두새벽에 택시를 불러 타고 서울로 돌아갔다. 아버지가 데리고 서울로 갔다는 후문이었다. 그 집에서 그 일로 두 번 다시 말이 나온 적 없지만 필우가 한 선생의 딸 주령을 범하려 했다는 소문은 그 방학 내내 동네에 떠돌았다. 김필우가 싹수 노란 종자로 찍혀버린 건 물론이었다. 그 일이 김필우 혼자서만 저지른 게 아니라 당시 동네에 남아 읍내 학교를 다니던 또래들 몇이 모의한 짓이라는 걸 안 사람은 몇 되지 않았다. 그들이 담장 밖에서 필우가 나오길 기다리다 일이 틀어진 걸 알고 도망친 걸 알았다고 해도 아무도 그것에 신경 써주지 않았을 것이다. 현장에서 덜미가 잡힌 범인은 김필우뿐이었고 같이 장난을 벌였던 또래들은 필우를 변명해주기는커녕 그를 따돌리기까지 했다. 그 여름 사건 즈음에 필우를 제외한 그 또래들이 동시에 사라져 동네가 수선스러웠다. 필우가 주령네 담장을 넘다 붙들린 이튿날이었고 일주일 만엔가 돌아온 그들은 해수욕장에 다녀왔다고 했다. 읍내 농고 2학년을 다니던 필우는 그해가 가기 전에 학교를 때려치우고 부산으로 달아났다. 1년여 만에 돌아와 몇 달 머물다가 또 떠나길 반복하는 동안 김필우는 동네에서 개차반 필우라는 별명을 얻었고 그 별명대로 살다가 생을 마감했다.

「그 집에 암도 없을 것인디?」

주령네와 골목을 마주하고 사는 와룡댁이 자신의 집에서 나오다가 필숙을 발견하고는 다가왔다. 새벽부터 봄비처럼 부드럽게 내리는가 싶더니 아침엔 비가 제법 차가웠다. 낮이 되면서 기온이 뚝 떨어져 눈송이가 날리기 시작한 참이었다. 와룡댁은 두툼한 누비옷에 목도리를 둘둘 감은 한겨울 복장이다.

「예, 잠겼네요. 주령이가 왔다고 들었는데, 올라갔대요?」

「아침 일찌거니 모녀가 차 타고 나가는 것 같든디, 같이 서울 갔으까? 아니, 그거슨 아니겄다. 몽금댁 서울 갈라면 그 집 개, 나비 밥 좀 주라고 나한테 말하고 나가는디 암 소리 없었응게. 오늘 네 오래비 장개든담서야?」

「예.」

「느그 엄니가 느그들이 앞장서 갖고 일 만들어줬다고 은근히 자랑하시드라. 잘했다. 니가 니 엄니아부지한테 참 잘허드구나. 보쌈 장시도 잘 헌다하고. 고마운 일이다. 느그 잘 사는 거시 효도다.」

「예에.」

「근디 니는 애써서 오빠 장개 들임시롱, 시방 절에 있어야 할 것인디, 어째 눈 쌓이는 너메 빈집 앞에서 발발 떰시롱 애닳아 허고 있냐?」

「염불이 너무 길드라구요. 점심 먹구 정식으로 시작한다고 해서, 주령이 얼굴 한번 볼라고 와봤어요.」

「아, 주령이가 네 또래였구나. 그랬제 참. 모녀가 장에 갔는지도 모릉게, 이따 밤에나 다시 와보등가 해라. 느 엄니가 포한을 풀게 돼서 다행이다.」

「예, 어디 가시는 길이세요?」

「경로당에 점심 먹으러 가는 참이다. 점심은 으레 모여 묵응게.」

「예, 춘데 어서 내려가세요. 내일 점심은 저희들이 드리는 거 아시죠?」

「들었다. 맥주 몇 병도 같이 들여놔주면 감사하겄다.」

「아이, 그거야 당연하죠..」

와룡댁이 경로당으로 내려가는 것을 지켜보던 필숙은 차에 들어앉아 주령의 전화번호를 또 눌러본다. 전원은 여전히 꺼져 있다. 수도암으로 돌아가 주령이 서울로 가버렸더라고 말하는 수밖에 없게 되었다. 방법 없다는데 성덕이라는 주지승이 어떻게 나올지도 궁금했다. 아무래도 그네의 농간에 온 식구가 놀아나고 있는 것 같았다. 처녀 영가 미례가 어떻네 하면서 일통을 내는 바람에 경산댁이 3백만 원을 더 낼 테니 좋게 진행하자고 나섰다. 그러자 돈 더 내라고 이러는 줄 아느냐며 되레 화를 내는 게 아닌가. 3백만 원이 아니라 3천만 원을 더 낸다고 해도 신랑 각시 영가가 동시에 원하지 않으면 영가결혼식은 진행할 수 없다. 그래놓고는 한술 더 떴다. 신랑이 지금 말한다. 옛날 그 공책의 주인이 시방 집 근방에 와 있다고. 데리고 와달라고. 내가 헛소리하고 있다면 헛소리라고 말을 해라. 시주 받은 건 고스란히 그대로 있으니 돌려주겠다. 그네의 기고만장한 큰소리에는 8백을 포기함으로써 8천을 얻을 수 있으리라는 계산이 들어 있는 것만 같았다.

그렇더라도 중이라기보다 무당이라 해야 맞는다는 소문은 사실인 듯했다. 주령이 동네에 와 있는 걸 필우 귀신이 가르쳐주지 않았으면 그네가 어찌 알겠는가. 절에 있던 사람들 중 주령이 와 있는 걸 아는 사람은 필숙과 경산댁뿐이었다. 필우의 혼이 주변에 있음을 깨친 경산댁 입술이 금세 거멓게 탔다. 필숙에게 주령을 데려오라고 종주먹을 댔다. 결혼식은 주령이 와야만 계속하는 것으로 결정 나고 말았다. 판이 깨져버린 것이었다. 깨진 판을 다시 붙이자면 주령을 데리고 가든가, 돌아가 주령을 도저히 찾을 수 없다는 걸 납득시켜야 할 판이었다. 이놈의 주둥이를! 필숙은 자신의 입을 손으로 쥐어박고는 차에 들어앉았다. 어쨌든 주령이 없으니 수도암에 가서 해결을 보든지, 아예 판을 깨든지 해야 하는 것이다.

가시내도 참! 하필이면 이런 때 집엔 와가지고 난리를 만든담?

죄 없는 주령을 탓하며 시동을 거는데 전화벨이 울렸다. 수도암에서 걸려온 전화일 게 뻔해 한숨을 내쉬고 액정 화면을 들여다보는데 뜻밖에도 벌써 외워버린 주령의 번호다.

「저는 한주령이라고 하는데요, 누구시죠? 누구신데 저를 이렇게 찾으셨어요?」

「주령아 나야. 필숙이. 김필숙.」

「아아, 숙이 너구나. 며칠 동안 게으름 피우느라 전화기를 아예 꺼놓고 있다가 이제 켰는데, 같은 번호가 왕창 떠서 놀랐잖아. 내가 다음 달부터 다른 회사로 옮기기로 했거든. 혹시 그쪽에서 없던 일로 하자는 전화를 해댔나 하고 가슴이 철렁했다, 얘. 그런 전화를 그렇게 해댈 리도 없는데 요새 내가 워낙 기가 죽어 살아서 말이지.」

소꿉놀이하던 때 부르던 이름을 부른 뒤 전화 받지 못한 사연을 길게 설명해놓고는 하하 웃는 주령의 웃음소리가 명랑하다. 나이가 들어 그런가, 새침하던 기색이 느껴지지 않는다.

「출판사 높은 자리에 있다고 들었는데 새 회사로 옮겨?」

「높은 자리는 무슨. 원래 그쪽이 이직이 잦은 편이긴 해. 그래 보아야 돌고 도는 거지만 나이대접을 받을 만한 자리로 옮기기로 했어. 경력 대접이라고 해야 하나. 내가 그 동네서만 십육 년째 아니겠냐. 어쨌든 그렇잖아도 밤늦게든 내일이든 네가 아직 안 가고 있으면 얼굴 한번 보자 할 참이었어. 아버님 생신이시니? 그래서 다들 모인 거야?」

주령의 어머니는 오늘 수도암의 일을 알고 계셨을 텐데, 주령은 모른다. 주령의 어머니는 딸한테 그 일을 말하지 않은 것이다. 알리지 않은 까닭이 너무나 뻔해서 필숙은 갑자기 말문이 막힌다.

「그렇다기보다도……. 영이 넌 지금 어디 있어?」

어릴 때 주령은 영이였다. 숙이야, 놀자. 영이야, 놀자. 그런 시절이 있었다. 달래, 냉이, 씀바귀 뜯으러 다니고, 함께 엎드려 만화책을 읽고 그림을 그리고, 나란히 앉아 텔레비전을 보며 히히대던.

「엄마 모시고 외가에 왔어. 몽금리. 엄마가 외삼촌 편찮으시다고 와보자 하시기에 따라왔는데 외삼촌은 괜찮으시고, 좋으신가 봐. 큰외삼촌, 외숙모, 이모, 외가의 친척들까지 모여서 지금 점심 중인데, 일흔 넘으신 양반들 노시는 게 딱 애들이야. 아직 바쁠 철 아니겠다, 모처럼 신나셨어들.」

「언제까지 거기 있을 건데?」

「글쎄? 우리 순엽 씨 모처럼 친정나들이 하신데다 여럿이 모인 김에 묵어가자고 하시네. 눈 내리니 꼼짝도 못하겠다는 핑계까지 대시면서. 너는 언제까지 있을 거니? 아참, 가게는 잘 되지? 애들이랑 서방님도 안녕하시고?」

「그렇지 뭐. 나는 내일 저녁쯤에나 가게 될 거 같아.」

「그럼 내일 보면 되겠네. 음, 내일 아침쯤에 다시 연락하기로 하자.」

주령이 통화를 마무리 지으려 하니 필숙은 맘이 급해졌다. 어느새 차창에 희끗희끗 눈이 쌓여 시야가 막혔다. 통화를 해놓고, 어디 있는지도 알았는데 주령을 찾지 못했다고 시치미 뗄 자신이 없었다.

「영이야, 한주령.」

「그래, 김필숙. 왜?」

「하, 할 말이 있는디.」

「해. 하면 되지 왜 말을 더듬고 그래?」

「할 말이 뭐냐면, 음 어려운 건데, 부탁이 있어서.」

「그러게 말하라고. 내가 들어줄 수 있는 부탁이면 들어주고 불가능한 일이면 어쩔 수 없고.」

「우리 오빠가 있잖아. 우리 오빠가 오늘, 지금 결혼식을 하고 있는디…….」

「오빠 결혼이라니? 동우 오빠가 결혼해? 아! 혹시, 재혼하셔?」

김동우가 10년 전쯤에 바람피우다 걸려 이혼당한 사실을 동네 살고 있는 사람은 물론 주령처럼 떠나 사는 사람들도 모두 안다. 이혼당한 김동우가 바람피우던 상대한테서 버림받고 다른 유부녀하고 또 사건을 쳐서 간통죄로 감옥살이를 할 뻔한 사실도 모두 알 것이다. 이 동네엔 비밀이 없었다.

「아니. 그게 아니고 김필우. 수도암에서 필우 오빠 영혼결혼식을 하고 있어. 근데 문제가 생겨서…….」

한번 시작하니 에라 나도 모르겠다 싶어져서 필숙은 수도암에서 벌어진 일들을 주저리주저리 늘어놓았다. 쏟아내다 보니 괜히 서러워져 목이 메기까지 했다. 그 옛날, 태풍 몰아치던 한밤중에 주령네서 끌려온 필우는 아버지한테 곤죽이 되도록 얻어맞았다. 키가 아버지보다 컸음에도 도망치지 않고 그 매를 다 맞았던 필우는 골방에 엎어진 채 중얼거렸다. 암만 그래도 주령이는 인자 내 거다. 건드리기만 해봐, 개새끼들. 혹시 오라비가 죽지 않았을까 싶어 필우를 들여다보던 필숙은 아예 죽어버리라고 이불을 획 덮어버리고 나왔다. 주령에게는 할 수 없는 말이었다. 필숙이 코를 풀어가며 늘어놓는 동안 주령은 대꾸 없이 듣고만 있었다. 이쪽이 더 이상 할 말이 없어진 뒤에도 한참 동안 숨소리만 들려주더니 마침내 말했다.

「그래서 내가 수도암에 가야 하고, 인형으로 만든 신랑 각시한테 절을 해야 그 결혼식이 계속된다는 뜻인 거니?」

차분하게 가라앉은 주령의 어조는 예상했던 것보다 훨씬 싸늘하다. 기억도 나지 않을 만큼 오래된 일들이라 주령이 이렇게 나올 거라고는 생각지 못했다. 말 꺼내기 어려운 게 문제지 멀리 있는 것도 아니고, 그러지 뭐! 해줄 거라고 기대했던 것이다. 돈 빌려달라는 것도 아니고 서울에서부터 달려와달라는 것도 아니니 그쯤, 그동안 먹은 나이도 있는데 어려울 게 뭐냐고. 김필우가 살아 있는 것도 아니고 옛날에 죽어 없어진 종자인데 그쯤이 무슨 대수냐고 흔쾌히는 아닐지라도, 어렵게라도 응해줄 걸로 여겼다.

「네 말뜻은 필숙아, 알아들었어. 그런데 나는, 싫어. 너는 어렵게 꺼낸 말인데 잘라서 미안해. 돌아가서 나를 못 찾았다고 하렴. 이웃에 알아보니 엄마 모시고 서울로 갔다더라고 하든가. 내가 여기 있어서 일이 진행되지 않는다면, 내가 여기 없다 하면 일이 진행되지 않을까? 먼저 끊을게.」

「야, 가시내야! 김필우는 널 사랑했잖아. 제 평생 너만 사랑하다 죽었다고!」

다급하게 부르며 덧붙여보지만 전화는 벌써 끊긴 뒤였다. 다시 걸어보니 전원이 꺼졌다고 나온다. 김필우는 평생 한주령만 사랑하다 죽었다고 외쳤다. 뜬금없이 외치고 나니 혼자서도 할 말을 잊는다. 할 말이 생각나지 않으니 또 눈물이 솟는다. 하지만 정말 그랬지 않은가. 주령을 제 거라고 여겼던 김필우는 저 살아 있는 동안 주령을 향해서만 움직였다. 주령이 서울에 있으면 저도 서울에 있거나 서울에 있기 위해 움직였고 주령이 고향집에 와 있으면 저도 고향에 있거나 있기 위해 움직였다. 손재주는 있어서 자동차 정비 일을 쉽게 배웠다. 일자리 얻기 쉬웠던 만큼 자리 잡고 살기에도 어렵지 않았을 것이다. 그럼에도 늘 떠돌이 공돌이 노릇을 했던 건 주령 때문이었다. 보이는 것이라곤 한주령뿐이라 주령에게 다가가고 싶은데 다가갈 수 없으니, 혼자 미쳐 산 것이었다. 다른 사람은 아무도 모르지만 필숙은 그걸 어릴 때부터 알았다. 그게 사랑의 방법이라고 생각지 못하고 필우가 나빠서, 그런 짓밖에 못하는 놈이어서 그렇다고 여겼다. 필숙은 안경을 벗어들고 소맷자락으로 안경에 서린 눈물을 닦아낸다.

어렸을 때도 필숙은 잘 울었다. 아이들하고 소꿉놀이하다 싸울 때 먼저 우는 쪽은 늘 필숙이었다. 동네 어귀에 상여가 나가도 좇아가며 울고 사내아이들 돌팔매에 참새가 떨어져도 울었다. 오라비가 동무를 범하려다 아버지한테 맞아도 울고 그 동무가 인사 없이 떠나도 울었다. 어쩌자고 그렇게 잘 울었을까. 잘 우는 것도 체질이고 타고난 팔자인지. 나이가 들어도 울 일은 많기만 했다. 직장 다닐 때는 월급을 떼이며 회사에서 쫓겨나기 일쑤였다. 사귀던 남자들은 필숙이 결혼을 바라는 낌새만 보이면 달아났다. 지지리 못나빠져 나한테 맞는 남잔가 싶어

결혼하니 남편이란 위인은 남자랍시고 위세부리며 주먹질을 예사로 하고 돈만 쥐면 뒷골목 여자들한테 달려가 몸을 풀었다. 마누라한테서는 맛을 느끼지 못해 그렇다고 되레 큰소리였다. 뼈가 빠지게 돼지고기 삶아대며 뒷바라지해 바치려던 아이들은 공부하고는 일찌감치 담을 쌓았다. 컴퓨터 앞에서 놀기만 했다. 이번에 큰놈을 데려오지 못한 것도 녀석이 컴퓨터를 떠나려 하지 않아서였다. 컴퓨터에 따개비처럼 엉겨붙어 어미를 흘기는 놈한테 저는 있는 줄도 몰랐던 셋째 외삼촌의 영혼결혼식을 설명한 재간이 없었다.

그 모든 것이 사람살이려니 하면서도 당하고 겪을 때마다 눈물이 났다. 화를 내야 할 때 화를 내는 대신 천치처럼 눈물이나 짜는 것이다. 주령에게도 대놓고 화를 냈어야 맞는 게 아니었을까. 그깟 담장 한번 넘었다고 여태까지! 그 때문에 네 인생이 쪼그라진 게 뭐냐. 김필우가 참말 악종이었으면 너를 곱다시 두고만 봤겠냐. 널 사랑하고 귀하게 여겼으니 쳐다만 보고 살았지 않냐. 필우는 너만 사랑하다 너 때문에 죽었는데 그깟 일도 못해주느냐고. 우리 엄마는 김필우를 장가들이기 위해 10년을 준비했다고. 너는 오가는 시간 합쳐 길어야 한 시간인데 그 정도도 베풀지 못하느냐고.

하지만 어쩌면 화를 못 낸 게, 내지 않는 게 맞을지도 모른다. 김필우를 장가들이고 천도재를 해서 좋은 데로 떠나보내고 나면 온 식구가 편해지지 않을까 기대했다. 그 기대와 한주령이 무슨 상관이라고 부탁 들어주지 않는다고 화를 낸단 말인

가. 아니 이도저도 모르겠다. 마흔 살이나 먹고도 알 수 없는 것들 천지다. 모르는 것 천지여서 꿈같다. 아무것도 못하고 헌 고무신짝 같은 보쌈 족발 배달용 차 안에서 눈물만 흘리고 있는 자신도 꿈같다. 그 꿈이 서러워 울음이 자꾸 치밀어오른다. 나쁜 꿈을 꾸다가 깨어나도 억울한데 지금 현실이 앞으로도 전혀 변할 가망성이 없는 미래의 현실이라니. 그 현실이 서러워 필숙은 또 눈물을 훔친다.

4

15년 전, 필우가 죽었다는 소식을 몽금댁이 전화로 전해온 건 밤이었다. 집에 별일 없죠? 주령이 인사를 하자 몽금댁이 집엔 별일 없으나 동네엔 별일이 생겼다며 필우가 낮참에 제초제를 마셨다고 했다. 병원 가기도 늦어버려서 시방 장례 준비한다. 내일 내간다는구나. 그날 몽금댁은 여느 때보다 훨씬 짧게 전화를 끊었다. 그때 주령은 좋은지 나쁜지 자신의 기분을 가늠하기 어려웠다. 그냥 멍했던 것 같았다.

그 며칠 전 퇴근 시간에 회사 앞에 와 있는 필우를 먼빛으로 발견하고 동료의 팔짱을 끼는 것으로 그를 무시했다. 그날 소설이 출간된 작가와 몇 명의 기자와 편집부 직원들이 회식을 하던 날이었다. 회식 자리에서 술을 마셨다. 2차로 옮길 때는 편집부 사람들이 빠지는 게 관례여서 미리 약속을 잡아뒀던 당시의 남자친구를 만나 또 술을 마셨다. 취해서 여관을 찾아들었고 남자친구가 집 앞에 내려주고 택시를 돌려 나간 시각은 자정이 넘었을 때였다. 택시 떠나는 걸 보고 돌아서는데 필우가 나타났다. 놀라지 않았다. 놀라기는커녕 회사 앞에서부터 회식 자리, 남자친구와의 술자리와 여관을 나와 집에 올 때까지 그가 어디선가 지켜보고 있을 거라 여기며 움직였다.

많이 늙었구나. 필우의 말에 주령은 코웃음을 쳤다. 몇 년 동안 그의 말에 대한 대응 방식이 그뿐이었기도 했다. 너는 내가 죽어줬으면 좋겠지? 사뭇 비장한 그 어투에 욕지기가 치밀어 올랐으나 어떤 식으로든 대꾸하기 싫었다. 상종하고 싶지 않은데, 나타나지 않으면 잊을 수 있을 것 같은데 그는 아무 데나 무시로 출몰했다. 먼빛으로 지켜만 보다 사라지는가 하면 다짜고짜 덤벼들기도 했다. 무릎 꿇고 한번만 받아달라 애원하거나 죽어버리겠다며 자해하고 죽이겠다고 협박도 했다. 주령은 그가 무슨 짓을 하든 두렵지 않았다. 두렵지 않았으므로 무시할 수 있었다. 그의 출몰에 놀라지 않았고 그가 어떻게 나오든 반응하지 않을 수 있었다.

하지만 그날은 대꾸했다. 그래, 죽어줘. 꼴 좀 안 보게, 제발 죽어주라. 해놓고 집으로 들어갔고 며칠 뒤 그가 죽었다는 소식을 들었다. 실감을 못했다. 한 달에 한 번이든 한 철에 한 번이든 10여 년 동안 날마다 그의 시선을 의식하며 살았던 터였다. 남자친구를 바꿔댈 때마다. 너를 제외한 세상 모든 남자한테 나를 안겨줄 수 있다고 필우 앞에 시위하는 기분이었다. 그가 정말로 사라졌다는 걸 실감하기까지 1년 정도 걸렸을 것이다. 그런데 이제 와서 일기장이라니! 고등학교 2학년 여름방학 때 사라진 일기장이었다. 일기가 없어진 사실을 알아챈 순간 즉시 김필우를 의심했고 서둘러 서울로 돌아갔다. 그가 주령 앞에 출현하기 시작한 건 대학 1학년 봄부터였다. 첫 미팅을 했던 날, 커플이 되었던 이웃 학교의 남학생과 밤늦도록 놀다가 집에 들어가는데 필우가 막내 오빠 주현과 집 앞에 있지 않은가. 김필우가 주현의 학교로 찾아왔고 집 구경을 하고 싶다고 해서 함께 왔다가 돌아가는 길이라 했다. 주현과 필우는 초등학교 동창이었다. 주령은 오라비들에게 당장 이사를 하자고 들볶았고 집을 옮겼다. 소용없는 짓이었다. 필우는 저 살아 있는 동안 언제든지 주령을 찾아냈다.

주령은 아궁이 속에다 장작을 마구 밀어 넣는다. 외가 아래채 방에다 불을 때던 참이었다. 불길이 발갛게 타오르는 아궁이 앞에 앉아 전화기 전원을 살렸다가 봉변을 당했다. 영혼결혼식을 하면 했지 일기장이 어쨌다고?

「아이 주령아, 추운디 밖에서 뭐하냐, 잠 들어와봐라.」

안채 부엌방에서 나온 이모 목소리였다. 동시에 깔깔거리는 웃음소리가 들린다. 무슨 얘기들로 저렇게들 즐거우실까. 오후 들어 바람이 세지면서 진눈이 춤을 추듯 휘몰려 다녔다. 아무래도 몽금댁이 자고 갈 태세여서 주령도 자신의 공간을 마련하던 중이었다. 외가의 안채 내부는 요즘 식으로 개조되었지만 아래채는 옛날 그대로 보존되어 있었다. 방도 불 지피고 걸레질만 하면 아무 때나 들 수 있게 말짱했다. 한 시간 전쯤부터 불을 땠으니 두어 시간 뒤에는 구들장이 뜨끈해질 터였다. 주령은 면장갑을 벗어 툇마루에 올려놓고 손을 털었다. 부엌방으로 들어서자마자 여인들이 또 일제히 깔깔댔다. 점심 자리가 여인들의 술자리로 이어진 참이라 외삼촌은 사랑으로 건너가셨다. 거리낄 게 없어진 부엌방 여인들은 몇 잔씩들 드신 참이라 화기가 한껏 애애하다. 주령은 내가 이들의 안줏감이었구나 싶어서 하릴없이 같이 웃는다.

「음마! 야 좀 보소. 우리가 뭔 소리 한 줄 알고 따라 웃는댜?」

젊을 때부터 광주에서 살다가 몇 해 전 작은 외삼촌이 세상을 떠난 뒤 남편 고향으로 돌아온 작은외숙모의 말에 방 안에 또 웃음판이 터진다.

「제 흉보셨겠죠, 뭐. 뭔데요? 뭐가 그리들 재미나세요?」

「네 결혼시키는 궁리를 요리 모여서 하다 봉게 깨소금 맛처럼 고소해서 그런다.」

「어디 쓸 만한 신랑감이 있어요?」

「오매오매, 요것이 저도 나이 좀 묵었다고 수줍은 줄도 모르고 되물어오는 것 잠 보소.」

이번엔 이모다. 그러고 보니 어머니를 아울러 큰외숙모 작은외숙모 외당숙모 재당숙모 등, 모조리 모(母)자 붙은 여인들이다. 엄마들이 진을 친 세상에 들어와 있는 것이다. 울타리처럼 둘러앉은 엄마들이 깨소금 씹듯 모의했던 사항을 주령에게 들려주었다. 작은외숙모 큰아들의 처남이 한주령의 신랑감으로 거론되었다. 주령에게는 외사촌인 작은 외숙모의 큰아들은 몽금리의 옆 마을인 몽소리 여자와 결혼했다. 그러므로 그의 처남도 몽소리 태생이다. 몽소리를 편의상 옆 동네라 부르지만 몽금하고 거의 붙어 있어 사실상 한 동네이다. 한마디로 훤히 아는 집안사람이라 믿을 만한 사내인 그는 현재 서른일곱 살로 소설쟁이다. 연애야 물론 했겠지만 결혼한 적 없다는 것은 천하가 다 안다. 그 나이 먹을 때까지 미혼인 그 소설쟁이가 결혼할 맘이 있는지 없는지는 사실 아직 모른다. 그렇지만 그 소설쟁이가 두 달 전쯤부터 몽소리이자 신촌인 제 집에 내려와 방안에 콕 박혀서 너구리 잡듯 담배 연기를 피우면서 소설을 쓰고 있다. 한주령이 소설책 만들어내는 회사에서 일을 하니 둘이 눈만 맞는다면 그보다 맞춤한 신랑감이 어디 있겠는가.

중구난방인 여인들의 말을 정리해가며 듣던 중에 주령은 자연스럽게 윤천을 떠올렸다. 그가 이 고장 태생이었다. 서울 신촌 거리에서 술을 마실 때 제 출신 동네 이름도 신촌이라며 고향 풍경을 그려주었다. 그 신촌이 몽금리 옆에 있는 신촌이라는 걸 주령이 몰랐듯 신촌에 은거한 최윤천을 운운하던 새 사장도 물론 몰랐을 터였다. 새로 옮겨갈 출판사의 사장이 같은 대학 출신이었다. 선배라 하기엔 한참 위였으나 그가 편집 주간 자리를 제안하며 선심 쓰듯 학연을 강조한 건 사실이었다. 3월부터 출근하기로 약속을 정하던 자리에서 사장이 지나가는 투로 물었다. 한 주간, 거 최윤천 작가하고 예전에 한 출판사에 근무한 적이 있지 않나? 그런 때가 있었노라 했더니 그 친구 좀 우리한테로 끌어올 수 없겠어? 하지 않는가. 그냥 해보는 소리가 아니라 은근한 압력이었다. 그 친구 작업실이 신촌 어디인 모양인데 증발한 듯 연락이 되지 않는다고 했다. 한때 같이 근무했던 인연을 활용해보라면서 휴대전화 번호까지 건네주는 품이 제법 구체적이었다. 건네받은 전화번호는 물론 낯설었다.

「어짜냐 주령아. 쇠뿔도 단김에 빼랬다고 지금 신촌 한번 가볼래? 아니문 그 집 엄마를 일로 오시라고 해갖고 쇠뿔을 빼버릴거나?」

설마 그 윤천이 지금 거론되는 소설쟁이일까. 그 신촌이 몽금리 옆 신촌이라니. 그런 우연이 어떻게 가능하겠는가. 주령은 도리질을 했다. 그가 맞을 것 같지만 아니기를 바랐다. 주령이 다니던 출판사에 신입 직원으로 들어왔던 그였다. 대학 졸업하던 해에 신춘문예로 등단했던 그가 백수 전업 작가 노릇을 포기하고 얻은 첫 직장이 그 출판사였다. 나이는 세 살 아래였지만 편집 출판 경력으로는 까마득한 후배였던 그가 주령에게 일을 배우면서 남자 행세를 했다. 그가 후배가 아니라 남자로 다가드니 남자로 보였다. 그를 받아들이면서 만나던 남자를 미련 없이 버렸다. 윤천과 헤어진 건 그의 청혼 때문이었다. 우리 결혼해요, 그가 청혼했을 때 주령은 대번에 싫어, 했다. 왜요? 그가 물었을 때 주령은 결혼하기 싫다고, 이대로 못 만나겠다면 헤어지자고 했고 그는 알겠다며 떠났다. 그와 만나던 1년 남짓한 기간이 주령이 만난 어떤 남자들과의 기간보다 길었다. 두 해 뒤쯤 최윤천은 거금이 걸린 문학상을 받으면서 화려하게 문단에 재입성했다. 젊은 소설가로 주목받으며 등장한 그의 소식을 들으며 주령은 아깝다, 뇌까리며 실없이 웃은 적이 있었다.

「급하기들도 하시네요. 우선 궁금한 게 있어요. 제가 직업상 꽤 많은 소설쟁이들을 알아요. 만난 적 없는 소설쟁이들도 이름만 들으면 그 사람이 어떤 사람인지 대충은 알죠. 소설쟁이를 알려면 그 사람이 쓴 소설을 읽으면 되거든요. 몽손지 신촌인지 요새 옆 동네 와 있다는 그 소설쟁이, 이름이 뭔데요?」

「가만, 가만히 있어 봐. 이름이 뭐드라? 아아, 우리 메누리 윤희 동생 윤천이다. 최윤천. 우리 사돈네의 막둥이. 요새 들어 봉게 우리 사돈이 그 아들 장갤 들이지 못해갖고 아주 몸살이 났더라. 몇 년 전엔가 그 아들이 글을 써갖고 아주 큰 상을 타서 사돈집에 경사 났다고 난리를 피웠는데, 경사야 지나고 나면 그뿐이고 나이 들 만큼 든 아들놈이 방구석에 처박혀 컴퓨터만 딜다봄시롱 청춘을 날려버린다고 애가 닳드라.」

주령은 동향 출신 문인들에 대해 관심을 가져본 적이 없었다. 고향을 스스로 밝힐 필요가 거의 없었고 밝히고 싶지도 않았다. 대개의 지인들이 주령을 서울 태생으로 알았다. 최윤천이 동향 출신인 것조차 잊었던 건 고향을 거론해본 적이 드물었기 때문이었다.

「뭐 다 좋은데요, 그 어머니가 저처럼 나이 많은 며느리 보려 하시겠어요? 엄마나 이모, 숙모들이 그 어머니 입장이시라면 저를 며느리로 들이시겠냐구요.」

방바닥이 푹 꺼진 듯 방 안에 잠깐 정적이 돌았다. 딸, 조카딸을 가진 입장에서만 온갖 궁리를 하며 즐겼을 뿐 입장 바꿔서는 생각해보지 않았던 것이다. 주령은 픽 웃고는 편집실에서 편집 회의 끝내듯 박수를 쳐서 여인들을 환기시켰다.

「걱정들 마세요. 혹시 나중에라도 최윤천이라는 그 소설쟁이를 서울에서 만나게 되면요, 오늘 일 말하면서 연애하자고 해볼게요. 둘이 눈 맞으면 뭐, 그 어머니한테 가서 엎드려 사정을 좀 봐주십사고 애원이라도 하면 되지 않겠어요? 제 나이가 많지만 그 소설쟁이 나이도 적잖은데…….」

농담이라고 늘어놓다가 주령은 아차 한다. 몽금댁의 안색이 금세 창백해진 것이다. 희게 질린 얼굴이 실룩이더니 급기야 눈자위가 벌게지면서 눈물이 주르륵 흐른다. 흐른 눈물을 몽금댁이 손바닥으로 훑다가 컥, 흐느꼈다.

「애기씨 왜 이라요. 딸년이 농담한 거 아니요. 낫살이나 묵어갖고 그만한 농담에 맘 상할 건 뭣 있소.」

일흔일곱 살 잡수신 큰외숙모가 일흔한 살 난 시누이를 달래는데 달래는 사람이 있으면 더 서러워지는 법이라 술기운까지 오른 몽금댁은 아예 곡을 시작했다.

「언니, 언니, 언니들, 인자사 말하요만, 내가 저년 땜에 저년 어릴 때부텀, 노심초사, 통 편히 살들 못했소. 내가 몽금리 박 생원집 막둥이로 태나갖고 귀히 자라다가 점잖은 서방 만내서, 아들들 줄줄이 낳고. 넘들이 세상 팔자 좋은 여편네라고들 항께, 호강에 초친다고 할게비 입 밖에 내들 못했소만, 딸년이라고 저거 하나 달랑 낳아가지고 애지중지, 다들 알잖어요. 근디 저 물건을 참 일찌감치도 탐을 내는 놈들이 생깁

디다. 저것이 무슨 월매 딸도 아닌디, 저 물건 열댓 살부텀 담장을 넘어오는 놈이 있더라 그 말이요. 한 놈이 아니라 떼로 작당을 해갖고 너부텀 먹어라, 나부텀 먹을란다 지랄들을 했다 합디다.」

「오매 작은애기씨 그런 일이 있었구만잉. 세상에 잡놈들이 너무 많아서. 아이구 그래갖고.」

「담 넘어온 놈이 저 물건 방에 들어가기 전에 붙들지 못했으면 어쩔 뻔했것소. 내가 이날까지도 태풍만 불면 가슴이 벌렁벌렁 미친년 널 뛰대끼 해서 잠을 못 자요. 그놈들, 그놈이 우리 담장 넘어온 날 태풍이 쳤단 말이요.」

「아이고, 그랬소잉. 그래도 담벼락 넘어온 놈 잡았기 망정이재 방문턱 넘은 놈이었으면, 오매 내가 시방 뭔 소리를 한다냐.」

「그래도 담장 넘어온 놈 놓쳐분 거보다는 백번 다행이었다. 그때 못 잡았으먼 그 잡놈들이 또 넘어올라고 도셨을 거 아니냐?」

작은외숙모와 이모가 북 치고 장구 치며 추임새를 넣으니 몽금댁의 어조에 깃든 설움이 점점 짙어진다.

「방학이라고 집에 오문 집안에서 책벌거지맹키로 책이나 읽음시롱 가만 잎더 있는 애기를 놓고 그 천빙들을 해싸니 내가 저 물건을 혼자 놔둘 수가 있었겄소? 저것이 방학 때 집에 오문 나는 아예 감옥살이를 했소. 지 아부지는 안 그랬다요? 백날 천날 열고 사는 대문을 저것이 오면 꽉 닫아걸고 집 안서만 맴맴, 밖에 나가들 못했소. 저년은, 저년은 그걸 모를 거시오.」

「모르재, 자석들이 부모 맘을 어찌케 안다요. 암만.」

「어린것 맘에 감옥 만들지 않을라고, 저 편할 대로 날개 피고 살라고, 몸조심하란 소리 한 마디도 못하고, 그렇다고 방학 돼도 집에 오질 말아부러라, 하것소. 서울이라고, 지 숙부 집이라고 안심이냔 말이오. 그렇다고 요러요러한 위험이 있응게 애 잘 지키라고 숙부모한테 부탁을 하겄소? 이래저래 저를 붙들고 산 우리 맘을 저것이 어떻게 알것소. 그렇게 애면글면 키웠등만 시집도 안 가고, 맞선이라고 대주문 대주는 족족 다 차불고, 중신 딱 끊긴 지가 다섯 해는 됐을 거시오. 그래 놓고서 인자 와서 눈 맞으면 시어매 자리 앞에 가 엎뎌서 사정을 해본다고 안 허요. 내가 천불이 나는 거시 아니라 설움이 끓어 못살것소오.」

「아이 주령아, 아래채 불 들었을 것잉게, 내려가서 쉬거라. 불을 더 때등가.」

큰외숙모 말씀이 아니라도 주령은 몽금댁의 한탄을 더는 듣고 있기 힘들었다. 엄마, 죄송해요, 하고 부엌방을 벗어난 주령은 답답한 김에 아예 대문 밖으로 나섰다. 지금까지 몽금댁은 그 밤 사건을 주령 앞에서 거론한 적이 없었다. 아마 아무 앞에서도 단 한 마디도 내놓은 적 없을 것이다. 자초한 덕에 처음으로 듣는 어머니의 푸념인 셈인데, 주령은 그때 사건이 강간 미수로 알려졌던 까닭을 처음으로 알게 된 듯했다. 한탄과 곡을 뒤섞어 쏟아내는 몽금댁의 푸념은 술기운까지 실렸음에도 얼마나 교묘한지. 몽금댁 박순엽이 저런 수를 부릴 수도 있는 여인이었다니. 필우가 담장 넘어와 방을 침범하기 전에 붙들린 것으로 사실을 왜곡하는 몽금댁의 말에 주령은 머리가 멍할 지경이었다.

그날 밤 필우가 붙들린 건 주령이 일을 당하고 난 후였다. 어떻게 그렇게 깊은 잠이 들었는지 낯선 감각에 소스라쳐 비명을 지르려 했더니 입이 막혔고 버르적거리는 사이에 아랫도리의 생살이 찢겼다. 비명은 나중에야 질렀다. 주령이 비명을 지르기 시작하자 방심했던 놈이 놀라서 손으로 입을 막았다. 주령은 그 손을 물어뜯었고 놈은 제 손을 그대로 놔둔 채 애원했다. 조용히 해. 제발 조용히. 미안해. 새끼들이 떠미는 통에. 아무 일도 없었어. 정말이야, 아무 일도 없었어. 그렇게 하자 엉? 아무 일도 없지 않았고 아무 일도 없었던 것으로 치기에는 이미 늦어버린 뒤였다. 몰아치는 비바람에 집안 단속을 하러 나왔던 박씨 아저씨가 아래채에서 나는 비명을 먼저 들었고 동시에 안채에 잠들었던 어머니와 아버지가 마당을 맨발로 건너왔던 때였다.

그날 밤 아버지 앞에 꿇어앉은 놈이 불어낸 말을 주령은 여태 기억했다. 작당한 놈들이 나누었다는 말은 그랬다. 한 번만 묵어불면 그담부터는 아무 때나 아무나 가지고 놀 수 있을 거라고. 계집애들은 한번 당하고 나면 원래 그렇게 되는 거라고. 담장 밖에서 필우가 나오길 기다리다 일이 그른 걸 알고 도망쳐버린 그놈들도 겨우 고등학생들이었을 뿐이었다. 셋째 오빠인 주현의 또래였을 뿐인 그들이 계집애들은 원래 그렇다고 어떻게 단정하고 모의할 수 있었을까. 그리고 그 대상이 왜 내가 되어야 했단 말인가. 내가 저희들한테 어쨌기에. 이후 한 번씩 그 밤의 기억이 떠오를 때마다 주령의 가슴에는 태풍이 몰아쳤다. 자신이 기운을 놔버렸던, 그리하여 놈을 허용한 것 같은 순간이 있었음을 잊지 못하기 때문이었다. 불가항력의 상황이 아니었던 같았다. 밀쳐낼 수 있었을 것 같았다. 그런데 못했다.

내 몸을 내 맘대로 못했다는 것에 생각이 미치면 주령은 발작하듯 만나던 남자를 털어냈다. 남자들은 주령의 결별 선언에 영문을 몰라서 어리둥절해하다가 화를 내거나 달래려 들었다. 질기게 접촉을 시도해오는가 하면 최윤천처럼 물끄러미 쳐다보다 알겠습니다, 하고 돌아서기도 했다. 지난주에 헤어진 남자는 술에 취해 울었다. 그에게 끝내자 했던 건 3주 전이었다. 계속 전화를 하고 문자를 보내오는 남자에게 만나자고 했다. 득달같이 달려온 남자 앞에서 주령은 사실은 당신이 욕심나서, 당신하고 결혼해 살고 싶어졌노라고 애달픈 어조로 연기했다. 떨쳐내고 싶은데 떨쳐지지 않는 남자가 유부남일 경우 언제나 적용되는 공식이었다. 저에 대한 여자의 사랑과 벗을 수 없고 벗고 싶지도 않은 제 체제에 대한 책임 사이에서 그의 고민은 달콤한 듯 깊어 보였다. 술을 잔뜩 마시고는 아내가 셋째 아이를 임신했다고, 당신을 사랑하지만 같이 살 수는 없다며 그냥 이대로 지내줄 수 없냐며 눈물을 뚝뚝 흘렸다. 우는 그를 보며 주령은 자신의 몸값이 점점 낮아지고 있음을 느껴야했다. 자신이 고르는,

혹은 자신에 응해오는 남자들이 점점 허접스러워지고 있음과 딱 그만큼 자신이 비천해지고 있음을 어쩔 수 없이 실감했던 것이다. 서늘하고 쓸쓸한, 새삼스럽지 못한 자각이었다.

옷을 잔뜩 여민 채 차에 오른 주령은 날씨 때문에 인적이 끊기다시피 한 동네 앞길을 느리게 빠져나온다. 답답한 김에 무작정 외가를 나왔는데 나오고 보니 갈 데가 없었다. 아니 최윤천이 와 있다는 신촌을 가기 위해 나왔던 것 같다. 가까이 있는 그를 찾아갈 셈이었으니 입던 차림새 그대로 나온 것 아닌가. 인정하고 나니 차의 속도가 더 떨어진다. 그만큼 심박도 느려졌다. 명분이 없지 않은가. 그의 전화번호가 적힌 메모지를 다이어리에 꽂아둔 지 일주일째였다. 다이어리는 그로브 박스에 들어 있었다. 윤천과 사귈 때 초가을에 함께 제부도 여행을 갔던 적이 있었다. 하루 두 번씩 바다에 길이 생기는 기적이 일어나는 곳. 그날 바닷길이 열린 건 오후 3시쯤이었다. 주말이어서 사람이 많았다. 길이 열리자 너나없이 그쪽으로 향하는데 주령은 윤천에게 잡힌 손을 닻처럼 내려뜨리며 건너지 말자고 했다. 그냥 여기서 바라만 보자고. 기적처럼 드러난 바닷길과 그 주변 개펄에서 생물을 채취하느라 법석을 피우는 인파에 휩쓸리기 싫었다. 그래요, 그럼. 윤천이 주령을 감싸 안으며 중얼거리는 참에 불현듯 빗방울이 떨어졌다. 비가 내릴 거라는 징후가 전혀 없는 맑은 날씨였는데 비가 뿌리면서 흐려지기 시작했다. 여우비였다. 이쪽은 흐리고 비가 내리는데 저쪽은 여전히 화창했다. 윤천에게 안겨서 맞는 여우비는 현실감이 느껴지지 않을 만큼 아련했다. 7년 전이었다. 사장이 그의 원고를 탐내며 그 원고 이끌어올 책임을 맡겨왔다지만 주령은 그 건에 대해서 아무 책임감도 느끼지 않았다. 그럼에도 그에게 지금 전화를 걸 수 있는 핑계는 일뿐이었다. 몽소리, 신촌 입구에 차를 세운 주령은 그에게 전화를 걸었다. 그의 전화기는 꺼져 있었다. 다행이다, 주령은 소리 내어 중얼거리곤 차에서 내려섰다.

나지막한 산을 등지고 평평한 땅에 띄엄띄엄 지어진 집들이 50여 호쯤 되는 마을이 몽금리였다. 마을 왼쪽 야산 모퉁이를 돌아 나가면 다시 시작되는 마을이 몽소리, 신촌이었다. 어떻게 불리든 작은 시골 마을에서 뻔히 아는 집안의 남자를 찾기 어려울 까닭이 없었다. 언젠가 그에게 자신의 시골집 근방에 저수지가 있다는 말을 들은 기억이 났다. 동네 입구에서 저수지로 향한 길과 동네로 향한 길이 나뉘는데 그의 집은 동네 가장자리라 저수지에 가장 가깝다고, 그래서 저수지 방죽을 놀이터 삼아 자랐다고 했다. 일제 시대에 만들어진 그 연못 때문에 동네 이름이 신촌이 되었다는 설명을 들은 것도 같았다. 몽금이 오래된 집성촌인 반면에 그 이웃에 덧대어 이루어진 신촌은 당시로는 새로운 마을이었던 것이다.

신촌 저수지 방죽이 저만치 올려다 보이는 집의 문설주에는 최길주라는 낡은 문패가 붙었다. 골목이 따로 없이 저수지 방죽이 올려다보이고 들판이 내다보이는 야산 모퉁이 외진 집이었다. 녹색으로 칠해진 대문은 안쪽으로 열린 채 바람에 흔들리지 않도록 세모난 판자 조각으로 괴어 있었다. 위채 아래채

따로 없이 한 채로 이루어진 집은 요즘 거개의 시골집들답게 개량되어 마루 앞쪽에 유리문들을 단 채였다. 적막한 마당에 눈이 흰 천처럼 덮였다. 방에 콕 박혀 글만 쓴다더니 아닌가 보네? 주령은 어린 계집애처럼 입을 삐죽이며 중얼거린다. 마당에도 대문 밖 빈터에도 차가 없다. 빈집인 게 얼마나 다행인지. 스스로도 최윤천의 집 앞에 왜 와 있는지 모르는데 그를 만났다면 어쩔 뻔했는가. 필숙의 전화를 받았다. 그 때문에 까맣게 잊었다 여겼던 옛날이 체증처럼 되돌아왔다. 그리고 윤천이 가까이 있다는 걸 알게 되었다. 그를 찾아온 까닭은 그뿐이었다. 주령은 빈집 마당을 망연히 쳐다보며 떨다가 돌아선다.

5

경산댁이 필숙을 앞세우고 친정 대문을 들어섰을 때 몽금댁은 잠깐의 낮잠에서 막 깨어난 참이었다. 다른 사람들은 각자의 집으로 돌아가고 곁에는 올케들과 언니만 남아 있었다. 주령이 보이지 않은 지 한참 되었다는 말을 듣고 난 때이기도 했다. 안방에 마주 앉자마자 보자기에 싸온 공책 한 권을 방바닥에 풀어놓은 경산댁이 눈물 바람을 시작했다. 영가결혼식이 주령 때문에, 주령의 공책 때문에 막혔다고, 정말 염치없지만 어쩔 수 없어 찾아 왔노라며 평소의 그네답지 않게 낮은 목소리로 읊조렸다. 어조야 어찌되었건 주령을 내놓으라는 말이었다. 차마 주령이 서울로 돌아갔다는 거짓말이 나오지 않았다. 거짓말을 하지 못하는 자신에게 화가 치솟았고 화를 참느라 몽금댁은 둘러앉은 늙은 언니들을 바라보며 딴전을 피웠다.

「주령이가 어디 갔다고 했소?」

「긍께잉. 날씨도 험한디 아까아까 차 끌고 나가서는 소식이 없소야? 그렇잖애도 살살 걱정이 돼서 자꼬 내다보던 참인디.」

큰올케는 사실을 늘어놓으며 아이가 집에 없는 걸 다행으로 여기고 있었다. 몽금댁도 그걸 천만다행으로 생각했다.

「모처럼 언니들 만내서 놀다가 한잠 자는 새에 애가 나간 것 같은디, 어디 갔는지는 모르겄소. 여하튼지 아들 혼사 치름시롱 경산댁 맘이 어짠지, 여기까지 쳐들어오신 그 맘을 짐작은 하요. 그래도 우리 집 애 땜시 그 집 혼사가 중단됐다는 건 통 납득을 못하겄소. 이 공책이 우리 주령이 것이고 이것이 그 집 아들 짐짝에서 나왔다고요? 나왔으면 그거시 우리 애 잘못이오? 우리 애가 그 집 아들 유품에다 이걸 갖다 넜을랍디여? 우리 애가 그 집에 뭔 잘못을 했다고 쳐들어 오셔갖고 앨 내놓으라 하신다요? 한 동네서 오십 년을 살았어도 경산댁이 이리 경우 없으신 줄 몰랐소야. 그라고요, 영가결혼식이라는 거시 귀신들을 위한 거시오? 살아 있는 사람들 편차고 벌이는 일 아닙니까? 그라먼 산 사람 편케 일을 풀어가야재 어짠다고 산 사람을, 것도 혼인도 안 한 지집애를 귀신들 앞에 꿇어앉힐 궁리를 해낸다요? 대체 뭔 상관이 있다고 여까지 쳐들어와서 내 딸년을 내놓으라 하시냔 말이오. 말 나온 참에 솔직히 말할라요. 나 그 집 일 피하느라고, 혹시라도 내 딸년이 그 이름이라도 듣게 될게비, 그러고 잡들 않어서 애 데리고 친정으로 왔소. 이름도 듣잖게 할라고 일껏 달아나 왔등만 뭐시요, 구신들 앞에 나아가 앉으라고요? 내가 경산댁이라면요, 여길 찾아오기보다 아들 장개들이는 걸 포기하고 말겄소. 아이 필숙아, 느그 엄니 모시고 가그라.」

제 모친 옆에 죄인처럼 쭈그리고 있는 필숙에게도 모진 말이 하고 싶어 입이 근질근질하지만 몽금댁은 애써 참는다. 어렸을 때 맹한 줄 몰랐는데 제 모친을 여기까지 싣고 온 것을 보면 사리분별을 제대로 못하는 맹문이 같은 구석이 있는가 보다.

「몽금댁이 무슨 말씀하시등가 다 들을 각오로 온 길잉게 더한 소리를 하새도 난 할 말이 없소. 그래도 몽금댁, 청춘부터 이날까장 이웃서 늙어옴시롱 든 정이 없다고는 못할 거시라. 몽금댁이 어떤 사람인지도 너무나 잘 앙게 사정 잠 해볼라고 왔소. 영가결혼식이라는 것이 죽은 것들보다 산 것들을 위한 것이라는 말씀 백분 잘하샜소. 산 목심 잠 살자고요, 살래달라고요. 그대로는 죽어도 계속 못한다고 사돈될 사람들이 뻗대고 나와분디, 일이 여기서 파토나불면 꼴이 어찌게 되것소. 구신들이사 계속 구신으로 살라면 그만이재만 산 사람들이 지대로 살아지겄소? 사정 잠 봐주씨오, 몽금댁. 애기가, 주령이가 멀리 있는 것도 아니고, 하필이문 딱 요때 집에 온 것도 뭔 조화가 있응게 그란갑다, 하시고 부조하는 셈치고 맘 좀 크게 써주시오. 예? 몽금댁, 잠 봐주씨오.」

이렇게 애걸복걸하게 될까 봐서 돈으로 입막음을 하렸더니 일이 더 커져버렸다. 경산댁은 성덕이라는 중년한테 머리카락이 있다면 왈왈 잡아뜯어놓고 싶었다. 안사돈 될 여편네도 마찬가지였다. 한창 나이 딸년을 병들려 죽게 만들어놓고 이제 와서 어미 노릇 잘해보겠다고 팔짝팔짝 날뛰는 그 꼴에 신물이 넘어올 지경이었다. 아이고오 내 딸년 미례야, 네가 인자사 엄마를 찾아왔구나아아. 찾아오긴 누가 어딜 찾아온단 말인가. 중도 무당도 아닌 주제에 부르짖던 모양새라니. 천불이 나서 당장이라도 다 때려치우고 싶었다. 그렇지만 여섯이나 되는, 아니 안팎으로 열둘이나 되는 자식들이 제 새끼들까지 줄래줄래 달고 필우 결혼식 보자고 내려왔는데 차마 그럴 수가 없었다. 지금까지는 저희들 삶이 고단하면 부모 잘못 만난 저희들 팔자겠거니 했겠지만 앞으로는 말말이 필우 놈 핑계를 댈 게 뻔했다. 싸가지없는 놈이 끝끝내 제들 앞길 막는다고 짖어댈 것이 불 보듯 했다. 그 꼴을 봐낼 자신이 없어 여기까지 찾아왔다.

「입장 딱 바꿔서 필숙이가 주령이라면 경산댁은 내놓으시겠소? 필숙이한테 그 자리에 가서 귀신들을 달래주라고 말씀하시겠어요? 경산댁은 그라실 수 있는 줄 몰라도 나는 밴댕이보다 못한 속을 가져서 그리 못하요. 혹시 우리 애가 그 자리에 가겠다고 해도 절대 못 보내요. 아니, 안 보냅니다. 내가 할 말은 다 했응게 인자 가보시오. 그라고 이 공책이 우리 주령이 것이었다문 여 놓고 가시는 것이 좋겠고요.」

여기까지 찾아왔는데 설마 매정하게 내치기야 하겠는가. 50년을 봐온 몽금댁의 성정은 그렇게 독하지 않았다. 그리고 아니할 말로 그 옛날의 필우가 주령을 아주 따먹은 것도 아니지 않은

가. 정말 따먹었더라면 두 집은 한 동네서 살 수 없었을 것이고 가진 것 없는 경산댁네가 동네를 떠야 했을 것이다. 일이 거기까지 가지 않았기에 그래도 지금까지 아침저녁으로 얼굴 보면서 늙어왔다. 그런데 몽금댁은 바늘 하나 꽂히지 않을 만큼 냉담하다. 그 맘을 백번 이해하고도 남았다. 그러면서도 서운하다 못해 설움이 나고 부아가 치민다. 자기는 일흔 살을 넘겨 먹고도 찾아와 기댈 수 있는 친정을 가졌지 않은가. 늙었으나마 언니라 불리는 여편네들이 언덕처럼 둘러앉아 등을 받쳐주고 있다. 세상 점잖은 남편 만나서 똑똑한 자식들 줄줄이 낳아 잘 키웠고 살 만큼 살고 난 뒤 혼자되고도 교감 선생으로 퇴직한 남편의 연금 받아가면서 철철이 자식들 집 오가거나 불러들이면서 말년을 살고 있지 않은가. 그깟 일이 무에 그리 큰일이라고, 적선 하듯이라도 못해준단 말인가. 주령이 시집이나 갔다면 또 모른다. 서방 자식들 끼고 산다면 혹시라도 흠 잡힐 수도 있으니 도사리는 게 당연했다. 아니지 않는가. 이웃집 경사에 손 보태듯이라도 그쯤 해줄 수도 있을 터이다. 그런데 주령이 간다고 해도 못 보낸다며 댕돌같이 돌아앉았다.

경산댁은 덜덜 떨리는 두 손을 으스러져라 붙들며 웅크리고 있던 어깨를 세웠다. 그래 작파하면 그만이다. 살아 있더라도 장가를 들 수 있었을지 모를 놈. 어차피 몽달귀신을 못 면할 팔자였던 것이다. 경산댁은 발딱 일어선다. 일어나다 다리에 힘이 없어 주저앉는 경산댁을 필숙이 부축했다.

「알것소, 몽금댁. 수선 피와서 미안하게 됐소. 그라고 권장들

께도 면목이 없소. 죄송하요.」

이렇게 될 게 뻔해서 필숙은 경산댁을 한사코 말렸다. 경산댁은 미련이나 남지 않게 하는 데까지 해보겠다며 부득부득 몽금리로 가자고 우겼다. 결과는 예상한 대로 되었다. 봄눈이 한겨울처럼 내려 쌓이는 마당이 넓기도 하다. 차 안에다 외투를 벗어두고 들어왔던 필숙은 몸을 달달 떨며 대문간까지 걸었다. 주령의 큰외숙모가 대문 밖에 세워둔 차까지 뒤따라 나왔다.

「뭔 일인지는 잘 모르것소만 우리 애기씨가 단단히 맺힌 것이 있는갑습니다. 뭔 일인지 모릉게 어째보라고 권해보도 못하고, 기껏 찾어오샜는디 송구하요. 헌디 가새갖고 의논하시다 보문 뭔 궁리가 안 날랍디여? 분명히 뭔 수가 있을 거시니 찬찬히 따져보시드라고요. 다시 한 번 미안하게 됐구먼요. 살펴 가시게라.」

죄 없는 주령의 큰외숙모가 거듭 사과를 하며 배웅을 해주는데 이미 모든 것을 포기해버린 경산댁은 시늉으로만 고개를 끄덕이고는 찬바람 일으키며 차에 들어앉는다. 필숙은 어머니 대신 인사를 하고는 차를 뒤로 뺐다. 그새 얼었는지 윈도 브러시가 뻑뻑거려 창에 얹힌 눈이 잘 치워지지도 않는다. 게다가 눈물이 자꾸 나 눈앞이 흐리기까지 했다. 오후 4시였다. 이런 날씨에 주령은 어디로 갔을까. 우리가 여기 올 걸 어떻게 알고 피했단 말인가. 암만해도 집안 어딘가에 있을 듯했다. 어느 방엔가 숨어서 지켜보다 지금쯤 나와 경우 없고 염치없는 사람들이라고 흉보고 있을 것 같았다. 그렇다고 해도 할 말이 없는 게 이쪽이었다.

「아! 얼렁 안 가고 뭣허냐?」

경산댁이 빽 소리를 질러놓고는 눈을 감아버린다. 필숙이 후진한 차를 나갈 방향으로 돌리고 막 출발을 하려는데 저쪽에서 천천히 다가오는 차가 있었다. 눈 속에서 커다란 눈 뭉치처럼 다가오는 흰색의 중형차는 어느새 전조등까지 밝혔다. 집들이 다닥다닥 붙어 있지 않은 동네라 골목이랄 것도 없는데다 주령의 외가는 동네 앞쪽이라 사방으로 통하게 되는 지점이었다. 그런데 차가 다른 데로 가지 않고 필숙의 차가 막 빠져나온 자리에 섰다. 필숙은 자신도 모르게 브레이크를 밟았다. 그 바람에 경산댁 몸이 앞으로 약간 쏠렸고 눈을 뜨더니 화를 냈다.

「왜에?」

「엄마, 주령이가 온 거 같소. 저 뒤에 있는 차가 주령이 차 같어.」

경산댁이 몸을 휙 틀어 돌아보았다. 옆 창으로 보이는 차에서 주령이 분명해 보이는 여자가 내렸다. 혼자 내린 주령은 이쪽으로 다가오지 않고 제 차에 붙어서 쳐다보고 섰기만 한다. 주령이는 옛날 그대로구나. 10년 전쯤과 비슷해 보여. 필숙은 주령이 옛날 모습 그대로인 듯 보이는 게 왜 서운하게 느껴지는지 자신의 속내를 알 길이 없었다. 여태 시집을 가지 않고, 연애한다는 소문도 듣지 못한 까닭이 설마 김필우 때문이기야 하랴고 여겼으면서도 지금 눈사람처럼 서 있는 주령을 보고 있자니 눈물이 맘에서 찰랑대는 것 같다. 필숙이 주차 기어를 넣고는 차문을 열려 하자 경산댁이 소리쳤다.

「냅둬라. 냅두고 그냥 가자.」

「왜에? 주령이한테 다시 한 번 말하면 같이 간다고 할 줄도 모르잖어.」

「아까 싫다고 했담서. 즈그 어매가 그리 도리질을 해쌓는디 우리를 따라나선다고 하겄냐? 얼렁 가!」

잠깐 주춤하는 것 같던 필숙의 차가 떠났다. 신촌 쪽에서 몽금리 쪽으로 돌아서면 곧장 보이는 외가 대문 앞에 차가 있는 것을 보고 필숙의 차려니 짐작했다. 짐작이 맞았는지 떠나려다 멈추는 것 같더니 그냥 갔다.

수도암이 차로 반시간이면 닿는 거리지만 여기까지 찾아올 거라곤 예상치 못했다. 그 일이 그들에게 그렇게 절박한 것이었나. 녹동 바다까지 갔다 온 길이었다. 음악을 듣기 위해 나선 길이었던 것처럼 오디오 볼륨을 한껏 높인 채 두어 시간을 그저 돌아다녔다. 녹동항 구석에 차를 세워놓고 음악을 듣던 중 윤천에게서 전화가 걸려왔으나 받지 않았다. 누구의 전화번호인지 모르는 채 때늦은 답신을 해온 그를 대신하여 필우를 생각했다. 그가, 죽을 때까지 한주령을 겁탈했다는 사실을 떠벌리지 않았던 이면의 마음을 알고 있었던 것 같았다. 그에게 진저리를 쳤을망정 무서워해본 적이 없지 않은가. 어쩌다 그 밤의 기억이 되살아날 때면 치를 떨었지만 그건 습관 같은 것이었다. 끔찍한 상처였던 건 분명했어도 그 상처로 인해 못한 일이 없었다. 오히려 그에 대한 반작용처럼 하고 싶은 일을 애써 더 했고 그러면서 그때의 일을 거의 잊고 살았다. 그가 살아 있다면 어땠을지는 알 수 없어도 그가 세상에 없으므로 그에 대해 떠올리지 않아도 되었다.

주령이 들어서자 자꾸만 밖을 내다보던 네 여인이 숨이 넘어갈 지경으로 달려들었다. 대체 어떻게 된 일이냐. 전화라도 해줄 일이지……. 사랑방에서 바깥의 소란을 듣다 못한 외삼촌이 건너오신 다음에야 두서가 잡혔다.

「오늘은 이 외삼촌이 네 아버지 대신으로 앉은 셈이니 몇 마디 해야겠다. 오늘 지켜보자니 너나 네 엄마나 좀 전에 다녀간 그분네와 좋지 못한 전사가 있었던 건 분명하다만 내 생각으로는 그 일을 풀 때가 되지 않았나 싶다. 그분네가 여기까지 찾아올 정도이면 그쪽에서도 말로 다 못할 묵은 속내가 있었다는 뜻인데, 그걸 다 무시하고는 네 맘이 편치 않을 것이다. 그쪽 청을 들어줄 수 없다고 길길이 날뛰는 네 엄마도 마찬가지다. 청을 들어줄 수 없다고 큰소리칠 수 있는 한, 청원하는 쪽보다는 형편이 낫기 마련. 형편이 나은 쪽에서 일을 풀어야 하는 법이다. 그게 사람살이 이치야. 외삼촌은 그렇게 생각한다. 어쨌든 주령아, 네 엄마는 결정 못한다. 네가 결정해야 해.」

몽금댁은 자신의 품안에서 딸이 그 짓을 당하는 걸 속수무책 지켜봤다고 자책하며 살아왔던 여인이었다. 계집아이 몸을 버렸다는 상실감에서 시작된 그 자책은 품안의 자식도 지키지 못했다는 스스로에 대한 분노와 그 일로 인해 딸의 앞날이 잘못

될까 싶은 염려로 오래도록 지속되었다. 주령이 할 말이 생각나지 않아 몽금댁의 눈치를 보며 가만히 있자니 외삼촌이 이어 말했다.

「그리고 아니 가겠다면 모를까 혹 수도암으로 가기로 할라치면 거기 있는 그 사람들 더 애태우지 말고 시방 가야 한다. 네가 입장 정리를 해야 네 어미나 여기 우리가 편할 것은 물론이고 네 거동도 수월할 것이다.」

외삼촌이 대답을 채근했다. 절간에서 벌어지는 결혼식에 얼굴을 들이밀라는 쪽으로 몰고 있었다. 사실 당연한 말씀이시긴 했다. 몰랐다면 모를까 알았는데 끝내 모르쇠 하고 나면 이후가 또 얼마나 불편할 것인지. 주령은 옆에 앉은 몽금댁을 돌아보았다. 어머니의 벌게진 눈에서 눈물이 흐르고 있었다.

「엄마, 가볼게요. 가보는 게 편할 거 같잖아요. 이제 와서 그게 무슨 대수겠어요? 응, 엄마?」

몽금댁이 반응하기 전에 이모와 외숙모들이 아이고오, 한숨을 터트렸다. 몽금댁이 곁에 있는 이모 어깨에다 얼굴을 묻으며 아이구우, 신음을 흘렸다. 잠깐의 적막이 지나간 뒤 외삼촌이 큰기침을 했다.

「되었다 그럼. 주령이, 당장 그 절로 가그라. 그라고 주령 에미!」

「예? 예, 오라버니.」

「자네도 애 따라가서 그 혼령들 잘 떠나라고 빌어줘. 내 자식 잘 살라는 맘으로 남의 자식 길도 빌어주고 오라는 말이네.

그라고 자네 그 맘보 좀 키우고. 낫살이나 묵어갖고 대체 은제까지 막둥이 노릇을 할라나?」

큰외삼촌의 말의 떨어지자마자 이모가 나도 갈라네, 하고 나섰고 나도, 나도, 숙모들이 덩달아 나섰다. 노인들이 옷들을 챙겨 입느라 수선을 피우는 사이 날이 가뭇하게 어두워졌다. 눈이 어지간히 쌓였을 어두운 산길을 어떻게 올라갈까. 주령은 평생을 길 위에서만 떠돌다 돌아온 듯 몸이 처지는 참이었다. 노인들을 죄 태우고 몽금리를 빠져나오자 눈발이 더 거세지는 듯했다. 신촌 앞길이었다. 뒷자리의 노인들은 소곤소곤 자신들이 본 적 있는 영혼결혼식에 대한 이야기들을 나누고 있었다. 옆자리의 몽금댁은 아무 말이 없었다. 전조등에 비친 시골 도로 위를 주령은 꿈길인 듯 아련하고 막연하게 달렸다.

단풍나무와 배추

1

한창 무성해야 할 초여름의 단풍나무가 오슬오슬 오그라든 잎사귀들을 매단 채 거의 죽어가는 참이다. 밑동부터 세 가지로 자라 올라 제법 우람지던 나무가 이 꼴이 되려면 한참 걸렸을 텐데 날마다 드나들면서도 나는 눈치 채지 못했다. 바싹 마른 단풍나무 밑에 대파 뭉치가 꽂혔고 방아가 이파리를 살랑거렸고 열 포기 남짓한 배추가 나풀거렸다. 대파와 방아야 늘 있는 거고, 배추도 엄마가 심은 게 틀림없을 터였다. 그런데, 설마 배추 때문에 단풍나무를? 하는 생각이 퍼뜩 들어 불빛이 펴져나오는 우리 집 베란다를 흘겨보는데 추어탕 냄새가 곰실곰실 흘러나왔다. 역하다 느낀 순간 속이 와락 뒤집혔다.

임지우 왔냐? 딸자식 호칭에 꼭 성까지 붙여 부르는 엄마가 앞치마를 걸친 채 부엌 쪽에서 나왔다. 사방 창이 모조리 열려 있음에도 집 안에 가득 차 있던 추어탕 냄새가 내게 들씌워졌다. 이제 금세 방앗잎까지 넣게 되면 그 냄새가 집 안은 물론이고 주차장까지 진동할 것이다. 나는 와락 얼굴을 찡그리며 엄마를 노려보았다.

「한밤중에 들어와 왜 또 엄마를 잡아먹을 기세냐?」

「단풍나무가 어째 저 모양이 됐대요?」

「아, 그거? 그러잖아도 비실비실 말라가는 꼴이 보기 싫어 관리실에다 몇 번이나 말했다. 아예 베어내달라고.」

「혹시 엄마가 저렇게 만든 거 아니우?」

「내가 나무를? 뭔 수로? 왜?」

엄마가 의뭉한 얼굴로 연이어 반문하니 딱히 따지고 들 근거가 없기는 한데 한번 솟은 의구심은 가시지 않는다. 쉰아홉 살이 아니라 서른아홉 살이래도 깜박 속아 넘어갈 만한 윤기 흐르는 피부에 주름살도 별로 없는 둥그런 얼굴과 통통한 몸매와 나이 들수록 점점 가벼워지는 말투까지. 엄마는 도무지 나이를 먹을 줄 몰랐다. 엄마가 나이 먹지 않으니 엄마 앞에만 서면 나도 철들 줄 모르는 계집애가 되고 말았다.

「왜 나무가 신경 쓰이는지 모르겠다만, 그깟 나무 냅두고 어서 들어와 씻어라. 추어탕을 끓여 놨다.」

그깟 나무라 들으니 그깟 나무가 아닌 것 같아진다. 아파트에 처음 입주했을 때부터 그 자리에 있던 나무 아닌가. 내가 초등학교 입학하기 전 해부터 서른 살이 넘은 지금까지. 그 나무에서 피처럼 붉은 새잎이 피어나면 봄이 왔다고 생각하고 붉은

잎이 완전히 푸르러지면 여름이라 여기며 산 지가 20년이 훨씬 넘었다.

「나는 여태 실컷 먹고 들어왔으니 추어탕은 엄마나 많이 잡숴요.」

추어탕 냄새가 뒤따라 들어올세라 내 방문을 휙 닫고 들어가 아예 자물쇠를 눌러버렸다. 뒤쫓아 들어와 한 수저만 먹어보라고 집요하게 졸라댈 엄마를 차단하는 것이다. 그 추어탕을 끓이기 위해 재래시장까지 갔을 엄마였다. 미꾸라지를 사고 들깨가루와 물에 우린 토란 줄기와 숙주와 풋고추와 고비를 찾아온 시장을 휘저으며 다녔을 테고 돌아와서는 고비부터 삶아 불리고 토란 줄기는 데쳐 물에 담갔을 것이다. 그리고 미꾸라지를 투명 용기에 넣고 소금 한 줌을 뿌린 뒤 미꾸라지가 단지 안에서 발광하는 걸 짜릿하게 즐겼을 것이다. 소금에 소스라치며 발광했을 미꾸라지들의 몸부림이 눈에 선했다.

「임지우, 얼른 나와라. 식기 전에 몇 수저만 먹어.」

「싫다잖아요. 지금 몇 신데 추어탕을 먹으라고! 대체 밤마다 왜 그래요?」

악다구니 치며 반항해보지만 그런 나의 반응에 엄마는 매번 무감각했다. 다음 순서는 뻔했다. 누굴 위해 종일 땀을 흘렸는데 먹는 시늉도 못해주느냐며 10분쯤 앙앙댈 것이고, 서방 복 없는 년이 자식 복은 있겠냐는 눈물 섞인 신세한탄과 널 위해 다시 음식을 만들면 내가 네 딸이라는 저주가 이어질 것이다. 내가 엄마 딸인 것만도 분한 판에 엄마가 내 딸이라니! 나는 절대 엄마의 엄마가 되고 싶지 않았으므로 어릴 때 나는 엄마를 한 번도 이기지 못했다. 그래서 초등학교 시절 내내 내 별명이 빵빵돼지였다. 중고등학교 다닐 때도 빵빵돼지라 불리며 살 수는 없었다. 굶기를 밥 먹듯 했고 먹고 싶은 욕구를 다스리지 못해 먹었을 때는 변기에다 남김없이 게워냈다. 대학 다닐 때는 아침밥 이외엔 집에서 물 한 모금도 마시지 않는 걸로 버텼다.

나름대로 잘 조절해온 셈인데 이혼하고 엄마 집으로 기어들어온 결정적인 실책을 범했다. 당시 엄마가 식당에서 찬모 노릇을 하고 있었기에 믿었다. 종일 음식 주무르다 퇴근하는데 집에서 또 음식을 만들어대랴. 어리석었다. 엄마는 나와 살림을 다시 합친 뒤 두 달도 지나지 않아 식당을 그만두었다. 스스로는 잘렸다고 했지만 나는 그 말을 믿을 수 없었다. 엄마는 아무 간섭 없이 스스로 원하는 방식으로 한 사람만을 겨냥한 음식 만들기를 즐겼다. 그러고 싶어서, 생활비 댈 사람도 생겼겠다, 식당 일을 걷어치운 것이다.

「그래도 조금만 먹어라. 응, 임지우? 아침에도 샐러드 한 접시만 먹고. 암만해도 네가 요새 너무 말라 일부러 만든 건데, 엄마 공들인 게 아깝잖니.」

대답하지 않고 오디오 리모컨을 눌러놓고 컴퓨터 전원을 켰다. 사무실에서 다음 달 아이들 식단을 짜다 들어온 참이었다. 식단을 짜고 음식 재료를 발주하고 검수하고 조리사들의 조리를 감독하고 그 보고서를 올리는 고등학교 영양사. 일 자체는 쉽지도 어렵지도 않았다. 어려운 건 종일 음식 냄새 속에서 지내야 하는 것이었다. 그나마 바쁠 때는, 냄새의 홍수 속에 있을 때는 나았다. 문제는 늘 혼자 있을 때였다. 언제나 잔영처럼 떠도는 음식 냄새들이 질기디질긴 귀신들처럼 내 후각에 머물면서 나를 조정했다.

내가 온갖 음식에서 수시로 구토물의 냄새를 맡는다는 것은, 구토물의 냄새를 맡는 동안 식욕과의 전쟁을 벌이고 있다는 사실은 비밀이었다. 현재의 내 증세는 물론이고 과거에 앓았던 폭식과 거식의 전력도 학교에 알려지면 안 되었다. 그래서 나는 약간 마른 듯하나 아직은 젊어서 그럭저럭 예쁜 영양사였다. 학생들 식성을 잘 알면서도 칼로리 조절에도 능한 새침데기 영양사. 내가 견지하는 내 이미지였다. 그 이미지를 유지하게 위해 내가 얼마나 몸부림을 치는지 엄마는 안중에 없었다.

「추어탕은 정 먹기 싫으면 말고 문이나 열어라. 할 말이 있다.」

하는 수 없이 문을 열었더니 엄마 손에 쟁반이 들렸다. 양념한 청포묵 한 접시와 차게 식힌 둥굴레차이다. 내가 유난히 음식을 기피하는 즈음이면 엄마가 들이미는 작전용 음식. 칼로리가 낮다는 사실에 내가 번번이 무너지는, 엄마의 비상수단이었다. 엄마를 차단하기 위해서 나는 방문 앞에서 쟁반을 받아들었다.

「지금 일이 있으니까 일하면서 먹을게. 고마워요.」

「할 말이 있다니까, 얘는.」

「말해요, 그럼.」

내 등 뒤의 방 안을 엿보던 엄마가 하는 수 없다는 듯 입을 열었다.

「너 기억나는지 모르겠지만 1, 2호 라인 12층에 대훈이라는 네 또래 남자아이, 아니 남자가 있는데, 걔 모친이랑 내가 오늘 옛날 장에 같이 갔거든?」

대훈이, 박대훈. 아마 내 초등학교 동창생일 것이다. 그놈이 맞다면 2학년, 5학년 때 같은 반이었다. 짝이었던 때도 있었다. 심심하면 나를 빵빵돼지라 놀려먹던 못된 놈. 놈을 따라서 딴 놈들도 틈만 나면 나를 빵빵돼지라 나팔을 불었다. 초등학교를 졸업한 뒤 어쩌다 동네에서 놈과 마주친 적도 있었지만 인사 나눈 적이 없었고 나중엔 그의 존재를 잊었다. 놈의 집이 이사를 가지 않고 그대로 있다는 게 새삼스럽다.

「그런데요?」

「걔랑 맞선 한번 볼래?」

「걔네 모친께서 나 이혼녀인 거 모르셔?」

「왜 몰라. 걔도 이혼했대. 서울서 산다더라만 한두 달에 한 번꼴로는 집에 다녀가는 모양이더라. 걔 엄마랑 이야기하다 보니 너랑 여러 가지가 비슷해서 둘이 만나게 해보면 어떨까 싶어진 거지.」

「뭐가 비슷한지는 모르겠지만 엄마, 지금은 다시 결혼할 맘 없어요. 선 볼 맘도 없고요. 할 말 다했죠?」

「그러지 말고 얘, 걔 서울시 공무원이라더라. 무슨 정보 분석 어쩌고 하는 일을 하나 봐. 직업이 괜찮잖냐, 한번 보기만 해.」

「싫어요.」

「당장 시집가라는 게 아니라 한번 만나보기나 하라는 말이야. 이혼했어도 사방에서 중신이 들어오는가 본데, 욕심나더라.」

「엄마는 내가 다시 결혼하면 볶아먹을 사람 없어져 심심할 텐데 맘에 없는 짓을 왜 벌여요? 설마 내 맞선 보기를 새 취미로 삼으신 건 아니지?」

「내가 널 볶아먹어?」

「아닌 줄 알았어요? 암튼, 싫어. 싫다구요. 엄마 자꾸 이러면 내일이라도 방 얻어서 나갈 거야.」

썩을 년! 나를 노려보다 욕 한마디 내뱉은 엄마가 휙 돌아섰다. 내가 방을 얻어 나가겠다는 건 엄마한테 가장 큰 위협이었다. 어렸을 때도 엄마가 음식 만들기에 집착하는 이유를 모르지는 않았다. 영감 때문이었다. 스물일곱 살 때부터 영감의 둘째 마누라 노릇을 해온 엄마가 영감을 불러들일 수 있는 손쉬운, 어쩌면 유일한 방법이 온갖 음식이었다. 여보 영감님, 우리 지우가 요새 여름을 타는지 기운 없어 해서요, 추어탕 끓이는 참인데요, 혹시 들러 가실 시간 있으세요? 엄마가 전화기를 들고 나를 핑계 대며 코맹맹이 소리를 하는 날이면 어김없이 영감이 찾아왔다.

영감은 나를 입적시키지 않았다. 영감의 부인이 영감의 세컨드와이프 임순오를 눈감는 대신 임순오의 소생을 자신의 자식으로 입적시키는 건 결사반대했기 때문이었다. 그래서 아버지 성씨 대신 어머니 성을 따라 이름이 지어진 나는 홍길동처럼 아버지를 아버지라 부르지 못하거나 부르지 않고 영감이라 불렀다. 물론 그를 대놓고는 무엇으로도 호칭해본 적이 없었다. 어릴 때 영감이 올 법한 시각이면 나는 만화방으로 갔다. 눈동자가 빨개질 때까지 만화를 보다가 영감이 잠들었거나 본가로 갔을 즈음에 도둑고양이처럼 집에 기어들었다. 더 커서는 독서실로 갔다. 독서실에서 아예 자고 일어나 집에 오면 영감은 가고 없었다. 집에는 한결 젊어지고 명랑해진 엄마와 영감이 먹었을 온갖 탕들의 비릿하고 누릿한 냄새들이 꽉 차 있었다. 먹은 것 없이도 구토하는 법을 터득했던 그 무렵 나는 아버지가 나 태어나기도 전에 죽었다고 말할 수도 있는 거짓말쟁이가 되었다.

2

발신 신호와 더불어 낯선 번호가 뜨더니 남자 목소리가 나왔다. 주차하다 바로 우리 라인 입구 건너에 세워놓은 내 차와 접촉 사고를 냈다는 것이다. 예전에 멀쩡히 대놨던 차의 옆면을 왕창 긁히고도 내가 수리해야 했던 경험이 떠올라 입은 옷 그대로 잽싸게 뛰어나갔다. 나한테 전화를 했음 직한 남자는 내 차 옆에서 허리를 약간 숙이고 차를 살피고 있었다. 키가 크고 살집이 많은 거구였다. 수그리고 있는 남자 곁에서 나도 허리를 수그리고 내 차를 살폈다. 조수석 앞쪽 범퍼 밑이 약간 찌그러졌고 차대를 감싼 틀이 약간 벌어져 있었다. 내 차 앞의 공간에다 차를 대면서 박은 모양이었다.

「운전이 서투세요?」

내 질문에 남자가 허리를 세우며 몸을 일으켰다. 나도 덩달아 섰다. 내 키는 그의 턱밑쯤에나 닿을 듯했다. 오며 가며 스친 적 있는 이웃 주민인지 커다래 보이는 몸피는 낯설어도 올려다본 그의 얼굴은 낯익다.

「그게 아니라 술을 좀 마셨더니…….」

그러고 보니 남자한테서 술 냄새가 났다. 술내에 어우러진 삼겹살 냄새와 상추와 마늘과 파절이와 들깨 가루와 담배 냄새와 숯내까지, 거구는 고깃집 냄새를 통째로 풍겨대는 참이었다. 나는 그에게서 한 걸음 물러섰다. 시선이 마주쳤다. 눈빛을 보기에는 불빛이 약했다. 덩치 큰 바보인 게 틀림없었다. 사고 냈다 자수해오질 않나, 술 마셨다고 자백하질 않나. 그에게 명함을 요구했다. 명함에다 사고 시각이며 장소를 기재해달라 덧붙였더니 그가 순순히 응했다. 남자가 건네준 명함을 핸드폰 액정 불빛에 비춰 읽어 보다 뜻밖의 이름에 놀랐다. 박대훈이라 적혀 있지 않은가. 내 초등학교 동창 박대훈과 눈앞의 박대훈이 연결되지 않아 그를 쳐다보았다. 어릴 때 놈은 보통 키에 깡마른 체구였다. 늘 새까맣게 탄 얼굴에 까만 눈동자를 굴리며 살쾡이처럼 뛰어다니던 놈이었다. 그런 놈이 어떻게 이렇게 커졌을까. 마치 뻥튀기라도 당한 것 같지 않은가. 내가 그를 몰라봤듯 그도 나를 몰라보는 듯했다. 당연했다. 내 외양도 그때와 달라졌으니까.

「박대훈 씨, 내일 오전 중으로 연락드릴게요.」

그가 고개를 끄덕이는 것을 보고 계단을 막 밟으려는 찰나 뒤에서 내 이름을 부르는 소리가 났다. 어이, 임지우! 멈칫했지만 잘못 들었나 하고 계단을 올랐다. 사실은 놈이 나를 알아봤다는 걸 순간 눈치 챘지만 못 들은 척한 것이다.

「야, 빵빵돼지. 끝까지 모른 척하기냐?」

나는 휙 돌아서서 놈을 노려보았다. 놈이 다가와 두 계단 아래에 섰다. 눈높이가 비슷해졌고 불빛이 밝았다. 놈이 실실 웃고 있었다.

「빵빵돼지라고 부른 건 미안해. 갑자기 옛날 생각이 나서.」

「괜찮아. 지금은 네가 빵빵돼지가 됐잖아? 어째 그 모양이 됐는지는 모르지만 아주 고소하다.」

「그 때문에 옛날에 기분 나빴었구나? 미안해. 미안했어. 여하튼 임지우, 이왕 밤도 늦었고 한데 말이지, 요 앞에 가서 우리 한잔만 더 하지 않을래?」

「내가 왜 너랑 술을 마시니?」

「우리는 동창이잖아. 게다가 지금은 금요일 밤이고. 바야흐로 한여름밤의 꿈을 꿀 수도 있는 시각이라고.」

「너 취한 게 아니라 미쳤구나? 들어가서 잠이나 자라, 이 빵빵돼지야.」

「싫은가 보네? 그럼 어쩔 수 없지 뭐. 나 혼자 가서 한잔 더 할래. 잘 자라. 임지우, 빵빵돼지.」

어릴 때처럼 나를 놀려먹은 놈이 곰처럼 느릿느릿 걸어갔다. 우리 동 측면에 붙은 쪽문 방향이다. 그쪽은 먹자골목이었다. 그를 뒤쫓아 술집으로 간다면 유혹을 견디지 못할 게 뻔했다.

모든 증오를 끌어올려 음식을 기피하고 살지만 유혹에 넘어갈 때는 갈등조차 없이, 맥없이 무너지기 마련이다. 굶기에는 날카로운 통증을 동반하는 쾌락이 있고 먹기에는 무절제의 희열이 발생했다. 통증의 쾌락과 무절제의 희열 사이는 외줄로 연결되어 있었다. 나는 오늘 아침으로 두부 4분의 1모를 먹고, 점심으로 양념하지 않은 콩나물밥 반 공기를 먹고 저녁엔 우유 100밀리리터를 마셨다. 종일 겨우 800킬로칼로리를 정도를 섭취했을 뿐이다. 온몸의 세포들이 평균 칼로리를 채우라 아우성을 쳤다. 놈은, 핑계만 있으면 무너지고 싶은 나의 허약한 금욕선을 해제시키고 말았다. 대훈이 쪽문 밖으로 사라졌을 때 나는 굶기와 먹기 사이의 외줄을 수월하게 건너서 그를 쫓아 나갔다. 대훈은 쪽문에서 가까운 갈비집 앞에서 쫓아올 줄 알았다는 듯 나를 기다리고 있었다.

대훈은 대학을 서울에서 다녔고 제 말에 따르면 졸업과 동시에 로또 복권에 당첨되듯 공무원 시험에 붙었다. 직장 생활 시작한 지 1년여 만에 두 살 연상인 여자와 결혼했다가 1년여 만에 이혼했다. 토막토막 말을 주고받는 동안 둘이서 5인분의 갈비를 먹어치우고 세 병의 소주를 마셨다. 집에 들어가는 대로 다 토해내고 닷새 굶을 각오를 한 뒤였으므로 갈비 맛은 황홀했다. 술도 청량음료인 듯 시원했다. 더 먹고 더 마시려는 나를 대훈이 제지했다.

「야, 너, 너무 먹는다. 그러다 탈나겠어.」

내 배는 불가사리였다. 먹는 족족 모조리 소화시켜 살을 만들어냈다. 탈나는 법이 절대 없었다. 그래서 나는 매양 억지로 토해내며 스스로 탈을 만들어야 했다.

「지우야, 그만 먹고 나가자. 나가서 자판기 커피라도 빼 마시자고. 응?」

아이를 어르는 듯한 그의 눈빛이 술에 취한 것 같지 않게 차분했다. 아귀에 씐 것 같은 식욕과 분수처럼 토해내고 싶은 욕구가 비등해진 참이었다. 박대훈이라도 뜯어먹을 수 있을 것 같던 식욕과 갓난아기 때 먹은 것까지 다 뿜어내고 싶은 욕구가 그의 눈빛에 눌려 슬그머니 가라앉았다. 계산하는 그를 두고 먼저 술집 문을 나왔다. 그가 나오기를 기다리는데 노래방 입간판이 보였다. 술집 옆 건물 2층, 내 단골 노래방이었다. 계산하고 나오는 대훈의 팔짱을 끼고 노래방으로 이끌었다. 그가 히죽히죽 웃어대며 끌려왔다. 매양 혼자 오던 단골이 동행과 함께 들어서자 눈을 동그랗게 뜨는 노래방 여주인에게 나는 제일 넓은 방과 술을 주문했다. 내가 주문한 것들을 내 지갑인 양 계산하는 놈이 있어 신이 났고 술잔을 채워주는 놈이 있어 몸이 절로 들썩였다. 펄쩍펄쩍 날뛰며 열 곡쯤 연달아 부르고 나서 또 곡 번호를 누르는데 대훈이 나를 붙잡아 제 옆에 앉혔다.

「숨 좀 쉬자, 임지우. 내가 술 마시자 꼬시기는 했지만 너 하는 짓이 겁나. 오늘 밤에 내가 네 차 안 박았으면 어쩔 뻔했냐?」

「안 박았으면 지금쯤 한창, 배고파, 배고파, 신음하며 자고 있겠지? 어쨌건 네가 내 차를 박았고 그 결과 나는 돼지처럼 먹었으니 칼로리를 줄여야 해. 나는 일 년 열두 달, 52주 365일,

8760시간 525600분, 언제나 다이어트 중이거든.」

나는 흰 민소매 셔츠에 빨간 핫팬츠 차림이었다. 회색 면바지 속에 든 그의 허벅지 곁에서 내 맨살 허벅지는 사뭇 앙상해 보였다. 그 대비를 내심 흡족해하는 나를 대훈이 위아래로 훑었다.

「어이없네. 그 몸에 무슨 다이어트를 한다고 그래?」

「이 몸을 유지하려고 다이어트하는 거지. 오늘 밤 너 때문에 먹은 것을 없애려면 나는 일주일은 족히 굶어야 해.」

「다이어트에 그렇게 오래 골몰하고 살았다면서 어떻게 영양사가 될 생각을 했어?」

「다이어트하지 않아도 될 직업이 영양사인 거 같아서 됐지. 아예 음식에 빠져 살든가 죽으려고. 그러면 벗어날 수 있을 것 같아서. 완전히 자폭한 셈이야. 그건 그렇고 넌 왜 노래 안 부르니? 어릴 때 노래 가지고도 잘난 척을 잘도 하더니?」

5학년 소풍 때 장기자랑 시간이었다. 연달아 몇 곡을 뽑은 놈이 짓궂은 얼굴로 나를 지목했을 때 나는 쥐구멍을 찾고 싶었다. 애들 앞에 서는 게, 남들 눈에 띄는 게 무서웠던 시절이었다.

「어렸을 때 내가 너한테 정말 그렇게 못되게 굴었어?」

술집에서 내내 어릴 때의 그가 얼마나 못되게 굴었는지, 그로 하여 내가 얼마나 상처받았는지 나는 내 상처를 소리 높여 강조했고 그는 말끝마다 미안하다는 말을 후렴처럼 달았다. 그는 술기운에 들떠 있었고 나는 음식에 취해 있었다. 둘 다 제정신은 아니었다.

「아닌 줄 알았어?」

「말했잖아. 네가 예뻤다고. 친해지고 싶은데 그럴 수 없으니까 놀려먹은 거라고. 그래도 다시 사과할게. 잘못했어. 미안해, 임지우.」

「그래 사과 받았어. 그러니까 노래해. 애창곡이 뭐야? 내가 번호 눌러줄게.」

「난 지금 노래하기 싫어.」

「그럼 말고. 내가 할게. 나는 혼자서 노래방에 잘 다녀. 특히 이 집. 다이어트의 한 방법이야. 너도 만날 술이나 퍼마시지 말고 노래를 불러봐. 그러면 몸이 조금 가벼워질 거다, 이 빵빵돼지야.」

「네가 빵빵돼지라고 말할 때 귀여워. 뽀뽀하고 싶어.」

「웃기시네. 나는 뽀뽀하기 싫어해서 이혼당한 여자야.」

「왜 뽀뽀하기 싫었는데?」

「냄새나서.」

「냄새가 그렇게 심한 사람이었어?」

「그냥 보통이었을 거야. 그런데 나는 냄새를 맡았어. 그의 냄새는 물론이고 내 냄새까지, 뽀뽀만 하려들면 온갖 악취가 느껴졌어.」

「어떤 냄새가 났는데?」

「영감, 아니 아버지 냄새. 아니 아버지가 먹고 나서 풍기던 그 어떤 역한 냄새? 그런 냄새 때문에 뽀뽀를 못하고 섹스를 못하고 음식을 못 만들었고 나중엔 함께 먹을 수도 없었어.

이혼당할 수밖에 없었지.」

「그런 상대랑 결혼은 왜 했어?」

「첨엔 그렇지 않았고 그렇게 될 줄 몰랐지. 무엇보다 엄마한테서 독립하는 게 급했고. 됐고, 그러는 넌 왜 이혼당했는데?」

그가 대답을 못하고 멋쩍은 표정을 지었다. 내가 바싹 다가들어 쳐다보자 수줍어하는 얼굴을 뒤로 물리면서 우물거리듯 말했다.

「섹스를 못해서.」

「그 덩치를 해가지고 왜 섹스를 못해? 살이 쪄서? 그 정도로 심각해 보이지는 않는데?」

아주 심한 불균형이 아니면 남자들 몸매를 따져본 적 없지만 대훈이 그 정도는 아니게 보였다. 내가 그를 빵빵돼지라 부른 건 어릴 때 당한 놀림에 대한 앙갚음일 뿐이었다.

「그 사람이 그 방면엔 선수였거든. 보다시피 나는 몸이 기민하지 못했고. 그 사람이 매번 불만족스러워하는 걸 느끼니 점점 쫄아 들더라. 그렇게 몇 달 지나니까 아예 되지를 않더라고. 그게 안 되니까 그 사람이 나를 하찮게 여기는 것 같았어. 무시, 멸시당하는 것 같고, 그런 상태가 무섭고 싫었어.」

두 해가량 함께 살았던 전남편이 자주 그렇게 말했다. 사람을 무시하고 멸시한다고. 음식 타박은 약한 대신 섹스 문제에선 매번 예민했고 화를 냈다. 밥은 따로 먹더라도 섹스는 해야 할 거 아니냐는 것이었는데, 나는 정말 미안하면서도 밥을 함께 못 먹는 남자와 섹스를 할 수 없었다. 그에게서 이혼하자는 말이 먼저 나오기를 기다리지 못하고 내가 먼저 이혼을 선언한 것은 그렇지만 섹스 때문이 아니었다. 불러본 적도 없는 내 아버지와 아버지의 바깥 여자였던 내 어머니 때문이었다. 그 어머니에 그 딸답지 못하게 왜 이래? 나는 내가 아버지의 혼외자식이라는 것을 말한 적이 없는데 그가 그렇게 내 부모를 거론하고 나왔을 때 나는 그에 대해 가졌던 미안함을 비로소 떨쳐낼 수 있었다.

「키는 유전자 덕분이라 치고 몸이 왜 그렇게 불었어? 너도 마구 먹는 버릇이 있니?」

「글쎄. 직장이라고 들어갔더니 종일 의자에서 일어날 필요가 없는 업무가 맡겨지더라고. 퇴근하고 나면 직장 사람들이며 친구들과 거의 매일 술자리가 벌어졌고. 어어, 하는 새에 금세 불었어. 한번 불으니 가속이 붙는 것 같았고. 많이 먹기도 했겠지만 그냥 게을렀던 거야. 난 좀 게으르고 싶었거든. 대학 들어가느라 긴장하고 살았지, 군대 갔다 와 복학해서 직장 잡으려 또 긴장하고 살다가, 직장 잡고 나니 좀 게을러져도 되는 거 아닌가, 했어. 휴일이면 게임하거나 만화책 보면서 슬슬 산보나 하고. 나는 그런 게 좋거든. 살 좀 찌면 어때서? 그렇잖아. 어떻게 만날 전쟁하듯 사니? 뭘 위해서?」

「네 말도 맞기는 한데, 내가 보기에도 심각하게는 보이지 않지만, 결과적으로 네 와이프가 그걸 싫어했다면 그건 문제였던 거지.」

「그렇겠지. 나는 나한테 문제가 있는 걸 그 사람 때문에 알았어.」

「그래도 여전히 운동 같은 건 안 해?」

「살을 빼기 위한 운동은 하지 않아. 나는 그냥 슬금슬금 걷는 정도가 좋아. 이것저것, 나무며 사람이며 보도블록의 무늬 같은 거 두리번거리면서. 맛있는 거 보이면 먹기도 하면서. 그렇게 사는 게.」

그의 낙천성이 경이로웠다. 한편으로는 몹시 부럽고 또 한편으로는 질투가 나는 것 같기도 했다. 그래서 나는 짐짓 아무것도 느끼지 못한 듯이 목소리를 높였다.

「음, 그렇게 살다간 금세 정말 돼지 같아질걸? 참 볼 만하겠다. 그때도 슬금슬금 걷듯 사는 게 좋을 거 같아?」

「글쎄, 그건 그때 가서 걱정할 문제고.」

「마누라한테 왜 잘렸는지 알겠다. 섹스 때문만은 아니었을 게 뻔해. 어쨌든 넌, 나처럼 문제가 있어. 이렇게 말하기는 미안하지만 야, 반갑다. 뽀뽀 못하는 빵빵돼지와 섹스 못하는 빵빵돼지. 맛없는 짜장면 같다만 재밌기도 해. 그래서, 기어이 노래는 안 한다고?」

「노래하기 싫어. 지금 나한테서도 냄새나니?」

「내가 온통 냄새에 절었는데 네 냄새를 어떻게 맡냐? 됐고, 넌 앉아 있어. 듣고 싶은 노래 있음 신청하고. 내가 백 곡쯤은 부를 수 있거든. 우선은 음, 울 아줌마, 아니 엄마의 애창곡, 〈곡예사의 첫사랑〉. 우리집 아줌마, 아니 엄마는 진짜 웃겨. 자기가 평생 순정한 사랑을 했다는 환상에 빠져 살거든.

으으, 그 냄새나는 사랑!」

곡 번호를 열 개쯤 눌러놓고 탁자에 놓아둔 마이크를 들고 일어나는데 대훈이 나를 확 끌어당겼다. 그의 무릎에 걸터앉은 꼴이 되었다. 대훈이 한 팔로 나를 감싼 채 다른 손으로 마이크를 뺏어 탁자에 내려놓았다. 아는 놈이라 겁나지 않았고 여길 벗어나면 모른 체해도 될 만만한 놈이라 가만있어 보기로 했다. 동병상련이라고 사실 섹스를 못해 이혼당했다는 놈이 가엽기도 했다. 소주 한 병쯤과 양주 너덧 잔 마신 나는 한껏 호기로워진 상태였다. 어쩌는지 두고 볼 심산으로 안긴 그대로 있는데 놈이 더 이상 움직이지 않았다. 병신, 참 가지가지 한다! 속으로 뇌까리곤 몸을 틀어 두 팔로 그의 목을 감았다. 눈빛이 마주쳤다. 그의 눈동자가 검붉게 충혈된 채 허둥거렸다.

「끌어안았으면 뭔가 해야 하는 거 아니야?」

「너, 뽀뽀 못한다며. 그래서.」

「그건 멀쩡한 정신일 때 얘기고, 난 지금 제정신 아니거든? 너도 아마 제정신 아닐 거다. 우리 둘 다 내일은 지금을 기억 못할 테고. 한번 해봐. 어떻게 되는지 보자고.」

그의 입술이 다가왔다. 웃음이 터질 듯했지만 냄새는 나지 않았다. 아니 냄새는 났지만 고개를 돌리지 않아도 되었다. 〈곡예사의 첫사랑〉이 혼자서 쿵쾅대고 있었다. '춤을 추면 신이 났지. 손풍금을 울리면서 사랑 노래 들려줬지. 영원히~' 할 때쯤 대훈의 혀가 내 입술을 열고 들어왔다. 나는 제정신이 아니므로 인내하지 않아도 되었다.

3

열대야였다. 자정에 누우면서 선풍기 타이머를 90분 맞췄는데 내가 잠들기 전에 선풍기가 꺼졌다. 더워서 못 잔 게 아니라 허기 때문에 잠들지 못했다. 연갈색 밥알과 알밤과 은행알과 잣알이 고슬고슬 어우러져 있던 약밥이 눈앞에서 오락가락하고 있지 않은가. 내가 닷새째 말린 다시마 조각만 씹고 있는 걸 눈치 챘을 엄마가 집에서 밥 먹을 새가 없다는 나를 위해 만든 야식이 약밥이었다. 나는 종일토록 음식에 빠져 있다 들어왔는데 또 먹으라냐며 악다구니를 쓰고 약밥을 내쫓았다. 그러고 나서 계속 갈등했다. 먹을 것인가 말 것인가. 한편으로는 내가 도망치듯 나갔던 집으로 다시 기어들어온 이유가 결국은 엄마가 만들어내는 온갖 음식 때문이 아닌가, 나는 엄마 음식에 중독된 게 아닐까 하는 생각에도 시달렸다. 강요하는 사람이 없으면 반발도 없는 법. 나는 엄마와의 그 줄다리기를 즐기는 건가? 약밥의 유혹을 떨치기 위해 별의별 생각을 하며 몸부림을 치다 결국 일어나고 말았다.

어둠 속에서 선풍기를 다시 켜려다 도둑질하려는 것처럼 방바깥의 동정을 살핀다. 반 시간 전쯤까지 엄마가 움직이는 기척을 느꼈다. 두 되짜리 주전자가 호각 소리처럼 물 끓은 신호음을 낸 것 같은데 텔레비전 소리만 날 뿐 조용하다. 엄마는 집에 있을 때면 노상 텔레비전을 켜놓고 살았다. 잘 때도 마찬가지였다. 정말 웃기는 건 엄마가 잘 때 켜놓는 채널이 불교 방송이라는 사실이다. 절에는 가지 않으면서 불교 방송의 예

불 시간에 맞춰 클래식 음악 듣듯 독경 소리를 즐겼다. 거실로 나가니 한 스님이 텔레비전 속에서 법을 설하고 계신다. 여름이면 거의 거실에서 자는 엄마가 거실에 있지 않았다. 다행이다. 안방에도 없다. 그러고 보니 좀 전에 엄마가 밖으로 나가는 기척을 들은 듯도 하다. 더워서 마실 나갔나? 혼잣말을 중얼거리며 부엌으로 갔더니 더운 기가 한결 심했다. 좀 전까지 엄마가 물을 끓인 탓이다. 둥굴레의 고소한 향이 부엌에 그득하다. 약밥보다 둥굴레차 한 잔 마시는 게 어떨까 싶기도 하다. 먹고 토하느라 진땀을 흘리느니 따뜻하고 고소한 물 한 잔으로 끝내고 나면 최소한 사흘 정도 자책감 없이 평화로울 것이다.

그런데 주전자가 보이지 않는다. 주전자가 없고, 엄마가 좀 전에 밖에 나갔다! 그 두 가지 사실이 한 줄에 꿰인 순간 웬일인지 등골이 서늘했다. 어슴푸레한 집안을 두리번거리다 살금살금 베란다로 가 방충망에다 눈을 대고 밖을 내다보았다. 엄마가 화단에 있다. 아니 거기, 거의 다 죽은 단풍나무에서 빈 주전자를 든 채 막 벗어나고 있었다. 그리고 다 죽은 단풍나무는 더운 둥굴레 향을 풍겼다. 나는 놀라 뒤로 물러섰다. 물러서다 애호박고지가 널린 채반을 밟았다. 뜨거운 물에 발을 담근 것처럼 놀라면서 퍼뜩 깨달았다. 단풍나무가 베란다에 드리우는 짙은 그늘이 문제였다. 엄마는 고사리며 무말랭이며 애호박고지며 시래기 등, 온갖 건조식품을 만들어내기 위해 햇볕과 그늘을 맘대로 조절할 수 있는 베란다가 필요했고 단풍나무가 눈엣가시 같았다. 화단의 나무는 함부로 베어낼 수 있는 게 아니므로 엄마가 선택한 방법이 단풍나무를 고사시키는 것이었다. 밤이나 새벽, 아무의 눈에도 띄지 않을 시각에 단풍나무에다 끓는 물을 붓기 시작했던 것이다. 상상도 못했다. 끓는 물을 부어 나무를 데쳐 죽이다니. 대체 임순오라는 여자 안에는 무엇이 들어 있을까. 어쩌면 햇볕과 바람 때문만이 아닐지도 몰랐다. 단풍나무에 붓기 위해 끓는 물주전자를 들고 나서는 여자 속에는. 그 내면을 가늠하기 어려웠고 짐작해보고 싶지도 않아 나는 엄마가 집 안으로 들어오기 전에 내 방으로 들어와 버렸다. 엄마 얼굴을 마주할 기분이 도저히 아니었다. 대놓고 해야 할 말도 전혀 떠오르지 않았다. 뒤늦게 가슴이 쿵쿵 뛰었다. 식욕은 단풍나무처럼 완전히 죽었다.

4

11시 40분경에 수업이 빈 교사들이며 행정실 직원들과 용역 직원들이 급식소로 왔다. 아이들은 12시 10분부터 몰려들었다. 13시까지, 1시간 20분 동안 천여 명이 오직 먹기 위해 사는 듯 먹는 전쟁을 치르는 모습을 나는 내 사무실에서 내다보았다. 아이들은 라조기 같은 고기 음식을 훨씬 좋아했다. 깻잎무침은 아이들에게 인기가 없었다. 무와 파래 초무침은 의외로 잘 먹었다.

식단을 만들 때 아이들 식성의 호오를 배려하지만 실상은 아이들의 부모, 특히 자모들의 시선을 더 많이 의식했다. 고단백과 적당한 칼로리와 먹음직한 색채, 자연식처럼 보이는 게 관건이었다. 사실 자연식에 가까웠다. 인공 조미료는 전혀 쓰지 않고 햄이나 소시지, 단무지 등의 가공식품도 들여오지 않았다. 김치는 물론이고 모든 식재료는 국산만 사용했다. 내 소신에 의한 것이 아니라 요즘 학교 급식의 추세가 그랬다. 덕분에 식재료 선정에 눈치 보며 고민할 필요가 없었다. 그 모든 것을 감안한 식재료 발주는 매달 15일경에 마쳐야 했다. 7월 9일이므로 내일까지는 식단이 만들어져야 행정실과 교감 교장의 결재를 거쳐 방학 중 식재료를 발주할 수 있을 터였다. 요즘 고3 학생들은 방학이 없었다. 더불어 나한테도 방학이 없었다. 그건 다행이었다. 출근하지 않는 날이 나한테는 지옥이었다.

주머니 속의 핸드폰이 진동했다. '아줌마'라고 찍혀 있는 엄마였다. 나는 진동을 느끼지 못한 척 핸드폰을 위생 가운 주머니 속으로 미끄러뜨리고 인터넷 검색을 계속했다. 온갖 학교의 식단표들이 탑재되어 있었다. 괜찮은 급식 식단은 전국의 영양사들이 퍼 나르며 자신들의 식단표에 참조했다. 나도 한 달에 한 번씩 내 식단표를 탑재했다. 내 식단표에 대한 조회 수는 많지도 적지도 않았다. 내 블로그에 올려놓은 '저 칼로리 레시피', '쉽게 굶는 법', '냄새 다이어트' 따위에 글들에 대한 조회 수는 몇만 회씩이었다. 그 수십 건의 글들은 굶기와 먹기를 반복해 온 내 몸의 수난사였다. 그 수난사에 대한 조회와 댓글은 나와 같은 수난을 반복하는 인간들이 그만큼 많다는 방증이었다. 핸드폰이 또 진동했다. 이번에도 물론 엄마다. 엄마와 마주하고 눈싸움을 하듯 액정 화면에서 반짝이는 아줌마를 들여다보곤 주머니 속에 그대로 넣는다.

단풍나무를 고사시킨 것에 대한 일말의 자책도 없는 엄마한테는 내가 집에서 밥을 먹지 않는 것만이 문제였다. 내가 먹지 않으니 엄마의 음식이 무용했다. 내가 먹지 않은 음식들이 아파트 내의 경로당으로 나가 노인들의 한 끼니 찬이 되거나 군입거리가 되지만 엄마가 원하는 대상은 나였다. 나는 집에서 아무것도 먹지 않는 것으로 엄마를 한껏 무시하는 참이었다. 단풍나무에 뜨겁게 끓인 물을 붓는 엄마에 경악해 만정이 떨어진 반면에 엄마를 무시할 힘이 생긴 것이다. 무시하며 즐긴다고나 할까. 단풍나무를 데쳐 죽인 엄마의 의식이나 무의식에 대해서는 생각하지 않기로 했다. 내가 모르듯 스스로도 모를 엄마의 심연에 뜨거운 살기가 도사리고 있을지도 모른다는 생각은 무서웠다. 그래서 나는 그저 내 다이어트를 방해하는 엄마의 단순함에 대해서만 저항했다. 내 저항 방법은 단 하나 무시하는 것뿐이었다. 점심시간에 전화해서 저녁 메뉴를 설명하려는 엄마의 오기와 그런 엄마에 대한 나의 무시가 충돌 직전이었다. 나는 대형 충돌을 바라고 있었다. 대판 싸우게 되면 그걸 빌미로 정식으로 독립할 작정이었다. 그리하여 엄마도 나로부터 독립하게 될 것이라고 스스로를 다독이며 전의를 다지는 참이었다.

잠잠해졌던 전화기가 금세 다시 진동했다. 이번 전화는 아줌마가 아니라 빵빵돼지다. 대훈의 번호에 '빵빵돼지'라 이름 붙여 입력한 게 지난 달 말경 한여름밤의 꿈처럼 엉켰다가 헤어진 다음 날 아침이었다. 그때 오전에 자동차 수리비가 25만 원 나왔다고 전화했더니 그가 계좌번호를 불러달라고 해 불러주었다. 금세 넣을게, 하더니 정말 금세 입금이 되었다. 그러곤 가뭇없었다. 끝난 걸로 여겼고 그날 밤 기억을 떠올리지 않으려 애썼다. 노래방 소파에서 제정신 아닌 상태로 벌였던 섹스와 미친 듯이 웃다가 울다가 하던 장면이 떠오르면 부끄러움에 몸서리가 쳐지면서 미쳤어, 미쳤어, 아아 미친년! 탄식이 났다. 너무 또렷한 기억이 문제였다. 전화기는 질기게 계속 진동했다.

대훈과 난장을 치고 난 뒤 일주일 동안 다시마 조각만 씹어 먹으며 물만 마셨다. 47킬로그램을 유지하기 위한 사투였는데 그렇게 일주일이 지났을 때 내 몸무게는 43킬로가 되어 있었다. 까딱하면 병적으로 비칠 수 있는 한계에 이른 것이다. 학교 영양사가 너무 마르면 자모들이 의혹의 눈초리를 보내기 십상이었다. 아침마다 번갈아 급식소에 들르는 식재료 검수 위원 자모들이 벌써 두 번이나 물어왔다. 임 선생님 어디 편찮으세요? 경계경보였다. 건강하지 않은 영양사를 봐줄 자모들이 어디 있으랴. 그래서 요즘 나는 43과 47, 하한선과 상한선 사이에서 곡예를 하는 중이었다. 한 번의 일탈이 긴 인내를 요구하고 있었다. 지금 문제는 빵빵돼지 박대훈의 전화를 받고 싶다는 거였다. 뭐든지 하고 싶으면 그걸로 끝이었다. 그게 나의 한계였다. 나는 전화기를 열어 최대한 사무적인 목소리로 네에, 했다.

「임지우 나야, 빵빵돼지.」

「그래, 왜?」

「오늘 몇 시에 끝나?」

「왜?」

「나 오늘부터 여름휴가거든. 아침에 출발해 지금 도착했어. 집 앞이야.」

「그런데?」

「너 끝나는 대로 만날 수 있는지 묻고 있잖아.」

「그런 거였니? 그런데 난 오늘 안에 꼭 끝내야 하는 사무가 있어. 언제 끝낼 수 있을지 지금은 모르겠고.」

「하긴 내가 좀 급작스럽기는 하지? 그럼 끝나는 대로 연락 해줄래?」

「봐서.」

「뭘 봐?」

「널 다시 만나 같은 짓을 반복하고 싶은지 내 맘을 보겠단 말이야, 이 빵빵돼지야.」

「같은 짓 말고 다른 짓 하면 되잖아. 아! 그리고, 너희 집 앞에 말이야, 단풍나무가 있었잖아? 지금 보니 없네?」

그 나무가 그 자리에 그대로 있었다면 나조차도 신경 쓰지 않았을 텐데 대훈이 그 나무를 찾고 있었다. 어쩐지 뭉클했다. 엄마에게, 임순오라는 여인에게 그 나무는 어떤 의미였을까, 뒤늦게 의문이 생겼다.

「별걸 다 기억하네. 그 나무 병들어서 말라 죽었어. 관리실에서 베어낸 지 며칠 안 되고.」

「우리 집 입구 쪽에서 너희 집 보는 내 기준이 그 단풍나무였거든. 우리 집 쪽에 차를 세우면서 너희 집 쪽을 보는데 어쩐지 허전한 거야. 그래서 와봤더니 배추가 화초처럼 심겨져 있네.」

「그건 우리 엄마의 비상식량들이야.」

「어쩐지 서운타. 너희 집을 단풍나무 집이라고 부를 수가 없게 됐잖아. 암튼 저녁에 다시 통화하자.」

길어질 것 같던 전화가 뚝 끊겼다. 단풍나무 집? 웃기시네. 나도 전화기 플립을 닫아 주머니가 아니라 책상 서랍에다 넣어버렸다. 그를 다시 보게 되면 필연코 반복하게 될 터였다. 배가 미어져라 먹고 마시고 미친 듯이 춤추고 노래하고 제정신 아닌 듯 키스하고 섹스하고. 그 모든 과정을 한 꿰미에 꿰듯 다 할 수 있는 대상이 만만한 박대훈이었다. 그 맛을 알아버렸다. 체면 차리지 않아도 되고 조심하지 않아도 되는, 짜릿하게 감미로웠던 그 맛은 하지만 나한테는 독약이었다. 토하고 또 토하고 난 다음엔 창자가 꼬일 때까지 굶어야 할 나날이 예비되는 과정이었다. 그럼에도 또 먹고 싶은 식욕의 지옥. 대훈은 너무나 익숙한 그러면서도 새로운 지옥을 준비해 나한테로 온 것이었다. 더구나 사라진 단풍나무에 대한 추억까지 곁들여서.

구토

수백만 송이 백만 송이 백만 송이 꽃은 피고……. 심수봉 노래였다. 그녀 특유의 콧소리에 실린 음조가 빠른 데다 백만 송이라는 단어에서 느낀 충격 때문인지 익히 들었던 노래임에도 다음 가사는 제대로 들리지 않는다. 백만 송이 꽃을 모아놓으면 꽃처럼 보이기는 할까? 차라리 거대한 무덤 같지 않을까. 이집트의 피라미드나 신라시대 왕릉만 한. 그러고 보니 나는 피라미드는 물론이고 신라의 왕릉도 직접 본 일이 없다. 이집트는 고사하고 경주도 가보지 못했지 않은가.

「아줌마, 어디로 가요?」

「예?」

「택시를 탔으면 어디로 가는지 말을 해얄 거 아뇨?」

「아! 율촌이요.」

「율촌? 율촌이 어딘데요?」

택시 기사에게서 되물음을 받고서야 비로소 수백만 송이 꽃으로 이루어진 무덤의 환상에서 깨어났다. 정신이 들고 보니 택시 기사의 말투가 몹시 무례했음을 느끼지만 시비를 가리기에는 때가 늦었다. 아니 제때 느꼈어도 택시 기사의 무례를 따지지는 못했을 것이다. 나는 내 감정과 연관해 시비를 가려본 적이 없었다. 그럴 만한 용기가 없었다.

「터미널로 가주세요.」

원래 없던 용기를 쥐어짤 수는 없고 탓할 수 있는 건 고작해야 고장 난 차뿐이다. 어젯밤 퇴근길까지 멀쩡했던 차가 오늘 아침 갑자기 시동이 걸리지 않았다. 15년 된 게딱지만 한 차의 수명이 다한 것이었다. 중고차 사서 그만큼 부려먹었으니 사실 아까울 것도, 화날 것도 없긴 했다. 하루 평균 서른 집을 방문해야 하는 학습지 교사가 내 직업이었다. 날마다 마흔 명가량의 아이들을 만나고 그 절반 정도의 아이 엄마들을 상대했다. 학습지가 얼마나 효과적인 공부 방법인지, 내가 얼마나 성실한 교사인지를 설명하고 사정하고 애원하면서 학생 회원 수를 유지해야 했다. 넌더리나는 건 그 일을, 날이면 날마다 웃는 얼굴로 해야 한다는 것이었다.

그새 백만 송이 장미를 노래하던 가수는 사라지고 라디오 프로그램 진행자의 코멘트가 들린다. 알라 푸가초바라는 러시아 가수가 부르는 〈백만 송이 장미〉의 원곡에 대한 설명이다. 한 화가가 꽃을 몹시 좋아하는 여배우를 사랑했다. 화가는 자신이 가진 모든 것을 팔아 바다만큼이나 많은 붉은 장미를 사서 여

배우의 창문 아래 바쳤다. 짧은 만남 뒤 화가의 전 생애와 그의 사랑을 태운 기차가 떠나고 그에게는 평생 견뎌야 할 외로움과 가난이 남았다. 하지만 꽃으로 가득 찬 광장이 그의 삶에 드리워졌다…….

꽃으로 가득 찬 광장? 웃기고 자빠졌네. 노래에 이어진 진행자의 사랑 예찬에 코웃음을 날리는데 원곡 〈백만 송이 장미〉가 흘러나온다. 더워 미칠 지경에 웬 사랑 타령이냐고 욕을 한 바가지 쏟아 내려던 심사가 피아노 건반을 두드리며 시작된 음악 때문인지 무너지듯 울적해진다. 내가 어떻게 이렇게 각박해졌을까 싶은 의문과 점점 더 그렇게 되어갈 거라는 생각이 동시에 찾아든 탓이다. 현재보다 나아질 거라는 희망의 요소는 내 일생 구석구석을 샅샅이 뒤진다 해도 찾아질 것 같지 않았다.

그나저나 느닷없이 율촌이 왜 튀어나왔을까? 이십대 초반의 3년여를 한 달에 한두 번씩 남자를 찾아 그곳에 드나들었다. 여름이면 퍼런 밤송이들이 지천으로 송알거리던 곳. 그래서 밤송이를 피해 앉을 자리를 찾아야 했던 젊은 연인들. 미친년! 이십대의 나를 짓씹으며 머리카락을 마구 헤집자니 스스로를 향한 욕지기가 비누 거품처럼 온몸에 차오른다. 가방을 뒤졌더니 껌이 없다. 지갑을 꺼내 택시비를 챙기는데 입안에서 욕설이 부글부글 끓었다. 금세라도 구토가 나올 것 같다. 요금이 4천 9백 원에 이르렀을 때 택시가 섰다. 일껏 챙겨뒀던 천 원짜리 다섯 장을 건네자 기사가 거스름돈 백 원을 받을 셈이냐 듯 느리게 동전을 건네주었다. 백 원에 오기 부리는 내 심사를 네가 알랴,

나는 한심하다는 듯한 그의 시선을 부릅뜬 눈으로 되받아치면서 기어이 동전을 받고서야 문을 열었다. 택시에서 내리자마자 뛰듯이 터미널 안의 매점으로 향했다. 껌을 종류별로 다섯 통 사고는 두 개의 껌 종이를 벗겨 한꺼번에 입안으로 밀어 넣는다. 입안에 욕설이 차오를 때마다 껌을 씹는 버릇이 언제부터 생겼는지 기억나지 않았다.

터미널 안에는 사람들로 바글거렸다. 바야흐로 막바지 휴가철이었다. 아이를 제 이모 식구 휴가에 붙여 보낸 게 어제였다. 남편이 집을 나간 건 그저께였다. 그제 아침 출근 준비를 하면서 당신은 출근 준비 하지 않느냐고 묻는 내 뒤통수에 대고 남편이 일을 그만뒀다고 중얼거렸다. 내 알음알이로 들어간 영어 학습지 교사 자리였고 나다닌 지 넉 달여 만이었다. 학습지 교사라는 직업을 그만두자면 최소한 일주일의 인계 기간이 필요했다. 그러니까 그는 일주일 전쯤부터 일을 때려치웠던 것이다. 모처럼 동생 식구와 보내려던 휴가뿐만 아니라 넉 달간 간신히 이어졌던 안간힘이 화장수 병과 함께 내 손에서 박살이 났다. 토너 병이 장롱 문짝에 부딪쳐 퍽 소리와 함께 깨졌다. 열대야를 보내고 난 아침 더위 속에서 13평 전세 아파트 안에 폭죽처럼 터진 화장수 냄새가 어찌나 역하든지 토악질이 치밀어 올랐다.

24평짜리 전셋집을 13평으로 줄여 온 게 1년 전이었다. 그 1년 동안 남편이 직장을 그만둔 게 세 번째였다. 집 안 가득 퍼진 화장수 냄새 속에서 구토를 하는 대신 더는 너랑 같이 못 산다고 바락바락 소리 질렀다. 남편은 내 악다구니에 침묵으로 맞섰다. 할 말이 없을 때마다 그가 고수하는 침묵은 늘 내 부아를 한층 돋웠다. 나가라고, 꼴 보기 싫으니 나가서 다시는 들어오지 말라고 비명을 질렀다. 남편은 늘 그렇듯 핑계 생겼다는 것처럼 집을 나갔다. 지금쯤 1년 전에 뽑은 차에 앉아 에어컨 시원하게 틀어놓고 저 내키는 방향으로 싸돌고 있을 것이었다. 자동차 영업소에 취직했을 때 차를 팔려면 제 차가 필요하다기에 생빚을 내어 뽑은 차였다. 자동차 영업소에 나다니는 동안 그가 판 차라고는 그거 한 대뿐이었다. 개자식! 껌을 입안 가득 넣고 오물거리다 내뱉은 욕설은 발음이 정확하지 않아 개이식이라는 희한한 소리가 되고 만다.

개자식! 속으로 한 차례 더 남편 욕을 쏘아대고는 사격장으로 들어섰다. 몇 해 전 아이를 데리고 놀이공원에 갔을 때 장난으로 쏴봤던 것이 열 발 중 아홉 발이 명중되었다. 신기해서 열 발을 다시 쐈더니 다 맞았다. 그 이후 내 눈에는 사격장 간판이 노래방 간판보다 흔하게 들어왔다. 사격장이나 오락실 간판이 보일 때마다 차를 세울 만큼 상습이 되었다. 순전히 총을 쏘기 위해서 혼자 불총 맞은 듯 서성거리던 집을 나왔다. 총질을 해대고 나면 숨통이 트일 것 같았다. 오락실마다 화상을 통한 시뮬레이션 게임이 있지만 터미널 안 사격장의 손맛이 제일 나았다. 사격장에는 실물에 버금가는 총이 준비되어 있었다.

「이번엔 오랜만에 오셨습니다.」

사격장 주인의 인사에 나는 학습지 배달 간 집에서 학생의 부친과 마주쳤을 때처럼 반사적으로 약간, 웃는다. 일주일에 한 번씩 들르는 학생들의 집에서 드물게 아이 부친과 맞닥뜨리게 되면 완급과 강도 조절을 잘해 미소를 지어야 했다. 까딱하다간 제 남편 앞에서 꼬리치는 것으로 오해한 아이 모친의 심사를 거슬러 그 집 아이는 물론이고 그 이웃의 아이들까지 모조리 떨어져 나가가는 불상사가 생길 수 있기 때문이었다. 아파트가 지나치게 독립적인 공간이라서 이웃과의 소통이 어려운 주거 양식이라고 떠드는 말들은 난 이해할 수 없었다. 다른 건 몰라도 학습지를 받아 공부하는 아이들의 엄마들은 거미줄처럼 예민한 연락망을 지닌 채 소통했다.

사격장엔 20미터짜리 트랙이 열 줄인데 지금은 다섯 트랙에 손님이 들어있다. 주인은 간혹 들르는 손님들까지 다 파악하고 있는지 장총 총알 100발을 우선 내주었다. 나는 권총보다 장총이 지닌 묵직한 양감을 선호했다. 점수는 과녁을 맞히는 대로 계산되어 전광판에 실시간으로 떴다. 100발을 다 쏘고 나면 100점을 만점으로 한 평균 점수가 계산되어 나왔다. 지난봄에 왔을 때는 100발의 총알을 다섯 차례나 쐈다. 55점에서 시작된 점수가 다섯 번째에서는 15점이었다. 500발을 다 쏘고 난 심신이 몇 년 쓴 행주처럼 너덜너덜 했다. 그날 사격장을 나서면서 내가 여길 다시 오면 사람이 아니다, 마음먹었는데 또 왔다. 사람이 아닌 것은 아니지만 도무지 사람 꼴답지 못하게 사는 건 분명했다.

껌을 뱉고는 총알을 장전하고 심호흡을 한 다음 과녁을 겨냥

해 보았다. 과녁은 점수별로 열 개였다. 10점짜리 과녁이 정중앙에 있지만 초점이 작으므로 기실은 거리가 제일 멀다. 쉬워 보이는 것의 함정이었다. 먼저 7점짜리 동그라미에 총구를 맞췄다. 땅 소리와 동시에 온몸이 흔들리는 진동이 어깨에 일었지만 실패다. 세 번을 쐈을 때에야 맞는다. 뻥 뚫린 구멍이 건너편에 보였다. 10초 뒤 다시 과녁이 생겼다. 그 곁의 6점짜리 과녁을 조준하고 방아쇠를 당긴다. 명중이다. 5점에서 1점에 이르는 눈들을 한두 번씩의 실패를 반복하며 차례차례 제거한 뒤 8점짜리 과녁에다 총신을 겨누고는 숨을 다듬었다. 땅, 방아쇠를 당김과 동시에 조준이 어긋났음을 깨닫는다. 연거푸 몇 발이 빗나갔다. 어느새 스무 발의 총알을 다 썼다. 다시 스무 발을 장전한다.

다시 세 발을 빗맞히고 나서 총을 내려놓은 뒤 껌 세 개를 한꺼번에 입에 넣고 숫자를 세어가며 씹는다. 숨을 고르는 것이다. 백까지 세고 난 뒤 껌을 뱉고는 다시 총을 잡는다. 땅 소리와 동시에 8점짜리 과녁이 사라졌다. 그 짜릿함을 즐기면서 주변에 새로 돋아난 작은 점수의 동그라미들을 향해 마구 총질을 해댄다. 맞추는 것보다 빗나가는 총알이 훨씬 많지만 이따금 과녁이 넘어지기는 했다. 8점짜리 과녁이 다시 나타나 있었다. 숨을 가다듬고 총을 쏘았다. 실패였다. 실패는 늘 실패를 불러온다. 허리를 좀더 뒤로 빼고는 한동안 숨을 고른다. 따악, 8점짜리 과녁이 뒤로 나자빠지는 걸 보고는 곧장 9점짜리 과녁으로 총구를 겨눴다. 숨쉬기가 중요하다는 것을 알면서도 이제껏

성급하게 총알을 날리곤 했다. 총신 위에 빈 점처럼 뚫린 겨냥구에 시선을 모으면서 호흡을 죽였다. 따앙. 빛은 소리보다 빠르고 소리는 느낌보다 빠르게 마련. 흔들림이 나중에 느껴져야 했다. 9점짜리 외눈이 날아갔다. 여세를 몰아 그 곁의 10점짜리를 제외한, 새로 생긴 과녁을 연신 쓰러뜨렸다.

이제 10점짜리 과녁만 남았다. 지금까지는 연습이었고 총알은 20발이 남았다. 10점짜리 과녁은 일급 저격수 같은 솜씨와 집중이 필요하다. 오늘 그 과녁 하나만 맞히면 이혼을 하고야 말리라 작정하고 왔다. 실패율 제로의 킬러처럼 표적을 노려보며 허리를 구부렸다. 중앙은 깊고 멀다. 저건 나야. 나지막이 중얼거리고는 거듭 숨을 고르고 눈을 감았다가 떴다. 10점짜리 외눈박이가 아주 가까워진 것 같았다. 그 눈동자에 손을 뻗듯이 방아쇠를 당겼다. 땅 소리가 났지만 눈은 그대로 있었다. 다시 쏴도 표적은 그대로다. 10점짜리를 향한 헛된 총질이 이어졌다. 이미 스스로를 다스릴 수 있는 상태가 아니라는 자괴감이 헛손질을 부채질했다. 소리만 요란한 총신의 진동을 느끼고서야 총알이 없다는 것을 깨닫는다. 총신이 닿았던 어깨가 뜨겁게 저렸다. 전광판에 나타난 평점 22.35라는 숫자에 눈이 시리다. 사격장 주인이 다가와 내 손에서 총을 뺏으며 말했다.

「오늘은 그만 쏘셔야겠습니다. 너무 격해지셨어요.」

아닌 게 아니라 총알이 더 있다면 사격장 주인이라도 겨냥하고 싶은 심사이긴 했다. 순간 권총 사격을 포기한 것도 그 때문이었다. 권총을 훔치고 싶을 것 같지 않은가. 가방에서 껌 한

통을 꺼내 다섯 개 모두를 입에 넣어 우물거리며 사격장을 나왔다. 터미널 바깥에는 눈을 뜨기도 어려울 정도로 햇빛이 쏟아졌다. 나갈 엄두가 나지 않았다. 갈 곳도, 가고 싶은 곳도 전혀 없었다. 광장에 쏟아지는 햇살을 망연히 내다보고 있으려니 내 몸이 얼음 덩어리였으면 싶다. 햇빛 아래 놓이면 그대로 녹아 없어질 수 있을 테니.

「자네, 예전에 12호실 학생 찾아다니던 아가씨 맞지? 내 얼굴 그림 그려준?」

그림 덕분인가. 10여 년 만에 산에서 길 잃은 짐승처럼 찾아든 나를 아주머니는 금세 알아보았다. 그 시절 오십대 후반의 나이로 수십 명 고시생들의 엄격한 사감이자 하숙집 주인이었던 그이는 나이만 약간 더 들어 보일 뿐 카랑카랑한 목소리며 기세가 여전하다. 하지만 율촌은 거의 폐촌 같다. 등성이 여기저기 흩어져 박힌 자그만 토담집들이 고시생들의 숙사인데 먼발치로도 훈기 느껴지는 곳이 별로 없었다. 끼니때 처마 밑에 매달린 종이 댕댕 울리면 여기저기서 기지개를 켜며 내려오던 사람들이 지금은 몇이나 될지, 있기나 한지 의심스러웠다.

「마을이 조용하네요?」

아주머니가 내놓은 커피 잔을 들고 안채 주변에 띄엄띄엄 엎드려 있는 토담집들을 살피며 물었다. 예전에 내가 오면 꼭 안채 방에 들어와 자게 했던 아주머니였다. 온통 총각들뿐인 동네에 아가씨가 들어와 애인과 합방을 하게 되면 고시촌의 분위기를 흐린다면서 아주머니는 비어 있던 당신 딸의 방을 내주곤 했다. 그 방에서 그이와 그 남편의 초상화를 목탄으로 그린 적이 있었다. 밤을 꼬박 새우고 고개를 들었을 때 쪽창에 여명이 드리워져 있었던가. 그 푸르렀던 희열을 다시 맛본 적이 있었는지 기억나지 않는다. 아주머니가 마루 끝에 놓아두었던 담배를 당기더니 불을 붙였다.

「요새 학생들이 이런 골짜기에 들어오려 하나. 대학 근방 고시촌으로만 모여들지. 학원도 다녀야 하고 정보도 얻어야 하고. 우리도 인터넷까지는 끌어들였는데 학생들이 줄어드니 재미도 없고 기운도 달려서 더는 투자하기가 싫더구먼. 가는 세월에 장사 있나, 하면서 조용히 되는 대로 사는 거야. 지금은 고시생 다섯에 소설 쓰는 글쟁이 한 사람이 들어 있어. 예전에 여기 고시생으로 있던 사람이 고시에 등과한 게 아니라 작가가 되었어. 일 년에 한 차례씩 들어와서 중처럼 살다 가는데, 이번에 3호에 든 지는 두 달쯤 됐나? 아, 자네 이름이 비단이, 명주였지?」

고시 공부를 하던 사람이 글쟁이가 되었다니 희한하다는 생각에 빠져 있는데 느닷없이 이름이 불려졌다.

「어떻게 아직까지 제 이름을 기억하세요?」

「왜 명주라는 이름 때문에 내가 비단이라고 불렀잖은가. 그리고 그때 자네가 그려준 그림 밑에 쪼그맣게 이명주라고 씌어 있었고. 그 그림들 든 액자가 지금도 어딘가 있을 텐데. 광 시렁에 얹혀 있을라나. 몇 년 전에 내가 싸 넣어놓고도 감감하네. 한번 찾아봐야겠구먼. 그나저나 아직 한창 예쁠 나인데 비단이답지 못하게 통 피어보이질 않네. 이 염천에 어떻게 여길 혼자서 찾아올 생각이 다 났어?」

아마도 〈백만 송이 장미〉라는 노래 때문이었을 것이다. 택시기사의 무례를 따지지 못한 것에 대한 분노 때문일 수도 있고 평점이 22.35로 나왔던 사격 점수 때문일 수도 있었다. 그게 내 삶의 현재 점수일 뿐만 아니라 미래에 대한 예고인 성싶었다. 그대로 집으로 간다면 가는 길에 장난감 총이라도 사게 될 것 같았다. 그 총으로 겨냥할 대상이라곤 내 자신밖에 없다는 게 두려웠다. 휴가인데 갈 곳도 없었다. 차 없이 돌아다닐 돈이 없었고 무엇보다 혼자 낯선 곳으로 갈 용기가 없었다. 결혼 11년차, 학습지 교사 12년차인 나는 쳇바퀴에만 익숙한 다람쥐였다.

「염천에도 여긴 덥지 않던 게 생각나서요. 아침은 아침 같고 밤은 밤 같고, 그랬던 기억이요.」

이명주를 비단이라 부르던 사람이 있었음은 까맣게 잊었지만 어쩌면 무의식 속에서는 기억했는지도 모른다. 그 부름에 이끌렸는지도.

「그때 12호실 사람은 어떻게 됐어? 우리집에서 잠깐이라도 머물다 간 사람이 등과를 하면 어떻게든 여기서도 알게 되는데 소식을 못 들었거든.」

「됐으면 인사를 왔겠죠. 지금은…….」

남편에 대해 언급하기 싫어 입을 다물어버린다. 연기를 내뿜던 아주머니가 나를 돌아보더니 알겠다는 듯 고개를 끄덕였다.

「기여 같이 살게까지 된 모양이네. 그럴 줄 알았어. 그래 그 사람은 요새 뭘 해?」

「그냥, 이것저것이요.」

「이것저것이면, 아무것도 안 할 때도 있겠구먼. 법전만 뒤지던 손이 다른 일에 익으려면 시간이 많이 필요하지. 그러게 그깟 놈 그냥 내버리고 일찌감치 딴 데로 시집가지 그랬어?」

아주머니가 태연하게 내뱉으니 웃음이 난다. 시외버스로 한 시간 반을 달려와 읍내에서 산 밑까지 택시로 온 뒤 다시 반 시간을 걸어 올라왔던 보람이 생겼다. 포장도 되지 않은 외길이 가파르기까지 하다며 읍내 택시는 웃돈을 요구했다. 그게 기분 나쁘기도 하려니와 생각해보니 바쁠 일도 없어서 산길을 걷기로 했다.

「그러게요, 지금이라도 그깟 놈 버리고 딴 데로 시집을 갈까요?」

그랬다면 어땠을까. 학습지 배달원 대신 그림을 그리며 살았을까. 이따금 구토를 느끼거나 총질을 하는 대신 물감 내를 향유하면서?

「그럴 재주 있었으면 그깟 놈한테 목매 살지도 않았겠지만, 지금이라도 그래 보든지. 화장하고 나서면 아직 몇 놈은 자빠뜨릴 수 있겠다.」

아주머니는 웃지도 않고 농담을 했다. 어쩌면 당신 스스로를 빗대어 하는 말인지도 모른다. 학생들이 아저씨라 부르던 그의 남편도 그 옛날에 공부하러 이곳에 들어왔던 고시생이었다고 들었다. 하숙집 딸이었던 아주머니는 아저씨와 사랑을 하게 됐고 혼인을 했다. 아저씨는 등과하지 못한 채 이곳에 주저앉았고 부부는 이웃에 있던 두어 집이 떠난 뒤에도 산에 남아 고시생들을 수발하며 살았다.

「웃기만 하는 걸 보니 당장에 그럴 자신은 없는가 보네. 아무려나 그건 나중에 생각하고 금세 해가 질 텐데, 자고 갈래? 방값 안 받고 방 내줄게. 밥도 공짜로 주고.」

「그러다 제가 여기 아주 주저앉겠다 하면 어쩌시려구요?」

「세상 심심한 나야 좋지. 그건 차차 생각해보고, 학생들은 저녁 먹고들 올라갔으니, 나랑 한잔 하면서 밥 먹고 달 보고 놀다가 푹 자. 보름달이 뜰 거니까. 보름달이 드리워지면 우리 마당이 꼭 연못 같지.」

분지처럼 옴팍한 곳에 안채며 마당이 있었고 고시생들의 숙사는 둘레 등성이에 규칙 없이 둘러서 있었다. 안채 마당은 보름달이 드리워지지 않아도 연못처럼 보였다. 10여 년 전, 남자친구를 찾아온 내가 그를 기다리며 서성이던 마당이었다. 남자가 도둑처럼 소리 없이 내려와 내 손을 끌고 제 방이나 숲으로 들어서면 둘 다 뜨거운 숨을 안으로 삼키며 서로를 탐하곤 했다. 혼전에 그 몰래, 그에게 부담을 주지 않기 위해 지운 씨앗이 셋이었다. 그 시절의 나는 꽃 수놓인 비단 방석을 꿈꿨을 터였다. 남자가 머지않은 날에 제 목표를 이루면 나는 그림을 그릴 수 있겠거니. 하지만 정말 그를 믿었던 것인지. 요즘 돌이켜보면 의심스러웠다. 나는 그저 그를 떠날 만한 강단이 없어 습관처럼 그를 찾아다녔던 것 같았다.

「보름달로 사람을 꾀시다니, 너무 부드러워지신 거 아니에요? 예전에는 호랑이처럼 무서우셨는데.」

「이빨이 없기는 해도 아직 호랑이로 불리기는 해. 자네가 들어가서 술이랑 밥이랑 챙겨 나와. 냉장고에 청금 술 있어. 때깔 고운 색만큼 맛도 쓸만해. 내가 그거 한두 잔씩 하는 재미로 살잖아. 오늘은 동무가 생겨 좋구먼.」

「그런데 아저씨는, 바깥 어르신은 어디 일 보러 나가셨어요?」

나무처럼 고요하고 불목하니처럼 끊임없이 일하던 양반이었다. 산에서 나는 꽃과 과일과 약초들로 술 담는 게 취미여서 특별한 날이면 숙사생들한테 빛깔 고운 반주 내주기를 즐긴다던 이. 읍내에서 면소재지까지 버스로 와서 나머지 길을 걸어오던 중에 아저씨 트럭을 만나 얻어 탄 게 세 번이었다.

「그 아저씨? 나갔지. 40년을 넘게 여기서만 참 징그럽게 붙어살았는데 다섯 해 전에, 웬일로 다 늙은 여편네한테 운전을 배우라고 종주먹을 해대더라. 나 몰래 산삼이라도 캐먹고 산 밑에다 젊은 각시라도 만들어놨냐고 털어내다가, 그나마 조금이라도 덜 늙었을 때 나도 운전을 해보자 싶어서 운전학원을 다녔지. 그래 간신히 면허 따고 나니 병원에 가자 하대. 그리고 한 달도 못 돼서 저세상으로 건너가버렸어.」

아! 나는 나지막한 탄식 끝에 입을 열지 못하고 만다. 남편과의 사별을 이야기한 아주머니 표정은 남의 일인 듯 무심하다. 마당에 괴었던 저녁 햇빛이 그늘에다 자리를 반쯤 내주며 물러난 참이었다. 나는 아주머니가 다시 담배에 불을 붙이는 걸 보고는 부엌으로 들어섰다. 오래전 일이지만 들를 때마다 부엌일을 거들었으므로 낯설지 않은 장소였다. 일주일에 한 번 고기를 먹고 나머지 날들의 끼니는 채식을 하던 곳이었다. 수시로 장보기가 어려운 곳이라 주변 밭에는 온갖 채소와 과일들이 자라게 마련이었다. 김치 냉장고와 두 대의 대형 냉장고가 들어서고도 여전히 넓은 부엌은 엔간한 음식점을 차려도 될 만한 넓이다. 고시촌으로 영화로웠던 흔적이었다. 나는 아직 저녁 식전일 아주머니 몫까지 아울러 상을 차렸다. 냉장고에는 페트병에 담긴 자줏빛 정금 술이 두 병 들어 있었다. 뒤뜰 어디쯤에는 지난봄에 앉힌 술독이 몇 항아리는 있을 것이다.

달빛이 글을 읽을 수도 있겠다 싶을 만치 밝다. 달빛 속에서 술에 취해 흔들리는 걸음으로 안채 마당을 서성이다 잠이 오지 않는 것만이 이유인 듯 나는 야금야금 운다. 아무리 궁리해도 13평짜리 전세 아파트를 벗어날 방법이나 전셋집보다 곱절로 커진 빚을 줄일 마련이 없었다. 학습지 교사로는 나이가 너무 많아진 내 수입은 몇 년째 줄어들기만 했다. 기를 써도 학생 회원은 늘지 않았다. 남편에 대한 염오는 빚보다 더 컸다. 천지가 개벽을 한다면 모를까 백수 기질이 뼛골에 박여버린 남편이 맘 잡고 일을 하게 되지도 않을 터였다. 폭력 남편도 아니고 여자 사고를 치지도 못하는 작자였다. 노름을 하지도 않고 알코올 중독도 아니고, 말아먹을 돈이 없으니 주식 같은 건 생각도 못했다. 이혼을 할 만한 핑계라면 제 현실에 적응 못한다는 사실인데 그 무능을 이혼 사유로 삼아도 되는지. 그걸 알 수가 없어 분했다. 언제부턴가 내 눈물은 분노를 통해서만 흘렀다.

「혹시 눈물을 방해해도 될까요?」

안채 마당을 바장이는데 불쑥 들려온 낮은 목소리였다. 나는 놀라지 않았다. 반 시간 전쯤 방에서 나왔을 때 이미 그 목소리 주인의 그림자를 느꼈던 것 같았다. 안채에서 왼쪽으로 올려다 보이는 산등성이 숙사, 글쟁이라던 3호의 주인이 자신의 방 앞에서 달을 쳐다보고 있는 걸 눈치 챘다. 해질녘에 아주머니 소개로 지나가는 투로나마 인사를 나누었던 그였다. 눈물도 누군가 봐주는 사람이 있을 때 자극적으로 흘릴 수 있다고 친다면 내가 흘렸던 눈물은 그가 지켜봐 준 덕에 훨씬 감미로웠던 게 사실이었다. 누군가 나를 지켜보고 있음을 충분히 의식했던 것이다.

「눈물이야 방해됐지만 방해받아 고마울 지경이에요. 그만 울고 싶었거든요.」

「다행입니다. 이쪽으로 오실래요?」

남자가 손짓을 했다. 키는 보통인데 워낙 말라 그런지 몸피가 왜소해 보이는 사람이었다. 위협이 느껴지진 않지만 선뜻 움직여지진 않는다. 그러자 한 걸음 더 다가온 그가 속삭이듯 말했다.

「밤이라 작게 말해도 사방에 들립니다. 고시생들 싱숭생숭하게 만들면 안 되잖아요?」

듣고 보니 그랬다. 예전에 비할 수 없게 인원이 줄었다 해도 여기는 여전히 고시촌이었다. 그를 따라 마당을 벗어나서 등성이를 올랐다. 불 켜진 숙사들을 지나고 빈 숙사의 자그만 마당을 지나 3호 앞에 이르렀다. 거기 마당에 평상이 놓였고 평상에는 술이 들었음 직한 비닐봉지가 놓여 있었다. 약간 외지기는 하지만 엔간한 소리는 다 들릴 만한 곳이었다. 내가 달빛의 농도를 가늠하며 안채며 이웃 숙사까지의 거리를 짐작해보고 있는데 남자가 먼저 평상에 올라앉더니 봉지 속에서 소주병과 땅콩 봉지를 꺼냈다. 종이 잔도 꺼내놓더니 술병 마개를 비틀어 소주를 따랐다.

「현재로서는 우리가 제일 높은 곳에 있으니까 아주 큰소리만 내지 않으면 수험생들을 방해하지는 않을 거예요. 이래 봬도 이게 꽤나 아껴뒀던 술입니다.」

「그렇게 아껴두셨던 걸 왜 꺼내셨어요?」

「달빛 좋겠다, 달빛 아래서 우는 여인도 발견했겠다. 딱 적당한 때 같아서 꺼냈죠. 드세요. 적당히 취하면 숙면에 도움이 되죠.」

나는 술을 즐기지 않는 편이었다. 주량도 약했다. 간혹 친구들과 만났을 때도 맥주 두어 잔이면 취했다. 하지만 달밤인데, 좀 취하면 어떤가. 간장 종지만 한 종이 잔에 담긴 소주를 한꺼번에 들이켜고 나니 부르르 진저리를 난다. 남자가 재미나다는 듯 웃더니 다시 잔을 채워주었다.

「그런데 울 자리 찾아서 이 깊은 골짜기까지 오신 겁니까?」

「그런 셈이 됐어요. 음, 여기 오기 전에 사격장에서 총을 쐈어요. 백 발을 쐈는데 스무 발쯤 맞춘 셈이에요. 한때는 열 발 쏘면 여덟이나 아홉 발이 맞았는데, 그 재미에 들려서 사격장에 들르는 게 취미가 됐는데, 어떻게 된 게 시간이 지날수록 점수가 점점 낮아지는 거예요. 오늘은 그게 어찌나 화가 나던지 집으로 갈 수가 없었어요.」

「사격이라니, 여성으로서는 특이한 취미를 지니셨네요. 특이한 취미를 가졌다는 것으로 스스로 위안을 삼을 만한데, 낮은 점수에 화가 났다는 건, 그 점수를 자신의 삶에 비추기 때문이었을까요?」

「자꾸 그런 식으로 되어가는 제 자신에게도 화가 나구요.」

잠깐 정적이 흘렀다. 정적을 비집고 바람 소리와 새가 깃을 치는 소리가 들렸다. 연이어 풀벌레들 소리가 시냇물 소리처럼 들려오는데 남자가 술잔을 비우고 나서 잔을 내려놓았다.

「옛날, 한 십오 년쯤 전 이야긴데, 그 무렵에 어떤 아가씨가 여기 수시로 나타나곤 했어요. 주인아주머니가 비단이라고 부를 만큼 예쁜 아가씨였죠. 그 시절에 여기 묵던 고시생이 보통 이십여 명씩 됐어요. 그러니까 시꺼먼 사내놈들이 늘 스물댓 남짓은 늘 머물고 있었다는 뜻이에요. 비단이는 매달 셋째 주말경에 나타났는데, 비단인 아마 몰랐을 거예요. 그 밤이면 이 동네 사내놈들이 모두 어떤 지경이 되었는지.」

남자가 비단이를 기억하는 건 내가 드나들던 무렵에 그도 이곳에 있었다는 의미였다. 물론 나는 당시의 내 남자친구와 주인 내외를 제외하고는 어떤 사람도 기억하지 못했다.

「어떤 지경이 되었는데요?」

「비단이가 오면 공부를 거의 못했죠. 산 밑에 두고온 자신의 여자가 찾아오지 않는 것에 분개하고 그 여자가 달아났을지도 모른다고 걱정하고. 아껴둔 술을 꺼내 퍼마시거나 산으로 올라가거나 산을 내려가거나 제 골방에 틀어박혀 자위를 하거나, 비단이가 찾아온 12호 고시생을 죽이고 싶은 놈도 있었을 테고요.」

「설마요.」

「정말이에요. 극기와 인내라는 단어들을 벽마다 시커멓게 새겨놓고, 자기가 든 방을 거쳐 간, 소위 출세했다는 인물들의 사진까지 찾아 걸어놓은 채 동면하는 곰들처럼 사는, 그 사내들 앞에 나타나는 비단이는 향기로운 봄바람이었어요. 극기와 인내를 일제히 해제시켜버리는. 그 핑계로 한 차례씩 미치는 거였죠.」

「한 번씩 미칠 핑계를 찾고 있었던 거라면 어차피 비단이 때문이었다고만 할 수는 없겠네요.」

「아니, 그 핑계가 되었다는 게, 될 수 있었다는 게 문제였던 거죠. 그거, 그 핑계를 주제로 제가 소설을 쓴 적 있어요. 아, 저는 글쟁이에요. 제가 글쟁이라는 걸 아주머니한테 들으셨습니까?」

「네.」

「제 등단작인데 인간들의 원초적인 욕망에 관한 내용이고 배경도 이곳이에요. 당연히 여주인공 이름은 비단이었고요. 제 소설 주인공들의 이름 중에서는 가장 멋을 부린 이름이에요.」

「제목이 뭔데요?」

「〈산그늘〉이에요. 소설 좀 읽으십니까?」

「서른 살 넘으면서 거의 못 읽었어요. 여유도 없었지만 소설 읽으면 왜 그렇게 화나는 일이 많은지 못 읽겠더라구요. 저도 그거 같아요, 핑계. 화낼 핑계를 찾다가 소설을 읽으면 터지는 거죠. 그래서 뭐! 어쩌라고? 그런 심사가 됐다고나 할까요. 요즘엔 핑계 없이도 버럭버럭 화만 잘 나대요만. 아! 제 남편은 소설 읽기를 좋아해요. 소설 주인공들의 삶에 인간 삶의 정수가 담겨 있다던가? 남편의 그 말이 되지 못하게 느껴져서, 같잖아서, 저는 소설을 더 못 읽어요.」

남자가 또 웃는다. 낮은 웃음소리가 내 긴장을 풀어주었다. 아니 술기운이 돌고 있었다. 어느새 두 잔을 마셨다. 남자는 너덧 잔 마신 것 같았다. 모르는 사람인데 낯설지 않고 낯설지 않은데도 모르는 사람. 그는 그 시절의 비단이가 제 눈앞에 앉은 여자임을 알아보고도 아는 체하지 않고 나는 그런 그가 편했다.

「두 달 전에 여기 들어오셨다면서요? 글은 잘 써지세요?」

「잘 써지지 않아서 환장할 지경이에요. 나가서 바람을 쐬고 돌아올까 하다가도 한번 나가면 되돌아오기 쉽지 않을 게 뻔하니까 그냥 버티고 있어요. 서른 살 넘어서 소설 읽기를 잊어버린 사람들도 한번 돌아다봐줄 만한 작품을 쓰겠다는 꿈, 아니 오기를 가지고 마냥 버텨보는 거죠. 사실 저, 죽어라 쓰지만 죽어라 책은 팔리지 않는 작가예요. 그런 참에 비단이를, 옛날 비단이 같은 여인을 발견했으니 제가 술을 마시지 않고 배기겠어요?」

「죽어라 안 팔리는 소설은 안됐지만 비단이는 좋겠네요. 숱한 남자들을 설레게도 하고 소설 주인공도 되어보고. 〈산그늘〉은 읽지 말아야겠어요. 샘나고 가슴 아플 것 같아요.」

「비단이는 스물한 살인데요, 샘 날 일이 뭐 있어요? 스스로 모르는 경우가 태반이지만 누구나 그 나이엔 빛나잖아요. 우리도 그랬을 테고요. 아, 몇 살이세요? 실례가 아니라면.」

「실례는요, 서른일곱이에요. 그러시는 작가님은요?」

「저는 서른아홉 살입니다. 여기 아주머니는 저를 삼호 선생이라 부릅니다. 젊은 숙사생들은 삼호 아저씨라고 부르죠.」

「그러면 삼호 씨, 제 술잔이 비었어요.」

삼호가 어깨를 들썩이며 웃고는 술잔을 채웠다. 나는 넉 잔째였다. 해질녘에 아주머니와 함께 정금 술도 한 잔 마셨으니 다섯 잔째다. 내 몸에 안개처럼 서려오는 취기를 가늠해보면서 나는 땅콩 한 알을 집어 먹었다. 오도독 씹히는 소리가 상쾌하고 맛은 고소하다. 바람피우는 맛이 이런가? 생각하니 픽 웃음이 난다.

「왜요?」

「제가 지금 바람피우는 것 같다는 생각이 들어서요. 삼호 씨를 유혹하고 있는 것도 같고.」

「바람피워 보셨습니까?」

「아니라고는 못하겠어요. 남편 빼고는 모든 남자들이 다 쓸만해 보이니까요. 삼호 아저씨, 저랑 바람피우실래요?」

헛소리를 주절대는 걸 보니 취하긴 했나 보다. 게다가 자꾸 헤픈 웃음이 나고 있지 않은가. 스물한 살에 만난 남자하고 스물여섯 살에 결혼해 서른일곱 살이 되는 동안 다른 남자는 만나보지 못했다. 끌리는 사람이 없진 않았지만 내가 유혹하고 싶은 남자는 나한테 관심이 없었다. 저런 남자랑 연애를 하느니 백수 남편이 백번 낫다 싶은 허접스런 상대만 나한테 수작을 걸어왔다. 요즘 수작을 걸어오는 작자는 사무실의 관리 팀장이었다. 제 수작에 내가 응하게 되면 편히 관리해주겠다는 신호를 수시로 보내왔다. 회의 때마다 작자의 얼굴에 커피를 붓고 싶고, 회식 때마다 술을 끼얹고 싶지만 역으로 당하게 될 관리가 무서워 참노라면 사격장을 찾아 두리번거리게 되었다.

「그러고 싶지만 겁나서 사양하렵니다.」

「뭐가 겁나요?」

「핑계가 되고 싶지 않아서요. 지금 비단 씨, 그냥 비단 씨라 부를게요. 비단 씨는 자신을 무너뜨릴 핑계거리를 찾고 있잖아요. 오늘 밤에 마주한 사람이 제가 아니었어도 비단 씨는 그렇게 말했을 거 아닙니까. 그렇죠?」

「아마도 어쩌면요.」

「헌데 저는 여자 욕심이 많은 놈이에요. 여자를 숭배하죠. 때문에 제가 숭배하는 여자가 저를 핑계거리로 여기는 걸 원치 않아요. 저는 아직 미혼이에요. 결혼하지 못했거나 하지 않은 까닭도 그래서예요. 아주 비현실적이지만 저는, 최소한 나하고의 관계 안에서는 현실에서 약간 유리된, 자신의 원초적인 모습을 깨닫고 그 상태를 나하고 즐길 수 있는 여자를 원해요.」

「어려운 말씀인데요?」

「저도 어려워요. 그런데 실상은 쉬워요. 나를 잠깐이라도 사랑하는, 내가 사랑하는 여자하고만 육체관계를 맺는다는 거죠. 모든 사랑이 충동적인 것이라 쳐도 저는 그 충동을 여러 번 참는 단계를 거쳐요. 그 단계를 고통스레 즐기죠.」

「무슨 소린지 여전히 잘 모르겠지만 삼호 씨가 아주 고단수인 것 같다는 느낌은 드네요.」

삼호가 예의 낮은 웃음소리를 내며 술잔을 비우더니 세 번째 소주병을 꺼냈다. 마지막 술병이었다. 다섯 잔을 마신 내 몸엔 안개가 아니라 물이 가득 차올라 찰랑거리는 듯했다. 취한 내가 편하고 좋았다. 지금까지 술에 취해 스스로를 풀어놨던 적이 없지 않은가. 늘 나는 술에 약하다 여겼으므로 술을 조심했고 조심하다 보니 술에 취한 적이 없었다. 여섯 잔째의 술잔이 채워졌다. 그 술잔 속을 취한 눈으로 가만히 들여다보았다. 달이 떠 있었다. 정말 취했나 봐, 술잔 속에 달이 보이네. 혼잣말을 뇌까리며 하늘을 보니 머리 위에 보름달이 떠 있다. 다시 술잔을 들여다보니 역시 달이 빠져 있다.

「이거 봐요, 달이 술 속에 들어 있어요.」

내가 손가락으로 술잔 안의 달을 가리키며 감탄사를 내뱉는데 마주 앉은 삼호의 손이 불쑥 건너와 내 손을 잡았다. 그리고 끌어당기는가 싶더니 삽시간에 얼굴이 다가와 입술을 마주쳤다. 나는 때늦게 눈을 감았다. 몹시 낯설면서도 한편으로는 익숙한 촉감이 입술에 닿아 있었다. 몇 년 만의 입맞춤인 것 같았다.

질기게 진동하는 전화벨이 끊기기를 기다렸다가 액정 화면을 보니 부재 중 수신이 11통이라 찍혀 있다. 문자 메시지는 6통이었다.

'여보, 나 들어왔어. 전화 좀 받아.'
'미안하다. 반성하고 왔잖아. 당장 일 찾아볼게.'
'당신, 남자 생겼니?'
'남자 생겼으면 말해. 이혼해줄 테니. 우선 전화 좀 받아.'
'남자 운운한 거 취소할게. 미안해.'
'당신이 이혼하자면 나야 무슨 힘 있나. 그래 하자, 이혼.'

참 가지가지 한다. 코웃음을 치며 전화기를 들여다보는데 딩동 소리와 함께 또 문자 메시지가 들어왔다.

'대체 어디 있어? 정말 이혼이라도 하겠다는 거야? 제발 연락 좀 해.'

전화기를 탁 닫아 가방 속에 넣어버린다. 술과 울음과 바람기에 취했던 몸이 까무러치듯 잠든 게 기껏해야 자정쯤이었을 것이다. 여섯 시간을 넘게 잤다. 눈은 퉁퉁 부은 것 같지만 당장 달려가 이혼도 할 수 있겠다 싶을 만큼 머리는 맑았다.

앞창이 거의 밝은 참이었다. 마당에서 사람들이 두런거리는 소리가 났다. 해 뜨기 전에 아침을 먹고 해 지기 전에 저녁을 먹는 곳이었다. 벌써 아침 식사를 하러 사람들이 모인 것이다. 부엌 앞마당 평상에다 아침상을 차린 것 같았다. 로마에서는 로마법을 따른다던가. 하지만 숙사생들 앞에 나서기가 어쩐지 부끄러웠다. 더구나 삼호를 무슨 낯으로 보랴. 어쩌자고 키스하다 울음이 터진단 말인가. 놀라서 떨어져 나가며 미안하다는 말을 뇌까리는 삼호에게 몹시 부끄러웠다. 그나마 다행인 것은 안채 화장실에 와서야 토했다는 사실이었다. 정말 울 자리 찾아든 여자처럼 토하고 나서 세수를 하는데 또 울음이 났다.

「비단아. 아직 안 일어났냐? 국 식는다, 얼른 나오너라.」

머리를 추스르며 미적거리는데 아주머니가 외치는 소리가 종소리보다 크게 울렸다. 비단이라니. 머리카락 보일까 봐 꼭꼭 숨어 있다가 들킨 것처럼 가슴이 철렁했다. 동시에 울컥 코끝이 매워진다. 타인의 손으로 차려진 밥상을 받아본 게 언제였을까. 밥 차려놨으니 밥 먹으라는 말. 밥솥에 손을 담그기 시작한 십대 이후 처음 듣는 소리일 터였다.

「예, 나가요.」

소리치면서 허둥지둥 머리를 묶으며 마루로 나섰다. 사람들이 평상 위에 차려진 두레상에 둘러앉았다가 엉거주춤한 자세로 나를 맞았다. 삼호는 그냥 앉은 채 고개를 숙여 보인다. 시선은 마주쳐오지 않았다. 삼호를 제외하면 어제 초저녁 즈음에 눈인사나마 나눈 사람이 둘이었고 나머지 세 사람은 첫 대면이었다. 그런데 아주머니가 나한테 앉으라고 가리킨 자리가 삼호 곁이었다. 혹시 간밤의 술자리를 아주머니가 눈치 채셨나? 어쩐지 걸리는 기분으로 삼호 옆자리에 앉으니 아주머니가 난데없이 아침 상머리에 나타난 여자에 쏠린 시선들을 손을 내저으며 흐트러뜨렸다.

「아니, 여자 첨들 봐? 닳겠다들. 그만 보고 국 식기 전에 밥들 먹어.」

큼지막한 멸치가 들어 있는 아욱 된장국이었다. 식욕이 돋았다. 밥을 다 먹은 다음 설거지를 하고 나서 하루를 어떻게 보낼지 궁리하면 될 터이다. 이혼을 하든지, 아이를 찾으러 가든지. 아주머니 초상화를 다시 그려보든지. 혹은 때깔 고운 정금 술 마시면서 놀다가 어젯밤 다하지 못했던 삼호에 대한 유혹이나 계속해보든지. 어쨌든 오늘은 휴가다, 속으로 뇌까리며 아욱국을 수저 가득 떠 입에 넣는 찰나였다. 무릎에서 간지럽고도 낯선 감촉이 느껴졌다. 천천히 음미하려던 아욱국이 컥, 목에 걸리는가 싶더니 저절로 삼켜졌다.

사람들은 아무 눈치도 못 챈 듯 오늘도 덥겠다는 둥, 날씨에 대한 이야기를 주고받으며 밥을 먹고 있었다. 내 무릎에 닿은 손길이 뻗어온 왼쪽을 바라보았다. 삼호가 천연덕스런 얼굴을 한 채 오른손으로 밥을 먹고 있었다. 사람들 앞에서 그의 손을 떨쳐낼 용기가 나지 않았다. 그저 잠깐 장난을 친 것이겠거니, 여기면서 손을 거둬주길 바랐다. 그를 유혹해볼까 싶은 마음이 없지 않지만 이런 식은 아니었다. 내 바람에 아랑곳없이 내 무릎을 쓰다듬는 작자의 손길은 반바지 자락 밑으로 스며들어 허벅지를 매만지기 시작했다. 그의 손길을 참고 밥을 먹을 것인지 그의 손을 거둬낼 것인지를 궁리하는 시간이 너무 길게 느껴졌다. 더는 참고 싶지 않아 내 국그릇을 삼호 앞으로 슬쩍 밀었다. 제 밥그릇을 밀치며 제 앞으로 다가오는 내 국그릇을 발견한 작자가 눈을 치뜨더니 내 무릎에서 제 왼손을 거둬들이곤 웃는 얼굴로 고개를 저었다. 나도 미소를 지었다. 그리고 한 수저 떠먹었을 뿐인 뜨거운 국그릇을 그의 무릎 쪽으로 툭 밀었다.

아!

피할 짬이 없지 않았을 텐데 국물 세례를 당한 그가 뒤늦게 짧고 낮은 비명을 지르며 일어나니 바지 앞자락에 묻은 아욱 우거지며 멸치가 우르르 떨어져 내렸다. 사람들이 놀라 쳐다보는 그의 바지 앞자락에서 김이 모락모락 피었다. 아주머니가 밥솥 옆에 있던 행주를 건네자 받아들며 나를 쳐다보는 그의 얼굴엔 뜨거운 국물에 덴 고통이 아니라 장난기가 서려 있었다. 그러게 장난을 그렇게 하면 안 되지 속으로 뇌까리며 그를 외면하고는 엎어진 국그릇을 집어 드는데 문득 한숨이 났다. 내 한숨에서 술내가 풍겼다.

매직글라스

지진 해일, 12월

인도양 연안에 몰아닥친 지진 해일 뉴스를 보던 밤, 텔레비전에서 푸켓이란 지명을 직접 듣지는 못했다. 들었어도 다를 건 없었을 터였다. 우리 식구가 그 섬에 가서 놀고 온 건 그 전 해였다. 바다가 퍼렇게 내려다보이는 호텔에 머물면서 호텔 아래 펼쳐진 파통 해변에서 맨발에 핫팬츠 차림으로 놀았다. 호텔에서 해변까지의 가파른 오솔길엔 판자와 통나무로 만들어진 긴 계단이 구불구불하게 이어져 있었다. 계단 주변에 온갖 꽃들이 피어 그늘을 드리워주었다. 그 계단을 오르내리면서 아이와 끝도 없는 가위바위보 놀이를 했다. 아이가 잠든 밤에는 남편과 야외 라운지에 나가 맥주를 마시면서 이국 가수들의 라이브 공연을 즐겼다. 라운지 아래에 펼쳐진 검은 바다가 해변에서 뻗어나간 불빛들에 이따금씩 무지갯빛으로 일렁였다.

저 멀리 텔레비전 속 다른 나라들에 무슨 난리가 나든 나와 무관했다. 내 남편과 내 아이는 고작해야 덕유산에 가 있었다. 산에 다녀온 남편한테서는 언제나 맑은 바람이 불었다. 아이도 그처럼 맑은 바람을 풍기면서 돌아와 나를 안아줄 터였다. 중학교 졸업을 앞둔 딸아이는 활달하고 명랑했다. 계집애들이 사춘기를 겪으며 부릴 법한 신경질도 없는 아이였다. 공부는 제 학급에서 으뜸이었다. 의사가 되어 '국경 없는 의사회'에 들어가 세계를 주유하며 봉사를 하는 게 아이의 꿈이었다. 지금 아니면 다시 못해볼 겨울 야영 경험이라고 아이가 제 아버지를 졸랐다. 부녀가 산행을 떠난 밤 집에 혼자 남은 나는 강 건너에 난 불을 구경하듯, 심란하면서도 흥미롭게 수십만 명의 사상자가 났다는 난리를 지켜보다 잠이 들었다. 그 잠이 기점이었다. 자고 일어난 나는 깊이를 알 수 없는 구덩이에 처박혀 있었다. 그날 밤 이후 나는 누워서 잠들지 못한다.

1층 여자, 4월

폭우가 쏟아졌다. 유리벽에 부딪쳐오는 빗발이 어찌나 거세든지 가게 안이 흐릿하고 멍한 침묵에 휩싸였다. 그 흐릿한 시야 속에 느닷없이 샛노란 우산이 나타났다. 우산대 중심을 잡아보려고 기를 쓰는 것 같은 여자의 목적지가 처음부터 내 가게였는지는 알 수 없다. 여자는 태풍에 쫓긴 쪽배처럼 내 가게 안으로 들어와 닻을 내리듯 우산을 접었다. 1층 여자였다. 그네가 든 우산에서 물이 줄줄 흘렀다. 길고 헐렁한 남색 치마와 손으로 뜬 붉은 스웨터에서도 물이 뚝뚝 떨어졌다. 머리에 파마 캡을 쓰고 바깥의 폭우를 지켜보던 단골손님 둘이 1층 여자를 기이한 동물 만난 듯 건너다보았다. 골목 모퉁이 꼬치구이 전문점을 하는 여자와 그의 친구였다. 그들의 시선을 흩트리듯 나는 수건을 가져다 1층 여자한테 건네주었다. 한 번도 만나지 못했던 넉 달 동안 그네는 몸이 더 분 듯했다. 자신에 쏠린 시선은 아랑곳없는 듯 그네가 비에 젖은 머리를 수건으로 마구 헤집어 까치집으로 만들다가 소리쳤다.

「난로 없어요?」

비가 쏟아지고 있긴 해도 며칠째 한여름 날씨였다. 실내에서는 민소매 옷을 예사로 입게 된 때인데 비에 젖은 그네는 몹시 떨었다. 보조 미용사인 미애한테 내실에 들여놨던 전기난로를 내다 켜주게 했다. 소파에 앉은 그네는 난로를 더 가까이 당겨놓고 멍하게 주변을 둘러보다 꾸벅꾸벅 졸기 시작했고 곧 낡은 쿠션 같은 모습으로 깊은 잠이 들었다. 내가 여자를 처음 본 건 지난해 성탄일 전날 저녁참이었다. 성탄 전야라 해도 초저녁 낡은 아파트 단지에는 건조한 바람만 휘뚝거리듯 불 뿐 조용했다. 내가 사는 동의 내 집 입구만 소란했다. 계단 입구에 이삿짐 트럭이 선 채 짐을 부리고 있었다. 그러고 보니 얼마 전부터 1층 1호가 실내 개조 공사를 하고 있었던 게 생각났다. 오래된 저층 아파트라서 이사 올 사람들은 흔히 그 공사를 했으므로 그런가 보다 했다. 베란다를 터 거실을 넓힌 것 같은데 새로 설치한 창으로 내부가 일체 들여다보이지 않는 게 기이하다고 생각을 했던 것도 같다. 엘리베이터가 없는 데다 1층이어서 이삿짐은 현관을 통해 집 안으로 들어가는 중이었다. 때 아닌 이삿짐이라 짐이 비키기를 기다리다 여자를 보았다. 키 160센티가량, 몸무게 70킬로그램쯤. 원래는 갸름했을 터이나 불어난 체중으로 곰 인형처럼 둥그러진 얼굴. 마흔서너 살 정도…….

그렇게 인상착의를 살폈던 건 21년차 미용사의 직업병 탓이었을 것이다. 제 몸에 너무 작은 코트를 억지로 꿴 듯한 차림새로 짐꾼들을 지휘하던 여자 목소리는 지나치게 높았다. 아이, 아저씨 조심 좀 해요. 그거 얼마나 비싼 소파라고요. 흠집 나면 어쩌려고 그래요? 아저씨가 보상할 거예요? 아닌 게 아니라 주황빛 도는 가죽 소파가 낡은 21평형 아파트에 어울리지 않을 만큼 턱없이 고급스러웠다. 고급 소파 대신 몸에 맞는 옷이나 사 입을 일이지. 그렇게 생각하면서 이삿짐을 지나쳐 내 집으로 올라가곤 1층을 잊었다.

잠든 여자한테서 김이 모락모락 피어올랐다. 화장기 없는 낯빛이 미농지처럼 창백하다. 파마 캡을 쓴 채 매니큐어와 패디큐어를 하던 손님들이 거울 속에서 눈으로 자꾸 물었다. 누구야? 대체 몰골이 왜 저래? 나는 그들에게 입 다물라는 시늉을 하며 고개를 저었다. 1층 여자한테서 난로를 약간 떼어놓으며 보니 이마가 참 예쁘다. 속눈썹도 성냥개비 서너 개는 올려놓을 수 있겠다 싶게 길다. 눈썹 집게로 걷어 올려놓기만 해도 눈이 깊어 보이면서 생기가 돌 것 같다. 여자들 몸만 쳐다보며 살아온 20여 년 동안 제 몸을 이렇게 방치한 손님은 만난 기억이 없었다. 모두들 살을 빼느라 전쟁이라도 치르는 듯했고 눈썹이며 속눈썹에 문신하기는 예사였다. 쌍꺼풀 수술과 콧대 세우기도 보통이고 주름살 부위마다 보톡스를 맞는 것도 당연해졌다. 요새는 음부에 콜라겐 주사를 맞는 일도 흔해진 것 같았다.

「태풍 온다는 소리 못 들었는데, 소나기겠지?」

꼬치구이 전문점 여자가 매니큐어 바른 손가락을 입으로 불다가 하품을 하며 거울 속에서 혼잣말을 했다. 그네와 함께 온 여자도 발가락에 손부채질을 하다가 하품을 늘어지게 하더니 눈꼬리에 매달린 눈물을 화장 지워지지 않게 조심스레 찍어낸다. 얇은 시폰 원피스 속에 갑옷처럼 튼튼한 보정 속옷을 받쳐 입어 온몸의 볼륨이 탱탱하게 살았다. 쌍꺼풀 수술과 속눈썹 문신을 하고 콧대를 세운 그네는 금방 세수를 하고 나도 화장한 것처럼 보이는 여자였다. 그들에 비하면 1층 여자는 스무 해 전쯤에서 이쪽으로 느닷없이 부려진 짐짝 같다.

두 단골의 머리 손질을 마쳐 내보내고 나니 비가 잦아들었다. 그사이에 들어온 세 여중생 머리를 차례로 만지는 동안에도 1층 여자는 내도록 앉아서 잤다. 모로 쓰러져 잘 법한데도 목이 고장 난 인형처럼 고개만 살짝 숙인 채 이따금 짧은 한숨을 쉬어가며 잔다. 그 한숨이 몹시 언짢다. 한숨 소리가 날 때마다 여자를 깨워서 내쫓고 싶다. 하지만 아무것도 하지 않는 게 상책이다. 어떤 식으로든 아는 체하며 나서는 순간 감당하고 싶지 않은 일에 휘말릴 위험이 있다.

마흔 살까지만 이 일을 하리라고 작정한 게 서른 살 때였다.

마흔한 살부터는 산 밑 마을에다 자그만 찻집을 열고 산을 오르내리는 사람들을 구경하면서 살 예정이었다. 땅은 진작 구입해두었다. 전통 차 연구회에 들어 차에 대한 공부도 짬짬이 했다. 요즘은 집을 어떻게 지을지 궁리해보는 재미가 쏠쏠했다. 올해가 내가 정한 나의 정년이었다. 오는 여름이 지나면 미용실을 내놓을 것이므로 내 은퇴는 여덟 달 후가 아니라 서너 달 뒤쯤일 수도 있다. 가게를 접으면 우선 긴 여행을 떠날 것이다. 더 이상 돌아다니고 싶지 않을 때까지 돌아다녀보다 돌아와 궁리해놓은 대로 집을 지으며 얼마나 될지 모를 내 남은 삶을 다시 시작하자. 계획은 단순했다. 그 단순함을 복잡하게 만들 어떤 일도 하고 싶지 않았다. 누구와도 새로이 얽히기 싫었다.

5층 여자, 6월

장은심. 40세. 미혼. 미용사 된 지 22년째. 미용사라기보다 수녀나 비구니처럼 보이는 여자. 새벽마다 아파트 옆 삼각산을 한 시간 반쯤 걷다 내려와 미용실에 출근한다. 일이 끝나는 시각은 오후 8시 전후. 여섯 딸과 막내아들로 이루어진 7남매 중 셋째 딸이며 실업학교를 다니면서 취득한 미용사 자격증으로 손아래 동생들을 돌보며 나이가 들었다. 한 달에 한 번 미용사들로 이루어진 자원 봉사회 사람들과 미용 봉사를 다니고 특별한 취미는 없다. 단골손님이 많은 화니헤어컷을 보조 미용사 한 명과 꾸리고 있다. 단골손님들은 은심을 환희나 화니로 부른다. 은심의 흰색 중형차는 만날 내 창 밑 화단 앞에 세워져 있다. 그 차가 움직이는 일은 일주일에 한 번쯤이나 될까. 내가 아는 한 그동안 밤을 새고 들어오는 일은 없었다. 그러니까 현재 은심에게 남자가 없을 확률이 높다. 예상했던 바다.

새벽 6시면 어김없이 계단을 내려온 은심이 삼각산으로 가면 나도 집을 나서서 그네 뒤를 따른다. 삼각산은 사방에서 야금야금 먹혀드는, 도시 안의 옹색한 야산이지만 정작 올라보면 굴곡이 꽤 심했다. 산에서건 평지에서건 은심의 보폭은 일정하고 움직임은 고요하다. 산으로 올라가는 오솔길 입구에서 나는 수시로 그네를 놓쳤다. 애초에 은심을 따를 수 있을 거라고 여기지도 않았으므로 나는 거북이처럼 느리게 반 시간쯤 산길을 걷다가 그네보다 먼저 돌아 내려온다. 그렇게만 따라다니고 있음에도 내 체중은 서서히 내리고 있다. 사실 거의 평면처럼 보이는 은심을 관찰하고 있노라면 살이 저절로 빠지는 것만 같았다. 개와 고양이가 붙어 지내면 개는 자신을 고양이처럼 느끼고 고양이는 저를 개처럼 느낀다든가. 지금은 내 일방통행이지만 나중에는 혹 모른다. 은심도 자신을 나처럼 보게 될지. 물론 은심은 내가 저를 뒤따라 산에 다니는 걸 모르고 내가 날마다 밖에서는 보이지 않는 유리를 통해 제 출입을 살피는 것도 모른다. 모르는 게 좋을 것이다. 저와 나, 둘 다에게. 10년쯤 이만큼의 거리로 붙어살다가 불현듯 제 단 하나의 남자와 내 남편이 같은 인물이었다는 것을 알게 된다면 어떨까. 이미 우리는 누가 개이고 고양이인지 구분할 수 없게 되어 있지 않을까.

내 남편과 내 딸. 눈이 내려 밤에 산을 내려오다 계곡으로 추락해 절명한 것 같다는 그들의 주검을 나는 보지 못했다. 시아버지와 시숙들이 그들을 수습해 화장하고 뼛가루를 선산에 묻고 남편의 가게를 처분하는 동안 나는 내도록 앉거나 서서 잠만 잤다. 겨울이 깊어졌다가 물러가고 봄이 왔다가 가는 동안에도 제정신이었던 적이 없었다. 제정신 아닌 정도가 아니라 뇌의 기억 장치를 마구 헤집어놓은 것처럼 반년 정도의 시간이 흐리마리했다. 까맣게 빈 곳도 많았다. 흐리거나 빈 내 머릿속에 들어앉은 건 쓰나미니 지진 해일이니 하는 단어들이었다. 아무래도 그들은 인도양으로 여행을 갔다가 지진 해일에 휘말려 사라진 것 같았다. 그때 주검을 찾지 못한 죽음들이 부지기수지 않았는가. 꼭 내가 표를 끊고 짐을 싸서 그 부녀를 비행기에 태워 보낸 듯했다. 금세라도 그들이 여행 가방을 들고 들어와 집안을 난장판으로 만들 것 같아서 나는 누울 수가 없었다.

허기져 들어올 그들을 위해 끝없이 음식을 만들어야 했고 그들을 기다리며 먹다가 앉아서 또 졸곤 했다. 작년 여름 더위와 함께 정신이 들었을 때 나는 나를 못 알아보았다. 팅팅 불어난 몸통에 긴 머리를 뒤집어쓰고 자리옷 차림새로 유령처럼 서성이는 여자. 《제인 에어》에 나오는 로체스타의 미친 여편네가 그 순간 어떻게 떠올랐는지 모른다. 그 여자의 웃음소리를 들은 적 없음에도 꼭 그 여자인 듯 킬킬거리면서 내가 미쳐 지냈다는 걸 깨달았다. 그 여자를 가둔 사람은 그의 남편이지만 나를 가둔 건 나였다. 그 여자는 진짜 미쳤지만 나는 맘만 먹으면 제정신을 차릴 수 있었다. 나는 살아갈 핑계나 이유만 찾으면 되는 여자였던 것이다.

비로소 남편과 아이의 물건들을 정리했다. 그들이 나가고 난 아침이면 오후나 밤에 돌아올 그들을 위해 청소를 했듯 모든 물건들을 차곡차곡 씻고 말리고 다려서 제자리에 놓았다. 와중에 남편이 속했던 산악회 회원들의 주소록을 발견했다. 쉰세 명이나 적힌 이름들은 대개 남자들이었고 여자는 예닐곱 명 정도였다. 회원들 거주지는 거의 전국적이었다. 내가 아는 이름은 눈에 띄지 않았다. 사실 나는 남편이 산행에서 만나는 사람들에게 관심 가져본 적이 없었다. 아는 이름이 있을 리 만무했다. 장은심이라는 이름을 눈여겨보게 된 것은 순전히 집 주소 대신 주소록에 적힌 '화니헤어컷'이라는 미용실 이름 때문이었다. 머리를 만지기는 해야 하는데 싫어서.

주인들은 절명했는데 저희들은 멀쩡히 살아 내게 돌아와 있던 두 대의 전화기도 정리하기로 했다. 아이 전화기에는 수십 통의 문자 메시지가 기록돼 있었다. 제 아버지를 따라나섰을 때 친구들한테 아빠와 산에 간다고 자랑을 많이 했던가. 아이 친구들 여럿이 그날 보내온 메시지들도 있었다. 아빠하고 무슨 재미로 산엘 가냐는 비아냥거리거나 부럽다는 내용들이었다. 아이 전화기만 가지고도 하루를 울었다. 남편 전화기는 다음 날 열었다. 컴퓨터를 파는 사람답지 않게 남편 전화기 속은 단조로웠다. 백 통 가까운 통화 기록은 수신과 발신 표시만 달랐을 뿐 숫자들로만 채워져 있었다. 아이 전화기를 붙들고는 울었지만 남편 전화기를 붙들고는 욕설을 퍼부었다. 왜 산 따위를 다녀가지고……. 애를 왜 데리고 나가……. 혼자 죽을 일이지……. 제 새끼 하나를 못 지키는……. 내가 하루 종일 퍼붓고도 남을 욕설을 알리라곤 내 자신도 몰랐다. 그러다 발견했다. 끝자리 네 숫자가 산악 회원 주소록의 화니헤어컷과 같은 핸드폰 번호를. 섬광처럼 짜릿하고 뜨겁게 나를 스쳐가는 그 느낌은 이미 예감이 아니었다.

내가 왜 은심 근처로 옮겨오기로 했는지 그때는 몰랐다. 질투는 아니었다. 아니었을 것이다. 세상에 없는 남편의 여자한테 무슨 질투를 느끼랴. 미움도 아니었다. 나는 남편을 미워한 적이 맹세코 한 번도 없으므로 그의 여자도 밉지 않았다. 그렇다고 설마 애정이기야 했을까만, 굳이 핑계를 찾아야 한다면, 은심이 남편과 아이가 남긴 모든 흔적들의 살아 있는 집합체 같은 존재로 느꼈으니 애정 쪽에 가까울 터이다. 그래서 이 아파트 단지 근방 부동산 소개소들에다 이 단지 안에, 이왕이면 은심과 같은 동에 집이 나오면 알려달라고 부탁을 해두고 일주일이 멀다하고 내 쪽에서 확인했다. 들고 나는 집이 많은 아파트 단지였다. 5개월을 기다린 끝에 마침내 은심과 같은 계단을 쓰는 1층에 집이 나왔다는 연락이 왔다.

이사를 와서도 은심과 안면을 트기까지 나한테는 몇 달이 필요했다. 친해지기까지는 두어 달이 더 걸렸다. 아니 아직 친해졌다고 하기는 어렵다. 그저 익숙해졌다고나 할까. 은심은 좀체 속내를 털어놓지 않지만 이제 나를 경계하지는 않는다. 외려 나를 가여워하고 동시에 도와주고 싶어 한다. 그럴 것이다.

그렇지 않겠는가. 나만큼 가여운 여자가 또 어디 있으려고. 남편과 딸을 동시에 잃어버리고 무주공산에 남겨진 여자. 고통에도 지수가 있다 했다. 고통 체감도도 있을 것이다. 면역 지수도 있겠지. 나한테 고통 지수는 내 체감도로 겪기에는 너무 높았다. 나는 일체의 면역성이 없었다. 요즘에야 겨우 면역 바이러스를 배양하는 중이다. 물론 은심은 그것도 모른다. 제 말을 하는 대신 다른 사람으로 하여금 속내를 주절주절 털어놓게 하는 신기한 능력을 가진 그네지만 나도 남편과 딸에 대해 말하지는 않는다. 그래도 각기 혼자 산다는 사실 한 가지로 은심과 나는 이미 동족이었다.

베란다를 높여 거실에 잇고 통유리를 매직글라스로 설치하느라 돈은 좀더 들었다. 대신 오래된 저층 아파트 창 안에서 내가 맨몸으로 춤을 추든 포르노 프로그램을 켜놓고 자위를 하든 거리낄 게 없다. 아무도 들여다볼 수 없는 매직글라스 안쪽에서 내가 주로 하는 일은 뜨개질이다. 하루 두 번 산에 잠깐씩 다녀오고 하루 두 번 밥 먹고 한 번 시장 나들이를 겸한 화니헤어컷 순례를 하고 나머지 시간에는 뜨개질을 한다. 지난달에는 연쑥색 레이스실로 엘리컨트 스타일의 카디건과 둥근 모자를 떴다. 진녹색의 큼직한 단추로 카디건을 마무리하고 모자에도 같은 단추를 한 개 달아 악센트를 주었다. 그걸 종이 상자에 담아 건넸을 때 은심은 몹시 당황했다. 당연한 반응이었다. 나는 은심이 내 예상 범위 안에서 반응하는 게 마음에 들었다. 장차 뜨개질 가게를 해볼 참이라 연습 삼아 뜬 거라고, 그때 손님 소개 많이 해달라는 뜻의 뇌물이라며 안겨주었더니 은심은 마지못해 받았다. 그리고 일주일 만에 최고급 기초 화장품 세트를 나한테 주었다. 너무 깍듯한 그 되갚음이 서운하다 못해 화가 났다. 물론 화를 내지는 않았다. 나는 약간 정상에서 벗어나 있을지는 몰라도 바보는 아니니까.

은심은 내가 떠준 카디건을 한 번도 입지 않은 채 계절을 지나쳐버렸다. 하긴 철에 비해 좀 늦은 감이 있긴 했다. 그래서 새로 뜨기 시작한 옷은 모자 달린 감색 반코트다. 가운데 트임선에다 금박 단추를 달면 예쁠 것이다. 가을이 되면 그네에게 입힐 참이라 요즘 내 손은 바쁘게 설레었다. 내가 어떤 마음인지 모르는 은심은 아침저녁으로 내 집 앞을 지나다니면서도 내 집 문 두드릴 줄 모른다. 나를 제 집으로 청하지도 않는다. 가게에 손님이 드물 시간을 어림해 내가 찾아들면 반갑게 맞아주고 밥 먹었냐며 걱정도 해주지만 나를 제 안에 들여놓지는 않는다. 나를 제 안에 들이지 않는 건 괜찮았다. 나한테 아무것도 묻지 않는 것도 이해한다. 하지만 나를 밀어내게 할 수는 없다. 연민이든 동정이든, 방법은 나를 버릴 수 없게 하는 것이다. 내가 그네에게 적당한 거리를 두고 움직이는 것은 그 때문이다. 나한테 질리게 해선 안 되기 때문에. 그네에게서 버려지면 나는 갈 데가 없지 않은가. 이건 병적이다. 아니 병이다. 하지만 나는 아픈 여자다. 그런 일을 겪었는데 아픈 게 당연하지 않는가. 아픈 사람은 누군가 돌봐야 하고 나를 돌볼 사람은 이 세상에 은심뿐이다.

기다림, 8월

1층 여자의 이름이 하홍연이라 했다. 홍연이라는 이름을 처음 들었을 때 갓 핀 연분홍 연꽃을 연상했다. 얼마나 공들여 지은 이름일까 생각도 했다. 사람은 누구나 귀하다지만 누군가의 이름을 듣노라면 그의 존재의 척도가 달리 보이는 것도 사실이다. 내 큰언니는 덕자이고 작은 언니는 종남이었다. 내 여동생들은 성자, 혜란, 순영이다. 일곱 남매 중 호적에 생년월일이 제대로 기재된 아이는 막내인 국원뿐이다. 놈은 여섯 누나가 싸안아 키운 값을 하느라 대학도 못 들어가고 어정거리다가 지금은 군대 가 있다. 놈이 군대에서 아주 살아주었으면 싶었다. 그도 안 될 거라면 놈이 제대하기 전에 내가 사라지고 싶었다.

날마다 시장 길에 들러 차 한 잔씩 마시고 가는 홍연은 일주일에 한 번 토요일 저녁 무렵이면 내 손님으로 찾아온다. 아이가 둘인 미애가 퇴근하고 손님이 끊겨 가게 문을 닫을까 말까 망설이는 시각에 홍연은 외출할 차림새가 아닌 채 찾아와 머리를 손질했다. 약간씩 다듬거나 파마를 하거나 스카치를 넣거나 구불거리는 머리카락을 곧게 펴거나. 올 때마다 별 말은 없다. 그저 지나가는 투로 질문을 툭 던지는데 그게 대개 내 신상에 관한 것이었다. 몇 살이냐. 몇 살에 미용사가 됐냐. 형제가 몇이냐. 결혼은 했냐. 왜 결혼을 하지 않았냐. 밤에는 혼자 뭐하냐. 취미는 뭐냐. 네 머리는 누가 손질해주냐. 홍연이 심상하게 물으면 나도 심상하게 대답하기 마련이었다. 그렇게 물으면서도 홍연은 제 얘기는 하지 않았다. 나도 굳이 묻지 않는다. 한 자리에서 미용실을 10년쯤 하다 보면 인근 동네 여자들의 별의별 신상을 다 듣기 마련이다. 다 다르면서도 다 같은 이야기들. 굳이 캐어물을 필요가 없거니와 솔직히 홍연에 대한 유다른 관심도 생기지 않았다.

홍연이 넉 달 남짓 토요일 밤마다 찾아오니 오늘도 오려나, 궁금해하는 얕은 습관이 생기기는 했다. 지난 늦봄에 홍연이 레이스실로 뜬 카디건과 모자를 건네오는 바람에 놀랐다. 황당하고도 미안했다. 잘라낸 머리털들이 들러붙기 쉬워 편물 옷을 입지 않는다는 말을 그래서 하지 못했다. 샤워하고 난 뒤에 내 손발 등의 땀구멍에는 손님들의 머리털들이 선인장 가시처럼 박혀 있을 때가 있었다. 가시 같은 머리카락을 핀셋으로 뽑거나 바늘로 후빌 때마다 그것들이 어느새 내 몸에 뿌리를 내린 듯한 착각이 생긴다는 걸 설명하기도 싫었다. 남의 털이 내 몸에서 자라는 상상이 얼마나 소름 돋는지.

남의 옷을 뜨는 대신 제 옷이나 떠 입으면 좋겠다 싶은 홍연은 그 사이 제법 야위었다. 여전히 통통하기는 해도 이사를 왔던 처음에 비하면 다른 사람이다 싶을 만치 살이 내렸다. 눈매가 또렷해졌고 산발이었던 긴 머리카락은 단정해지고 윤기가 흘렀다. 여전히 요새 여자답지 않기는 하다. 오늘 입고 나온 때 아닌 흰 재킷은 유행이 한참 지난 것이었다. 그나마 몸에 작아 단추를 채우지 못했고 머리에는 레이스실로 뜬 흰 모자를 썼는데 전혀 어울리지 않았다. 그네 몸에 덮인 모든 게 하나도 자기 것 같지 않게 겉돌았다. 뜨개질 솜씨로 보자면 자기 몸에 맞는

옷 한 벌 떠내는 정도야 일도 아닐 것 같고 특별히 하는 일 없이 혼자 지낸다는 걸 보면 형편이 궁색해 보이지 않았다. 충분히 몸에 맞는 옷을 사 입을 정도는 되는 것처럼 보였다. 홍연은 꼭 누군지 알 수 없는 대상을 향해 억지를 쓰고 있는 듯했다.

「비엔날레가 열린다면서?」

오늘은 머리를 어떻게 했으면 좋겠냐고 물었더니 마주 보인 거울 속에서 홍연이 생뚱맞게 되물었다. 비엔날레 전시장이 동네에서 가깝기는 했다. 천천히 걸어도 20분이면 닿을 수 있었다. 국립박물관과 민속박물관과 문예회관과 시립미술관 등이 죄 포진한 공원 한 쪽에 비엔날레 전시장도 있었다. 며칠 후 비엔날레가 개막될 거라고 했다. '열풍 변주곡'이라는 이번 비엔날레의 타이틀이 도시 곳곳에서 나부꼈다. 열풍 변주곡이 무슨 뜻일까. 열풍이 뜨거운 바람이라는 뜻이라면 변주곡과는 어떻게 이어지는 것인지. 우리 아파트 단지 게시판에도 나붙은 포스터를 보면서 생각해보기도 했지만 나한테는 의미가 와 닿지 않았다. 지난번 비엔날레의 타이틀은 '물 한 방울, 먼지 한 톨' 이었다. 물이 방울방울 모여 도랑을 이루고 내를 이루고 강이 되고 바다에 닿는다? 먼지 한 톨이 모여 태산을 이룰 수도 있다? 반대로 바다가 물 한 방울로 나누어질 수 있고 태산이 먼지 한 톨로 흩어질 수도 있다는, 그런저런 의미들인가 보다고 고개를 끄덕이긴 했다. 그 비엔날레 막바지 즈음에 도시락을 싸가지고 전시장에 나가 김종상을 만났다. 종일 그와 손잡고 다니며 미술 작품들과 갖가지 공연들을 구경했었다. 사실 비엔날레에 전시된 작품들이 물과 먼지와 어떻게 이어지는지 몰랐다. 관심도 없었다. 그때 내 관심은 김종상뿐이었다. 늘 산에서만 만나다 산 밑에서 만난 그가 새로워 그를 쳐다보기만도 바빴다. 몇 년을 함께 산에 다녔지만 산 밖에서 그를 만난 건 그날 단 하루뿐이었다.

「여기서 가깝다던데, 자기는 비엔날레에 가봤어?」

미용실에 처음 찾아온 날부터 홍연은 몇 년 묵은 단골손님들처럼 나를 향한 말꼬리를 잘라먹었다. 그리고 단골들처럼 나를 자기라 지칭했다.

「못 가봤어요.」

「나도 비엔날레, 아직 한 번도 못 봤어. 여기로 이사온 지 몇 달 안 됐잖아.」

아홉 달이나 지났는데 몇 달 안 됐다는 표현이 맞나 싶지만 나는 입을 다물고 홍연의 머리를 빗겼다. 두피 마사지를 마친 뒤 트리트먼트를 듬뿍 짜내 머리카락에다 골고루 바른다. 파마머리는 수시로 손질해줘야 하는데 홍연은 나한테 들르는 이외에 머리에 전혀 신경 쓰지 않는 듯했다. 내가 사라지면 홍연이 미용실에 오는 시간을 달리할까. 어쩌면 다른 미용실로 옮겨가기 쉬울 것이다. 반경 50미터만 따져도 미용실이 수십 군데니까. 다음 달로 미애한테 미용실을 넘기기로 결정하고 나니 홀가분하기만 한데, 유일하게 이 여자 홍연이 마음에 걸렸다. 보지 않아야 할 홍연의 뭔가를 훔쳐본 것 같은 미안함이랄까. 자식을 낳아보지도 않았는데, 흔들리는 자식 보듯 안쓰럽다고나 할까. 그렇다고 가게 넘겼으니 다음 달부터 미애한테 머리 손질 받거나 새 미용실을 찾으라고 미리 알려주기도 우스웠다. 집을 복덕방에 내놨다고 알려주는 것도 주제넘을 것이다.

「기다림은 그저 습관 같애. 그리움은 관성이고.」

뜬금없는 말을 혼잣소리처럼 내뱉은 홍연은 거울 속으로 내 손의 움직임을 좇고 있다. 응대를 바란 말은 아닌 것 같다. 기다림과 습관. 그리움과 관성. 그에 대해 응대할 말이 나한테는 없었다. 머리나 만질 밖에. 이 단계를 손님들은 즐긴다. 시간이 있을 때는 최대한 길게, 시간 없을 때라도 손님이 시원함을 느낄 수 있을 만치 두피와 머리카락을 아울러 어깨까지 매만진다. 최소한 몇 명의 단골손님은 내가 만져주는 그 느낌 때문에 몇 년째 계속 나한테 온다. 섹스 전 애무보다 훨씬 근사하다고 농담하는 손님들도 있었다.

홍연은 또 잠이 든다. 제 머리를 만질 때 피곤에 겨워 잠깐씩 조는 손님은 있어도 고작해야 1분 정도였다. 홍연은 깨울 때까지 자기도 한다. 곧게 앉아 고개도 떨어뜨리지 않고 자는 홍연을 볼 때면 문득 이 여자는 집에서도 앉아 자는 게 아닐까 상상하게 되었다. 그건 내 몸에서 타인의 털이 자라는 상상만큼이나 무서웠다. 그 때문에 홍연의 짐짓 모자란 듯한 남다름이 꺼림칙했고 나를 향해 뻗는 자신의 손을 애써 감추는 것 같은 조심성도 사막스러워 보였다. 홍연을 그리 여기는 나는 또 짓쩍고 징그러웠다. 그런 내 자신을 숨기기 위해 홍연의 머리에 더 공을 들이는지도 모른다. 잠든 여자의 머리카락을 손질하고 마무리를 짓는다. 구불거리는 모발이 어깨선에 자연스레 내려뜨려져 옷을 제대로 갖춰 입고 화장을 가볍게 한다면 몇 살은 젊어 보일 터였다. 머리 손질이 다 끝나도 홍연은 일어날 줄 모른다. 머리를 감겨줘야 할 텐데, 싫으면서도 나는 그네 옆 의자에 몸을 부린다.

밤 9시. 지금쯤 지리산 중산리 매표소 앞에는 천왕봉에서 일출을 맞이하기 위한 산악회 회원들이 모여들고 있을지도 모른다. 100여 기의 장승들이 한밤중에 모여드는 인간들을 갖가지 표정으로 맞이할 것이고. 새벽 1시쯤 출발하겠지. 칼바위까지 반 시간 남짓, 유암폭포를 지나 장터목에서 라면을 끓여먹고 제석봉을 거쳐 천왕봉에 이르면 5시쯤 될 터이다. 시간이 냉엄한 추위처럼 절절하게 흐르는 한밤중 그 길에서는 풍경이 보이지 않았다. 사람만 볼 수밖에 없었다. 한때 그 길에서의 나는 김종상만 보았다. 아니 내 안에서 점점 커지는 김종상의 방만 보았다. 내 안에 들었던 수백 개의 방들이 좁아지고 쪼그라들거나 형체가 사라진 자리에서 점점 커지던 그의 방. 네 해 전 제야의 그 길에는 온통 눈꽃이 피어나 밤중임에도 눈이 부셨다. 김종상을 발견한 지 1년째 되던 날이었다.

그날 이후 산행은 주로 둘이서만 했다. 한 달에 한 번 등산로 입구에서 만나 길이 덜 난 등산로를 타고 다녔다. 인적 없는 곳에다 2인용 텐트를 치고 야영을 하곤 했다. 야생화가 곱게 핀 숲 속이거나 능선들이 발아래 펼쳐진 산등성이 나무 밑이거나. 상수리 잎이 담요처럼 뒤덮인 골짜기거나 눈이 멀 것처럼 눈이 쌓인 산마루의 바위 밑이거나. 산 밖에 있을 때는 산이 그립고 산 안에 있을 때는 산 밖의 세상이 존재하지 않았다. 그 무렵 그는 나의 산이었다. 내가 그의 산인 걸 믿었다. 그 뒤에는 어쩌면 습관처럼 산행을 기다리고 관성인 듯 그를 그리워했을지도 모른다.

그 김종상이 물 한 방울 스러지듯 가뭇없이 내 곁에서 사라진 지 두 해가 되어간다. 작별에 대한 어떤 기미라도 느꼈더라면 달랐을지. 징후는 일체 없었다. 두 해 전, 막바지에 이른 비엔날레를 보고 난 뒤, 제야 산행 때 보자는 약속을 했을 뿐이었다. 약속한 제야에 그는 지리산 중산리 매표소 앞에 나타나지 않았다. 새해 일출을 맞으려는 산행객들이 줄줄이 산으로 올라갔지만 나는 움직이지 못했다. 주차장 차 안에서 홀로 새해 아침을 맞았다. 그날로 10년 가까운 나의 산행이 끝났다. 산을 잊으니 그의 얼굴도 잊혀졌다. 그의 사진을 보아도 그가 생각나지 않았다. 기다림도 그리움도 잊었다. 기다리거나 그리워하지 않아도 되는 산들이 세상에는 많았다. 하지만 나는 더 이상 산을 찾지 않는다. 그저 집 근처 야산을 운동장 트랙 돌듯 돌 뿐이다.

은퇴, 10월

은심이 산에 다녀와 제 집으로 올라간 지 한 시간이 지났으니 출근을 위해 내려올 때가 되었다. 늘씬한 은심은 늘 단화를 신었다. 그네가 계단을 오르내릴 때는 소리가 나지 않았다. 내

앞집 102호 여자의 방정맞은 발걸음, 201호 남자의 무거운 구둣발 소리, 302호 아이의 공이 튀는 듯한 걸음 등 계단을 같이 쓰는 사람들의 발걸음을 거의 파악했어도 은심의 발걸음 소리는 듣지 못했다. 하지만 은심이 내려와 2층 정도에 이르면 느낄 수 있다. 은심의 기척을 느끼면 내 심박이 빨라진다. 얼굴이 달아오르는 것 같고 아무도 없음에도 혼자 부끄럽다. 남편과 연애할 때도 이랬다. 느린 듯 빠르고 가벼운 듯 무겁게 걷는 은심은 늘 난간을 애무하듯 잡고 계단을 오르내린다. 나는 어쩌면 은심을 사랑하는지도 모른다. 그의 걸음, 소리 없는 웃음, 사람 말을 찬찬히 들어주는 버릇. 듣고는 잊어버리는 직업 정신. 길고 날씬한 몸. 가늘고도 강하고, 서늘한 온도를 지닌 손가락들. 은심은 남편이 사랑할 만한 여자였다. 내 남편의 사랑을 받을 만한 은심의 품성이 나도 사랑스럽다.

지금쯤 내 집 앞을 지나 바깥으로 나가려니 싶어 화단 쪽을 내다보고 있는데 은심이 나타나지 않는다. 이상하다? 내가 착각했나? 기계적으로 움직이던 손가락이 엉켰다. 코가 여러 개 빠졌다. 빠진 코를 바늘에 꿰는데 통통, 현관문 두드리는 소리가 들렸다. 망설이듯, 금세 응답하지 않으면 자는 사람 깨우는가 보다 단정하고 얼른 달아나려는 것처럼 약한 두드림이다. 통통.

조금 전 산에 다녀왔으면서 또 등산복을 입고 내려온 은심을 보자 왈칵 불안해진다. 오늘은 토요일인데, 내가 미용실에 가는 날인데 제가 미용실을 비우면 나는 어쩌라고?

「잠깐 들어올 테야? 아침은 먹었어?」

「아침은 원래 안 먹잖아요. 아홉 시에 동생을 만나기로 했어요.」

「어디 가?」

「시골집에 가요. 내일이 엄마, 아버지 기일이에요. 비워둬서 늘 청소부터 하고 제사 지내거든요.」

「언제 오는데?」

「모레 저녁쯤에요.」

「가게를 사흘이나 비워둬도 돼?」

「미애 있잖아요. 그리고, 사실은 가게를 그 친구한테 넘겼어요. 이번 달까지는 제가 같이 하다가 월말에 빠지려고요.」

가게를 넘겼다는 말은 팔았다는 뜻이다. 그 쉬운 말을 되새기느라 대답을 못하고 있으려니 은심이 다시 종알댄다.

「오래전에 마흔 살을 정년으로 정해뒀어요. 이제 은퇴하려구요.」

「은퇴를 한다고? 겨우 마흔 살에?」

「사십 년 동안 나무같이 한 곳에서만 산 것 같아서 음, 우선 실컷 돌아다녀 보려고요. 제 뿌리를 등에 지고요.」

어디서 숱하게 들었음 직한 상투적인 말을 내뱉고 나서 객쩍은 듯 씩 웃는다. 입매에서 번진 주름이 몹시 거슬린다.

「집은?」

「나갔어요. 내달 둘째 주까지 비워주기로 했어요. 심심하면 이따가 가게 나가보세요. 그 친구 솜씨가 저보다 훨씬 좋아요. 그럼 다녀올게요.」

어제 오후 차 마시러 들렀을 때도 찍소리 없더니 식전 댓바람에 찾아와 하는 말이 정년, 은퇴, 이사다. 그리고 총총 제 볼일 보러 나가버린다. 내 창 앞에 허구한 날 서 있던 은심의 차가 스르르 후진을 하더니 내 시야를 빠져나갔다. 멍하게 창에 머리를 대고 서 있다가 부엌으로 향한다. 40년을 나무처럼 산 것 같다고? 은심을 뒤따라 건너 산에 다니기 시작하면서 끼니를 하루 두 번으로 줄였고 아침 겸 점심을 먹는 게 습관이 되었던 참이었다. 대여섯 달 만에 체중이 20킬로그램 가까이 줄어 남편과 아이와 함께 살 때 입던 옷들이 전부 맞게 되었다. 아직 배고플 시간이 아닌데 허기가 졌다. 11시가 나의 식사시간이었다. 저와 같아지기 위해 얼마나 철저하게 그 습관을 지켜왔는지 제가 알랴. 쌀을 씻다가 턱 내려놓는다. 나는 아직도 누워 못 자는데 은퇴를 한다고? 뿌리를 등에 지고 실컷 돌아다녀? 제 맘대로?

5층 1호, 은심의 집안에 들어가 보지는 않았다. 날마다 두 번씩 5층까지 오르내린 것은 순전히 다리 운동을 하기 위해서였다. 은심의 집은 네 자리 숫자로 열리게 돼 있었다. 화니헤어컷 전화번호 끝자리들로 이루어진 은심의 비밀번호는 나한테 비밀이 되지 못했다. 그저 올라왔다가 아무렇게나 눌렀던 숫자가 열쇠가 되어 툭, 자물쇠가 풀렸을 때 어이가 없어 도로 닫아버렸다. 너무 쉬워 시시했다. 시시하면 재미없지 않은가. 집에 들어가 보고 싶지도 않았다. 손끝이 닳게 일해서 모은 돈으로 동생들 돕고 남은 돈을 차곡차곡 모아 마련했을 21평형 아파트.

그 안에서 내도록 혼자 살았을 여자의 집. 보지 않아도 뻔했다. 지금까지는 그랬다.

예상했듯 은심의 집은 단조롭다. 미색 벽지, 밝은 원목 무늬 바닥, 거실엔 25인치 텔레비전이 덩그러니 놓였고 그 곁 창 쪽에는 키 큰 남천 화분 한 개가 서 있을 뿐이다. 소파 대용의 쿠션 두 개가 놓인 벽에 숲 그림이 그려진 4인용 식탁보만 한 패브릭이 걸려서 그나마 삭막함이 덜하다. 2인용 식탁이 놓인 부엌은 내 부엌보다 단조롭다. 가게에서 끼니를 해결하는 은심이므로 당연하다. 싱크대에 나와 있는 것이라곤 간밤에 사용했을 머그 잔 한 개뿐이다. 두 방 중 하나는 드레스룸인데 양 벽에 행어를 걸고 접이식 격자문을 달아 옷을 수납했다. 옷장 안에 걸린 옷들은 내 예상보다 많은 편이다. 내가 저한테 선물한 두 벌의 옷은 상자에 담긴 그대로 옷장 바닥에 놓여 있다. 한번 걸쳐보지도 않은 것이다. 까닭을 듣긴 했다. 머리카락이 들러붙을까 봐 조심스러워 아껴두고 있다던가. 직업에서 비롯됐을 그 결벽을 몰랐던 건 내 불찰이었다. 일체의 꾸밈을 거부한 화장실은 그야말로 깨끗하다. 흰 타일에 흰 세면대와 변기와 벽에 걸린 수납장조차도 흰색이다. 수납장 안 맨 위 칸에 예비 칫솔이며 치약과 세수 비누가 올려졌고 중간에 수건 넉 장이, 아래쪽에 기초 화장품이 든 바구니가 들었다. 이 정도면 깔끔한 게 아니라 게으르다고 봐야 한다. 신경 쓰기 싫어 모든 걸 통일해버렸다는 혐의가 짙으니까. 정말 볼 것 없는 여자다.

침실이라고 다를까. 오래 묵은 원목 침대에 옥장판이 깔렸고 그 위에 색동 무늬의 흰 차렵이불 한 장이 네모나게 놓였다. 흰 갓을 쓴 스탠드가 놓인 협탁도 원목이다. 보통은 화장대가 놓이는 침대 반대쪽 벽에 좁고 긴 앤티크 풍 탁자가 있어 그나마 볼 만하다. 상판 아래 양쪽에 두 단씩의 서랍이 달렸는데 제법 큰맘 먹고 장만했을 법한 수제품이다. 그 탁자 위에 자그만 액자 하나가 놓여 있다. 가을 풍경이다. 커다란 감나무 밑에서 할머니를 가운데 둔 일곱 남매가 감처럼 천연색으로 열렸다. 화창한 사진이지만 내가 기대했던 풍경은 아니다.

액자를 엎어 사진 고정 핀을 세우고 겹친 사진이 있나 살피니 역시나 있다. 지나간 사람이라 이거지? 그리 쉽게 지나가 버리면 안 되는 아냐? 세상이 아무리 초고속으로 흐른다지만 저나 나나 홀로 천천히 흘러가는데 왜 좋았던 것들을 애써 처박아. 사진은 흐리다. 아니 흐린 날에 찍은 사진이다. 수피가 남김없이 사라진 흰 주목나무 밑에서 등산복 차림새의 여자가 남자 팔짱을 끼고 남자를 쳐다보며 웃는다. 남자는 여자 쪽으로 고래를 살짝 기울인 채 환히 웃고 있다. 당연히 여자는 지금보다 젊은 은심이다. 그리고 남자는, 이상하다? 내 남편 권재용이 아니다. 아닌 것 같다. 아니 모르겠다. 나는 그 사이 내 남편의 얼굴을 잊은 게 틀림없다.

고사리 장마

소강상태

지난 사흘간 전국 곳곳을 흐리게 했다던 안개와 바람이 오늘은 얼추 개거나 그쳤다. 내가 탔던 비행기는 김포에서 제시간에 출발해 예정된 시각에 제주공항에 착륙했다. 두 시간 전이었다. 류씨가 타기로 했던 비행기는 한 시간 전에 착륙했다. 류씨는 도착 홈에서 나오지 않았다. 공항 청사 안에는 어제 안개 때문에 발이 묶였던 사람들이 떠나오거나 떠나가느라 바글바글 끓었다. 공항 안내원은 오늘 결항한 비행기가 없고 연착한 비행기도 없노라고 서글서글하게 설명해주었다. 요즘은 가는 데마다 친절한 안내원들이 있었다.

류씨와 처음 만났던 작년 여름, 금강산에도 안내원이 많았다. 그는 내가 속한 학교와 같은 재단 고교의 교사였다. 여행 경비 절반을 재단에서 댄다며 금강산을 관광할 교사들을 모집

했을 때 그와 나는 접수 순위가 비슷해 버스 좌석의 짝이 되었다. 겨울 금강산에 다녀온 뒤 두 번째라던 그는 나한테 안내원 같았다. 폭포 앞에 서면 그곳에 만들어졌던 빙벽의 모습을 설명해주었고 옥빛 물결이 찰랑이는 연못에 이르면 얼음 연못을 묘사했다. 기암괴석에 얽힌 전설들을 경력 17년차 교사답게 차분하게 들려주기도 했다.

제주공항에서 둘이 만나면 차를 빌려 섬을 일주하기로 했다. 신혼여행 이후 제주에 가본 적 없다는 나한테 안내원이 되어줄 터이니 한 시간 먼저 도착해 차 한잔 마시고 있으라던 남자는 오지 않았다. 어쩌면 못 왔을 것이다. 류씨와의 결별이 멀지 않았음을 나 또한 예감했던 터였다. 다만 이번 여행 이후 어느 시점에 내 쪽에서 그에게로 난 문을 먼저 닫게 되겠거니 생각해왔다. 내 뜻대로 진행되었던 남자들과의 작별이 언젠가부터 내 의지와 상관없이 닥쳤다. 그 사실을 수긍하기 위해 청사 안을 쥐잡듯 훑고 다녔다. 그의 전화기는 전원이 꺼져 있다고 전화 속 안내원이 여러 번 자상하게 읊어 주었다. 참 친절한 세상이다.

안개와 도둑

달모 선배는 중학교 입학할 무렵에야 자신의 이름이 진달막이 아니라 진달모란 사실을 알았다. 계집아이 이름에만 쓰일 법한 달(妲)자와 없을 막(莫)자가 아니라 저물 모(莫)라고 기재된 호적 초본을 처음으로 구경했을 때였다. 조부가 호적에 이름을 올릴 때 차마 없을 막자를 쓰지 못하고 저물 모자로 실었다는 사실도 같은 날 들었다. 딸은 그 하나로 저물기를 바랐건 다음에 태어날 아이에 딸이 없기를 바랐건, 첫 자식을 딸막이로 불렀던 온 집안사람들의 염원은 하늘에 닿았던가. 달모 이후 태어난 네 명의 아이는 죄 아들이었다. 막이나 모가 뭐가 다르니? 갈갈갈 웃던 선배는 재학 7년차의 졸업반이었다. 세 번의 휴학을 거쳐 복학한 그는 동아리 방의 최장 근속자이기도 했다. 동아리 새내기들한테 달막이가 어려우면 그냥 막이라 부르라던 그는 스물여덟 살에야 졸업을 했고 이듬해 제주도 여행을 왔다가 눌러앉아버렸다. 그 무렵에, 까마득한 후배인 나한테 막이 선배가 편지를 보내온 건 뜻밖이었다.

며칠 동안 혼자 한라산 구석구석을 돌아다니는데 안개가 내내 걷히지를 않더라. 뼛골 깊이까지 안개 입자가 박혀드는 게 숨 쉴 때마다 느껴지는 거야. 산을 내려왔는데도 안개 천지더라. 어차피 비행기도 배도 못 뜬다기에 아예 일주일만 더 있자 싶어 민박을 정해 들었지. 여긴 함덕 바닷가 마을이야. 아무래도 당분간은 여길 못 뜨지 싶다…….

어제 공항에서 류씨를 세 시간 기다리다 돌아섰다. 그와 이삼 일을 보낸 뒤 잠깐 얼굴이나 보고 떠나려 했던 막이 선배 이외의 대안이 나한테는 없었다. 전화를 하고 나서 공항에서 한 시간을 더 버텼더니 막이 선배가 왔다. 평생 화장이라곤 해본 적 없는 얼굴이 볕에 그을려 검은데다 염색한 적 없는 짧은 머리는 반백이었다. 그럼에도 선배가 여덟 살이나 아래인 나보다 젊어 뵈는 까닭이 뭔가. 1년여 만에 만난 그를 보며 궁리하다 깨달았다. 그의 눈동자 때문이었다. 흰자위는 희고 검은 동자는 검은 그의 눈빛이 나이답지 않게 맑았던 것이다. 한 시절 감청 빛으로 반짝였을 그의 차는 10여 년 묵었다는 것을 증명이라도 하려는 듯 털털거리며 움직였다. 길 주변에 아스라이 핀 벚꽃들에 눈이 멀 것 같았다.

나를 구엄리 바닷가 마을의 집으로 데려온 선배는 나한테 커피 끓이라는 주문을 하더니 구닥다리 차체에 잔뜩 묻은 진흙들을 물로 씻어냈다. 차를 다 닦고 난 선배의 자그마한 몸피가 물속에 들어갔다 나온 것처럼 후줄근했다. 그 차림새로 그는 내가 끓여낸 커피를 후룩 마시고는 오후 6시인 자신의 출근 시각에 맞춰 차 열쇠를 꺼내 들었다. 현재의 그는 유흥가 여성들을 위한 쉼터에서 사감 노릇을 하며 밥벌이를 했다. 밤에 출근하는 여자치곤 행색이 좀 엉성하긴 하지? 차를 후진시켜 마당을 빠져나가는 그는 이른 밤 인사를 그렇게 남겼다. 내 앞에는 무한대처럼 느껴지는 시간과 주인 없는 집이 남았다.

대문은 없으나 구멍이 숭숭 뚫린 검은 돌담을 두른 뜰은 넓고도 말끔하다. 분홍빛 모과 꽃이 만개했고 매화가 스러진 자리에는 콩알만 한 매실이 조랑조랑 열렸다. 대추나무는 이제 막 움틀 준비를 하느라 기지개를 켰다. 화단에는 매발톱이며 할미꽃 등의 야생화들이 소담스레 피었고 뜰 곳곳에 엎드려 놓인 황토빛의 항아리들은 석양에 내놓은 아낙들의 엉덩이처럼 수줍게 빛났다. 화사한 봄 뜰에 비해 다 쓰러진 헌집을 사서 헐고 새로 지었다는 선배의 집은 자그맣고 엉성했다. 시멘트 벽돌에 바른 석회는 곳곳이 떨어져 나갔고 문짝들은 손가락으로만 밀어도 구멍이 날 것처럼 얇았다. 그 허랑한 집에 어울리지 않게 뒤주며 사방탁자 등 전통 양식의 가구 일색이 낯선 손님들처럼 어색하게 끼어 있었다. 10여 점이나 되는 그림들도 마구잡이로 걸린 채였다. 책장을 가득 메운 책이며 집안의 물건들 대개가 지인들이 들고 와 채워 놓은 것이라 했다.

선배의 서가에서 진달모 시집 세 권과 산문집 한 권을 발견한 건 예닐곱 시간에 걸친 집안 정리를 마치고 차 한 잔을 끓인 뒤였다. 선배의 작품집들을 발견하고 내 가슴이 아픈 까닭이 뭔가. 선배가 이렇게 차곡차곡 글을 쓰고 있는 줄 몰랐던가. 그건 아니었다. 1년 한 차례쯤 서울 나들이 때 나한테 와 묵으면서도 선배는 자신의 글에 관한 이야기를 좀체 하지 않았다. 어쩌면 내가 유의하지 않았을 것이다. 나는 그가 제주 문인 단체 언저리에 있는 까닭이 여성 단체에서 활동하기 때문이려니 했다. 늘 선배에 대해 잘 알고 있다고, 내심으로는 내가 뻔하게 살듯 그이 또한 그럭저럭 나이 들어가는 것이겠거니 여겼다. 그랬는데 시집 세 권에 산문집이 한 권이라니. 질투인 것 같았다. 때문에 그의 책들을 펼치는 데 용기가 필요했다. 나는 임용고시 준비를 시작했던 대학 2학년 이후 글 쓰겠다는 생각을 거의 해본 적이 없었다. 포기했던 것이다. 시를 쓰고 싶다는 열망에 대한 기억조차 남아 있지 않은데 머릿속으로 싸한 안개 같은 것이 밀려들었다. 시집을 펼치는 것보다 산문집 〈고사리 장마〉를 들추는 게 그나마 쉬웠다.

안개 때문에 제주에 묶인 진달모가 처음 하게 된 일은 민박집 주인 할머니한테 한글 가르치기였다. 1주 예정이 1년으로 비약된 것은 글자를 읽지 못하는 여인들이 야금야금 모여들기 시작했기 때문이었다. 별수 없이 일주일에 한 번씩 이웃 마을들을 찾아다니며 야학을 열었다. 그 야학들을 세 해가량 지속하는 동안 그는 농가에서 품팔이를 하면서 생계를 이었다. 야학을 그만둔 건 때 아닌 제주 4·3 사건 때문이었다. 따로 정한 거처나 기한 없이 야학이 열린 집에서 번갈아 묵다 보니 자연스레 옛날이야기를 나누게 되었고 제주 노인들의 옛이야기에는 4·3 사건 때의 정황들이 저절로 묻어나왔다. 진달모는 그들의 이야기를 차근차근 기록했다. 어느 밤 안노인 네 명과 밥상을 가운데 놓고 글자 공부를 하다가 이야기판을 벌이고 있는 집으로 순경들이 들이닥쳤다. 진달모의 사상이 불순하다는 신고가 접수되었다고 했다. 그길로 연행되어 구치소에서 한 달가량을 살았다. 하룻밤 해프닝으로 끝났을 사건이 한 달이나 지속된 것은 진달모가 대학 시절 운동권이었다는 전력이 작용했기 때문이었다. 그는 전과 3범이었다.

야학에 정이 떨어졌거니와 계속할 수도 없게 된 진달모는 부모에게 애물단지 치우는 셈 치고 도와달라 청원했고 서귀포시에 찻집을 열었다. 찻집을 열자 제주 문인들이 찾아들었다. 제주 문인들을 따라 섬 바깥의 문인들도 수시로 왔다. 제주를 통

틀어 가장 유명해지는가 싶던 찻집은 그러나 4년 만에 문을 닫았다. 글쟁이들이 그어댄 외상 빚을 감당하지 못하고 주저앉은 것이다. 빚잔치를 하고 나서 진달모는 식당 종업원이 되었다. 쉬는 날이면 산과 들과 바닷가를 쏘다녔다. 식당 종업원 3년여 만에 시골에 내버려져 있던 폐가를 샀다. 그는 마당에다 공사장에서 주워온 폐석으로 디딤돌을 놓고 그 새새에 떼를 입혔다. 마당 둘레 화단에다 제주 재개발 바람 때문에 절멸 위기에 놓인 풀꽃들을 옮겨다 심었다.

집에 도둑이 든 것은 진달모가 제주에 머무른 지 13년이 되던 해 봄 밤이었다. 안개가 제주 전역을 꽉 채워 천지 분간이 안 되던 밤. 진달모는 여성의 쉼터 간사로 쉼터 여성들과 밤을 난 뒤 집으로 돌아왔다. 휑한 집안에 안개만 남실거렸다. 2천여 권에 달했던 책들이 한 권도 남김없이 다 사라져 집안이 사막처럼 넓어져 있었다. 밤이면 진달모가 집을 비운다는 것과 그가 가진 게 책밖에 없음을 아는 누군가가 마당에 트럭을 대놓고 이삿짐을 옮기듯 그의 40여 년을 통째로 실어간 것이었다. 그가 헌책방에서 무더기무더기 묶인 자신의 책들을 발견한 건 한참 뒤였다. 헌 종이 값으로 고물상에 넘겨졌다가 헌책방으로 흩어진 자신의 생이 진달모는 뜻밖에도 홀가분했다. 불현듯 날개가 돋은 듯했다. 가벼워진 그는 하던 일을 계속하며 살았다. 황혼이 되면 유흥가에서 피신해 온 여성들의 쉼터로 출근해 그들을 보살피면서 그들과 함께 재활을 모색했다.

미혼인 채 쉰 살이 코앞이지만 이따금 이성과의 사랑을 꿈꾸기도 한다. 현재의 진달모를 그 모습 그대로 아름답게 봐주는, 현재 모습 그대로 아름다운 남자와의 사랑. 그건 지나치게 까다롭거나 비현실적인 꿈이라서 실현 불가능하리라 것도 안다. 하지만 진달모는 자신을 몹시 사랑하는 까닭에 세상에 자신을 맞출 수가 없다. 그저 생긴 대로 살면서 자신이 할 수 있는 만큼 움직이다가 안개 걷히듯 이 세상에서 물러날 것이다.

〈고사리 장마〉를 다 읽고 나니 새벽 3시 반이다. 안개 걷히듯 세상에서 물러날 여자의 방에 파도 소리가 스며들었다. 먼 듯 가까운 듯 키질 소리처럼 다가왔다가 멀어지는 소리들. 사람이 멀어질 때는 소리가 없다. 그저 도둑이 트럭으로 살림을 실어 내버리는 것 같은 빈 자국이 사막처럼 남을 뿐이다.

이혼한 지 2년 만에 사물놀이 연수를 받으러 갔다가 남자를 만났다. 남편 이후 처음으로 내 눈에 띈 남자였다. 나를 발견해 준 남자이기도 했다. 성창경. 동그라미 세 개로 굴러가는 듯한 그 이름을 발음할 때면 기분이 맑아지곤 했다. 나지막하면서도 힘찬 목소리가 듣기에 참 좋던 사람이었다. 성씨의 아내가 퇴근 무렵의 학교 앞으로 나를 찾아 온 건 그가 내 집에 드나든 지 반 년쯤 되었을 때였다. 자기 남편을 만나지 말라는 그의 아내에게 나는, 성씨의 바람은 나 아니었어도 어디론가 불었을 거라고 말했다. 금세 지나갈 바람이니 잠시만 기다려달라고, 잠깐만 그를 공유하자고 했다. 다 가지지 못할 바엔 반씩이라도 나눠 갖자. 언젠가 봤던 영화에서 비롯된 생각이었지만 내 감정을 사랑으로 채색하기 위한 과장이기도 했다. 내가 어떤 식이었든 그이로서는 모욕이었을 터였다. 내 말이 채 끝나기도 전에 내 얼굴에 물이 끼얹어지고 미친년이라는 욕설이 덮씌워졌다.

컵에 든 물을 나한테 끼얹고 자리를 박차고 나갔던 성씨의 아내는 여덟 달 뒤쯤에 다시 학교 앞에 와 있다고 전화를 해왔다. 남자의 아내와 한때의 정부가 만나 무슨 말을 나눌 것인가. 만날 이유가 없다고 뻗댔더니 교무실로 들어오겠다고 엄포를 놓았다. 사립 여학교였다. 교사의 이혼은 그럴 수도 있으려니 하겠지만 적나라한 불륜은 사태였다. 성씨의 아내는 교문이 건너다보이는 찻집에 앉아 있었다. 그이 맞은편에 앉는데 창밖에서 하굣길의 아이들이 뭉게뭉게 주변으로 퍼져 나가는 게 보였다. 커피를 한 잔씩 받아놓았을 때 나를 빤히 쳐다보던 그이 눈동자가 벌게지더니 눈을 깜박이지도 않았는데 눈물이 볼을 타고 주르륵 흘렀다. 나보다 다섯 살 많다는 그이가 나보다 젊어 보였다. 울고 있는데도 아름다웠다. 손을 뻗어 그의 눈물을 훔쳐주고 싶었다.

우리 애들 아빠를 당신하고 공유하는 일, 도저히 더는 못하겠어. 집에 들어오지 않은 게 벌써 일주일째야. 당신 집으로 퇴근을 한다더군. 내가 물러날 테니 당신들 둘이 살아. 대신 우리 애들은 당신들이 맡아 키워줘. 내가 그만큼 애원했는데도 못 헤어질 만큼 당신들의 사랑은 굳건해 보이니까 그 사랑으로 애들 키우면서 살라고. 당신은 아이도 없다면서?

잠긴 목소리로 그이가 사뭇 조용하게 말했을 때, 졌다 싶었다. 그이를 이기려고 해본 적이 없음에도 열패감이 찾아왔다.

성씨와 나는 이미 미련조차 남길 수 없는 최악의 모습으로 끝난 상태였다. 남자는 나를 만나기 전부터 학교 수업 중간 중간에 컴퓨터를 통해 증권 시장을 드나들었던가 보았다. 성씨가 내 통장과 도장을 들고 나간 걸 나는 일주일 뒤에 그에게 전화를 받고서야 알았다. 집 이외의 내 전 재산을 들고 나간 그가 뇌까렸다. 미안해. 금세 갚을게. 그 순간 나는 그가 통장 비밀번호를 어떻게 알았는지가 궁금했다. 그는 내가 남편과 함께 썼던 묵은 의료보험증에서 내 전남편의 생년월일을 보았고 그 생일을 대입해보았노라고 솔직하게 털어놓았다. 충동적으로 들고 나간 게 아니라 준비한 절도였던 것이다. 아니 내가 키운 도둑이었다. 그날 성씨의 아내한테 그가 훔쳐간 돈에 대해서는 입을 다물었다. 나한테 남은 유일한 자존심이었다. 그저 그와 끝난 지 석 달이 넘었으며 미안했다고 진심으로 사과했다.

혹시 오늘밤 이 바닷가 마을 진달모의 집에 또 밤손님이 들지도 모른다. 나도 밤손님이다. 준비 없이 드는 도둑이 어디 있으랴. 하지만 사흘 굶은 집에도 밤손님이 들고 갈 것은 있다는 말이 무색할 지경으로 이 집구석에는 내가 훔쳐갈 게 없다. 훔칠 것 없는 집은 사막 같다. 사막이 쓸쓸하고 무서워 온 집안의 불을 다 켜고 보일러를 가동시켜 놓고는 선배의 하나밖에 없는 방에 이부자리를 펴고 눕는다. 혹시 밤손님이 든다면 훔쳐 갈 것은 나뿐이리라. 내 체중이라야 헌 종이 값에도 못 미칠 것이므로 내가 버려질 곳은 고물상이 아니라 세상 밖이기 십상일 터이다.

바람개비

사내들한테만 미친년인 줄 알았더니 얘가 완전히 우렁이각시네.

언제 차 소리를 들었던가. 퇴근해 온 막이 선배가 뇌까렸다. 곁에서 담배 냄새를 맡은 것 같은데 어느새 바깥에서 기척이 난다. 누군가와 이야기를 나누는 모양이다. 허술한 벽과 얇은 문을 통해 소리는 들리는데 알아들을 수는 없다. 바깥의 그들은 제주어로 대화하는가 보았다. 방 안엔 아직 선배의 담배 냄새가 남았다.

「얘, 신아야, 엄신아. 그만 자고 일어나. 할 일이 태산이다.」

우렁이각시라 부르더니 부려먹기로 아예 작정을 했나 보다. 선배 목소리는 크고 당당하다. 방바닥이 절절 끓는다. 긴 노동과 따뜻한 방 덕분에 아주 푹 잤다. 그래도 매타작이라도 당한 것처럼 온몸이 쑤시고 저린다. 간밤에 아무렇게나 놓였던 빈 가구들을 끌거나 밀면서 내 식으로 정리했다. 잡다하게 흐트러진 물건들을 빈 가구들 속에다 수납하고 그림들을 다시 걸었다. 서가에 두서없이 꽂힌 책들을 장르별로 분류해 다시 꽂았다. 그 와중에 밀려나온 먼지들을 뜨거운 물에 걸레를 빨아가면서 끝없이 훔쳤다. 선배가 벗어서 아무 데나 내던져놓은 옷들을 그러모아 종류별로 세탁해 침실에 널었다.

남편하고 살 때는 집안일을 시댁에서 보내오는 아주머니가 대신해주었다. 아주머니는 내가 출근한 뒤 우렁이각시처럼 나타나 내가 할 일을 대신 해놓고 내가 퇴근하기 전에 사라졌다.

남편이 좋아하는 더덕북어찜이 냉장고에 들어 있는 날은 시어머니가 가정부 아주머니와 함께 다녀간 날이었다. 그런 날은 내가 좋아하는 백김치도 통으로 냉장고에 들어 있기 마련이었다. 내가 당신 아들과 이혼했다는 사실을 알게 되기까지 시어머니는 나한테 몹시 공을 들였다. 이혼 뒤 집이 나한테 남겨진 것도, 학교에 그냥 남을 수 있게 된 것도 시어머니의 마음 씀이었다. 혼자 살게 되면서 밤이면 수시로 가구를 옮기고 책들을 서가에 되꼽고 빨래를 하고 다림질을 했다. 하루 한 가지씩의 반찬이라도 공들여 만들어 먹었다. 집안 살림에 이골이 나자 남자가 눈에 띄기 시작했다. 그들을 차례로 끌어들여 그에게 싫증이 나거나 남자가 나한테 싫증을 낼 때까지 먹이고 씻기고 재웠다. 한 남자와의 시간은 두세 달에서 1년쯤 걸렸다. 최근에 만났던 류씨하고는 8개월 만에 끝났다.

밖엔 이슬비가 안개처럼 내리는 중이다. 선배는 처마 밑에다 얼갈이배추를 몇 아름이나 됨 직하게 쌓는 참이다. 선배의 돌담 옆 밭에서 배추가 자꾸만 넘어왔다. 쉼터에 가져가기 위해서 얻는 거라고 했다.

「현재 쉼터 식구가 몇인데 배추를 이렇게 많이 얻어요? 그리고 이걸 정말 그냥 얻는 거예요?」

「아니, 저 밭에 이 배추 모종할 때 쉼터 아이들 몇 데려와서 일을 도왔어. 도왔다기보다 놀았다고 해야 맞겠지? 아이들이 얼마나 즐거워들 하던지. 아랫도리를 파는 맛보다 일하는 즐거움이 얼마나 큰지를 깨닫는 것 같았달까? 근데 또 한 번의 내 착각이었어. 어느 일이라고 그렇지 않을까만 일단 그 쪽으로 들어선 애들한테 가장 쉬운 건 결국 제 몸 굴려먹는 일인가 보더라. 그 아이들 특성이 머리나 맘 쓰는 걸 싫어하는 것이거든. 몸 쓰는 건 간단하고도 쉬운데 머리를 쓰면 복잡해지고 마음을 쓰면 다치니까. 백 가지 핑계를 대야 하고. 그런데 자기 인생을 왜, 누구를 위해서 변명해? 그래 봐야 아무 소용이 없는데. 아이들 재활은 힘들어. 몸 팔아먹기 힘들 때까지, 그런 계기가 생길 때까지 죽지 않고 사는 게 다행인 거지. 쉼터 역할이 그것이고.」

「실무자가 너무 비관적인 견해를 갖고 계신 거 아니에요?」

「나도 거기서 몇 년을 구른 뒤에야 겨우 인정했지만, 내 견해가 비관이거나 낙관이거나 그 아이들한테는 상관없어. 나는 그냥 쉼터에 오는 아이들 먹이고 재우는 거야. 쉼터 와서 보름, 한 달을 쉬고 난 담에 그 아이들이 도망치듯 가는 곳이 대개 다시 그쪽이니까.」

자신의 일에 비관하는 정도가 아니라 냉혹하다 싶지만 나는 그야말로 아무 상관이 없었다. 상관없는 그들을 위해 빗물이 줄줄 흐르는 배추를 만져야 하나 싶어 심란할 따름이다. 나는 우렁이각시가 아니라 나한테서 또 한 남자가 떨어져 나갔음을 수긍하지 못해 밤새 광란하듯 일을 벌인 미친년일 뿐이었다.

「여기서 김치를 담아 가시게요?」

「아니, 배추를 실어다만 주면 돼. 집에 찍어먹을 거라곤 말라붙은 된장 고추장밖에 없을 텐데, 어쩔래? 이걸로 겉절이라도 해서 밥 먹고 나갈까, 나가서 사먹을까?」

「보통 때 선배는 어쩌시는데요?」

「나야 귀찮아서 아침 안 먹고 살지.」

그의 새까만 얼굴은 낮이면 노상 밖으로 쏘다니느라 그러는가보다 했지만 지나치게 마른 몸피는 왜인가 싶었는데 까닭이 있었던 것이다.

「하루 두 끼 먹고 살면서도 여태 부자가 못 되신 게 신기하네요.」

비꼬아 주고는 배추 두 포기를 들고 안으로 들어왔다. 배추 꼭지를 잘라 씻어 소금을 뿌려놓고 밥을 안친다. 그래도 어떻게 쌀과 소금은 있네요? 밖에 있는 사람에게 소리쳤더니 이 집에 주인 없이 묵어가는 인간들이 남긴 흔적이라는 대답이 들려온다. 어울리지 않는 바비큐 장구들이며 일회용 물건들이 많은 이유가 그 때문이었던 것이다. 한 시간 만에 내가 차려낸 밥상은 나름의 구색을 갖췄다. 된장 배춧국에, 얼갈이배추 겉절이에, 멸치 한 줌을 땅콩과 함께 조렸고 마른 김에 양념을 해 구웠다. 깡통에 든 쪽파와 깻잎 장아찌도 솜씨 부려 차렸다. 간밤에 온 집안을 뒤집어 정리한 덕에 주인한테 뭐가 어디 있는지 물을 필요도 없었다. 물어봐야 알기나 하랴.

「야아! 너 진짜 우렁이각시 같다. 이리 살림을 잘하는데 왜 소박맞고 이놈 저놈 품을 화냥년처럼 돌아다니니?」

식탁도 없어 거실의 앉은뱅이 다탁에다 화사하게 상을 차려놨더니 칭찬이라고 하는 말이 소박맞은 화냥년이란다.

「신아 너 소박맞은 이유, 나한테 말한 적 있니?」

내가 이혼했다고 했을 때 선배는 이유를 묻지 않았다. 물었어도 당시에는 말하기 싫었을 것이고 나중에는 할 말이 없었을 것이다.

「남자 여자 헤어지는 데 싫어졌다는 거 말고 이유가 어딨어요? 식사나 하세요.」

스물다섯 살, 발령 받은 이듬해. 봄 학기가 시작됐을 때 교장이 불렀다. 이사장의 아들과 맞선을 보겠냐는 제의였다. 앞선 일 년간 스무 번도 넘게 맞선 제안을 받았고 아직 생각 없다면서 다 거절했던 참이었다. 대학 전임 강사라는 말보다 이사장 집안사람이라는 말에 혹했다. 늘 뭔가가 약간씩 모자란 평범한 집에서 자라면서 계집은 몸 간수를 잘해야 한다기에 아직 처녀였고 여자 직업으로는 선생이 최고라기에 교사가 되었던 나였다. 이사장 집안사람과 맞선을 보고 혹시 결혼하게 된다면 그 사실을 발설하지 말라는 교장의 제안은 동화 속으로 걸어 들어가는 듯 흥미로웠다. 계모도 유리 구두도 없이 신데렐라가 되는 것 아닌가. 신데렐라가 되지 못한다고 해도 나한테는 어떤 시작이었다. 그 시작이 평범하지 않아도 좋을 것 같았다.

교장과의 면담 뒤 나는 예고 없이 남자가 속한 대학교의 연구실로 찾아갔다. 그는 내가 제 학생이 아닌 걸 대번에 알아챘다. 예상보다 너무 젊고 기대했던 것보다 너무 예쁘군요. 그런데 내가 서른다섯 살이고 이혼 경력이 있다는 걸 알아요? 찻잔을 건네주며 말하던 그는 어른스러워 보였다. 약간 마른 듯한 보통 체구에 평범한 생김새였지만 모자람 없이 살아온 사람다운 귀티가 은은하게 배어났다. 웃어도 웃음기가 느껴지지 않는 눈빛이 어둡기는 했어도 내면이 무한히 깊어 보였다. 왜 이혼했을까 싶을 만큼 단정한 사람이었다. 넉 달 만에 별 다섯 개짜리 호텔의 디너 홀에서 조용하게 결혼했다. 학교에서 내가 재단 설립자의 손자와 결혼한다는 사실을 안 사람은 신랑의 숙부인 교장뿐이었다.

남편이 10년째 항우울제를 복용하고 있다는 사실을 신혼여행 가서 들었다. 감기약 먹는다는 것처럼 심상하게 여겼다. 결혼 두 달 만에 수면제를 과다 복용한 남편을 병원으로 옮긴 사람은 나였다. 많이 놀랐지만 실수라기에 그런가 보다 했다. 10여 년만에 런던 유학에서 돌아와 대학 강사가 되었다는 그와의 일상은 대체로 평범했다. 시댁에 일이 있으면 갔고 친정에 일이 있으면 함께 다녔다. 그의 자살 시도가 취미는 아닐지라도 1년에 한 차례쯤 치르는 의례 같은 것임을, 그가 환자임을 인정하게 된 건 그와 산 지 3년째 나던 봄이었다. 경주로 아이들 수학여행을 따라갔다가 남편한테 전화를 했더니 받지 않았다. 그는 자신과 연락이 되지 않으면 내가 어떤 불안에 시달리는지 아는 사람이었다. 그리고 그걸 무시할 수도 있는 사람이었다. 경주에서 택시를 대절해 집으로 갔다. 남편은 한껏 늘어져 있었다. 치사량은 아니었던지 그는 깊은 잠을 자고 일어난 듯 이틀 만에 깨어났다. 나와 결혼한 뒤로 네 번째였다. 그는 또다시 우연한 약물 과용이라 변명했지만 나는 그에게 정이 완전히 떨어졌다. 왜 잠이 오지 않고, 왜 사는 게 우울한지, 왜 수시로 죽음에 대한 유혹을 느끼는지 이해할 수 없었거니와 더 이상 궁금하지도 않았다. 어떤 연민도 생기지 않았다. 스스로 의도한 죽음에 실패한 남자는 산송장 같아 함께 누울 수 없었다. 한 시간 뒤에라도 약물을 과용할 사람 같아 마주 웃기도, 함께 밥을 먹기도 싫었다.

남편은 도저히 같이 못살겠다는 나를 놓아주고 런던으로 건너갔다. 이혼을 하고 거리가 생기니 외려 그가 남편 같아졌다. 그에게선 한 달에 두어 번꼴로 연락이 왔다. 그가 작정하고 간 3년이 지나 돌아오면 다시 함께 살 수 있겠다 싶을 만큼 무던한 목소리로 그는 늘 나를 염려했다. 그가 꿈꾸는 죽음의 그림자에 눌렸던 내 사랑이 뒤늦게 기지개를 켜고 일어났다. 그의 우울이 비로소 걱정되기 시작했고 때때로 그가 사무치게 그리웠다. 보고 싶어. 당신을 안고 싶어. 새순처럼 돋는 그리움을 아끼지 않고 표현했다. 전화가 일주일에 두세 번 꼴로 잦아졌다. 겨울 방학에는 그를 보러 런던으로 가기로 했다. 여행 비자를 만들고 표를 끊으려는데 연락이 되지 않았다. 그가 끝내 약물을 과용한 주검으로 발견되고 화장되어 돌아와 가족 묘지에 묻혔다는 소식이 나한테 들려오기까지 한 달 정도가 걸렸다. 남편의 이름이 적힌 묘비를 혼자 구경하는데 눈물 대신 기침이 났다. 그날 그의 무덤에서 얻은 폐렴을 나는 남은 방학 내내 앓았다.

「선배, 우리 밥 먹고 나면 뭐 하실 거예요? 저도 따라다닐래요.」

「해안 도로 죽 타고 가다가 신창리 풍력발전단지 쪽에서 잠깐 할 일이 있어.」

「뭔데요? 제가 따라가도 되는 일이에요?」

「그쪽에, 뚜껑별꽃이라고 언제 사라질지 모르는 풀꽃이 있어. 다른 사람들한테는 그저 잡풀로만 보일 식물이고, 너무 작아서 돋보기로 봐야 할 꽃이지만 사실 귀한 거거든. 보랏빛 꽃잎 안에 주황빛 꽃술이 들었는데 너무 작아서 눈물겹게 이뻐. 그걸 캐다 심을 셈이야. 그 일 뒤에 쉼터 가서 배추 넣어주고 돌아오는 길에는 고사리를 뜯어야지.」

「뭘 한다고요?」

「고사리 뜯는다고. 천지에 고사리가 미친 듯이 솟아나고 있어. 요즘 제주 여자들 절반은 그거 뜯으러 다닐 거다. 하기는 여기뿐만 아니라 전국에서 그러고들 있겠지.」

「아, 선배 책 제목으로 쓰신 고사리 장마가 정확히 뭘 의미하는 거예요?」

「정확한 의미? 그런 게 어딨어. 여하튼 제주 사람들은 봄철 이맘때, 짙은 안개하고 비가 잦은 이즈음 얼마간을 그렇게 불러. 이때 고사리가 일제히 피어나니까.」

「그래서요?」

「그래서라니, 뭐?」

「자신의 생을 다 기록한 산문집 제목에 대한 설명으로는 좀 약하지 않아요? 제가 읽기로는 고사리 장마가, 해년마다 잊지 않고 찾아오지만 의식하지 않으면 그냥 지나갈 수도 있는 인생의 한때? 아니, 그냥 지나가도 좋을 것들이 눈에 보여 사로잡히는 함정 같은 즈음? 뭐 그런 정도의 의미 부여는 된 것 같던데요?」

「미친년, 내가 그렇게 겉멋을 부렸는지 의심스럽지만 그렇다고 해도, 나름대로 읽었으면 됐지 뭘 캐고 들어?」

「무슨 신비한 계절인가 싶어서 그렇죠.」

「신비까지는 몰라도 안개가 잦은 이즈음에 가끔 미쳐 돌아가는 인간들은 있는 것 같더라. 넌 언제까지 쉰다고?」

「내일이 학교 개교기념일이고 모레가 식목일이잖아요. 모레 비행기표 사놨어요.」

함께 왔다면 제주도를 일주하고 있을 류씨는 내일 저녁 표를 사놨다고 했다. 그가 앉아야 할 자리에 다른 사람이 앉아 왔듯 그가 가야 할 자리에도 다른 사람이 앉게 되어 있을 것이다. 내 전화기의 전원을 꺼버린 건 류씨의 변명을 듣고 싶지 않아서가 아니라 그가 일체의 변명조차도 해오지 않을 게 무서워서였다. 어느 쪽에서 먼저 싫증이 났건 결별 끝에는 고질병 도지듯 치욕이 돋았다. 그걸 확인하기가 무서운 것이다.

선배의 직장이자 밤 거처인 쉼터는 섬을 반 바퀴쯤 돌아가는 서귀포시에 있다고 했다. 선배는 보통 산악 도로를 타고 출퇴근을 하지만 오늘은 해안 일주 도로를 탔다. 풍력발전단지에서의 일도 일이지만 나한테 바다를 실컷 보여주겠다는 의도였다. 시간 반쯤 일주 도로를 달리는 동안 안개 섞인 바람이 너무 세차서 창을 열 수가 없었다. 제주시 쪽에는 그렇게나 흔했던 벚꽃 대신 섬 서쪽의 일주로들 옆에는 유채꽃 투성이였다. 온통 검은 돌담으로 이루어진 도로가와 밭 둘레마다 샛노랗게 번진 유채꽃들이 흐린 날씨 속에서 아지랑이처럼 아련하게 빛났다. 선배가 차를 세우며 담배를 꼬나물더니 차창을 열었다. 풍력발전기가 저만치 건너다보이는 길가였다. 바람이 거센 것 같은데도 워낙 거대해서인지 세 갈래의 바람개비처럼 생긴 풍력발전기는 아주 서서히 움직인다.

「저거, 알몸으로 가랑이를 잔뜩 벌린 계집 같지 않니?」

외설스럽기보다 폭력적으로 들리는 언사에 놀라 어? 하며 쳐다보자 선배가 연기를 내뿜으며 턱짓을 했다. 풍력발전기의 바람개비를 가리키는 것이었다. 연분홍빛 도는 날씬하고 흰 다리. 세 갈래이므로 각기 120도 각도로 벌어졌을 바람개비가 영락없이 가랑이를 잔뜩 벌린 젊은 여자의 늘씬한 다리 같아 보이긴 한다.

「저게 과학적인 설계라서 저런 모양이라니 할 말 없지만, 사내놈들이 저거 보면서 히죽거릴 때마다 면상을 긁어버리고 싶어. 내가 사내를 몰라 편협하다는 소리에는 돌아버릴 것 같고. 그 따위에 아직도 화가 나는 보면 내 나이는 헛것인 모양이야.」

「그런 소리 하는 사람도 있어요?」

「글 쓴다는 어떤 서울 연놈들이, 기껏 운전해 구경시켜 줬더니 농담인 척 그러더라. 진 선생은 미혼이시라 이런 야한 농담들 싫으시죠? 그 주둥이를 바숴놓으려다 말았다. 대신 그 때부텀 서울 연놈들한테 꼬박꼬박 기름을 넣게 하지. 아유,

어떻게 하죠? 기름통에 엔꼬가 나게 생겼는데 돈 벌어주는 서방놈도, 가랑이 벌리고 들어오는 사내놈도 없는 제 지갑도 엔꼬네요.」

자신이 했던 말을 간드러지게 흉내 내는 선배의 어투에 웃음이 재채기처럼 났다. 제주 밖에서 온 사람들은 제주 사람이 된 선배에게 전부 서울놈이거나 서울년이었다. 또 하나의 서울년인 나도 가는 길에 주유소가 보이면 기름을 넣어야겠다는 생각이 뒤늦게 든다. 나를 웃겨놓은 선배가 차를 나가더니 트렁크에서 호미며 바구니를 꺼내 들고는 길 건너편으로 향했다. 나지막한 구릉으로 올라가는 입구인데 길이 제멋대로 짓이겨져 있었다. 구릉 위에 집이 지어지는 참이었다. 따라가 보니 선배는 흙과 돌에 짓이겨진 수풀을 헤집고 있었다. 내 눈에는 그저 흔한 풀밖에 보이지 않는데 선배는 그 틈새에서 검어 보이는 보라색 꽃들을 찾아냈다. 꽃송이가 좁쌀만 해 엔간한 시력으로는 볼 수도 없을 꽃이었다.

「운전하면서 현미경을 끼고 다니지도 않을 텐데, 그 쪼그만 것들이 여기 있는 걸 어떻게 아셨어요?」

「몇 년 전에 애들이 여기 있는 걸 봐뒀는데, 지지난 주에 서울 모방송국에서 나왔다는 연놈들이 제주의 야생화를 찍는다며 안내를 해달라더라. 며칠을 끌고 다녔는지, 끌려 다녔는지 모르지만 암튼 여기 왔더니 이 모양이 돼 있잖아. 저 집 다 짓고 진입로 다듬으면서 조경을 합네 하기 시작하면 여기 있는 애들은 흔적도 없어지겠지.」

근방 풀숲을 샅샅이 뒤적여도 뚜껑별꽃이 더는 없다는 걸 확인한 선배가 풀꽃 포기를 흙째 떠 담은 바구니를 들고 일어섰다. 트렁크에 바구니를 얌전하게 넣더니 조수석 쪽으로 와서 나를 흘겼다.

「멀쩡한 젊은 년 두고 늙은 년이 계속 운전하리?」

그의 살림살이도 멋대로 뒤집어엎은 마당에 손님 노릇을 계속하는 게 어울리지 않거니와 미친년이 멀쩡한 년 된 것만도 고마울 노릇이긴 하다. 조수석에서 내려 차 앞을 돌아 운전석으로 가는데 몸이 몹시 떨린다. 사방에 구멍 뚫린 돌담들처럼 내 온몸에도 구멍이 숭숭 뚫릴 것 같다.

「저 돌담들은 정말 태풍에도 안 넘어져요? 저렇게 구멍이 뚫렸는데도 방풍이 되느냐구요.」

「너 뒷문으로 들어가 선생 됐니? 바람이 통하니 백년 천년도 끄떡없는 거라고 중고등학교 지리 시간에 안 배웠어? 자연에는 사람만이 절망이란 걸?」

사람에게도 사람만이 절망이라는 말일 터이지. 저 여자 앞에서는 입만 열면 밑진다. 차에 시동을 거는데 파도가 일으킨 물방울들이 차창까지 날아와 얹힌다. 비바람이 점점 거세지는 참이었다.

미래의 시인들

주간 사감과 야간 사감인 선배가 교대로 사용한다는 사감실 책상에는 에이포 용지에 쓰인 원고 뭉치가 한 뼘이나 되게 쌓여 있었다. 쉼터에 들어와 있거나 들어왔다가 나간 여성들이 자기 삶을 쓴 글들이라 했다. 심심하면 우선 그 원고들이나 들여다보라며 선배는 나한테 빨간 볼펜을 건네주었다. 틀린 글자나 고쳐놓으라는 것이었다. 맨 위에 프린터로 출력된 원고의 작자는 박지빈이었다. 슬쩍 들춰보니 박지빈의 원고가 수두룩하다.

「박지빈 원고가 많네요? 이 친구는 시인인가 봐?」

「이따 박지빈이 들어오면 시 잘 썼다고 국어 선생답게 칭찬이나 듬뿍 해줘라. 원래 이름이 미영인데 시인이 되겠다고 필명 먼저 지었단다. 스물한 살 난 그년 땜에 요새 내가 밤마다 일 년씩 늙는다.」

「왜요?」

「작가든 시인이든 되려면 책을 많이 읽어야 된다고 백날 말해도 한 장도 안 읽고, 시만 잔뜩 써가지고 와서 잘 썼다고 말해주기를, 그 초롱초롱한 눈으로 기다리잖니. 그년이 하루에도 시를 열 편 스무 편씩 써 대는데, 일 년 가야 서너 편이나 쓸까 말까한 내가 안 늙고 배겨? 암튼 남의 책 천 권쯤 읽어야 자기 책 한 권 쓸 수 있다는 걸 오늘 밤에 네가 국어 선생답게 말 좀 잘 해라. 국어 선생 덕 좀 보자.」

국어 선생이 무슨 죄라고 거푸 들먹이는 선배의 방 밖에서 무슨 소리인가 들렸다. 경적처럼 울리는 벨소리였다. 대문 밖에 누가 찾아온 듯했다. 선배가 쉬고 있으라며 방을 나갔다. 안개가 너무 짙어 구멍리까지 돌아갈 엄두가 나지 않아 쉼터로 따라왔다. 이틀 밤을 혼자 진달모의 글을 읽으며 지낸 그의 집이 못 견디게 쓸쓸했거니와 선배의 일터를 보고 싶기도 했다. 하루 열 편, 스무 편씩 써댄다는 예비 시인의 글을 읽게 될 거라고는 예상 못했다. 방바닥이 따뜻해 원고 뭉치를 끌어내려 배를 깔고 엎드린다. 어제에 이어 오늘 오후에도 고사리를 끊었다. 어제는 어승생 어름의 공동묘지 군락을 더듬었고 오늘은 소똥인지 말똥인지가 사방에 뭉개져 있는 나지막한 오름의 초입이었다. 안개가 짙어 전등 달린 모자를 썼다. 전등 비추는 곳마다 통통한 고사리가 컴퓨터의 커서 움직이듯 나타났다. 안개에 홀리고 고사리에 홀려 몇 시간을 기다시피 땅만 쳐다보며 다녔다. 선배의 출근 시간이 닥치지 않았더라면 밤새 그러고 다녔을지도 모른다.

그물에 걸려 물 밖에 나온 자리돔같이 / 빠끔빠끔 숨을 쉰다 / 내가 숨 쉴 때마다 연기가 / 빠끔빠끔 피어나 / 나는 물 밖에 나온 자리돔이다 / 조금 뒤엔 매운탕이 되거나 찜이 될 것이다 // 매운탕과 찜 접시에서 / 연기가 빠끔빠끔 피어난다 / 벌써 다 살아버린 돔 / 연기는 내가 뱉은 한숨이다

제목이 〈나의 담배〉인 지빈의 시를 읽다가 말고 웃음을 터트린다. 시인의 기질이 보이는지 아닌지를 판단할 수는 없지만 지빈의 시는 그야말로 날것이었다.

선생님은 처녀다. 눈동자가 밤에 뜬 달같이 파랗다. 아니 아이처럼 검다. 아마 남자는 한 번도 못 만났을걸? 나는 하나 둘 셋……. 삼백예순 명쯤의 남자를 만났다. 남자들이 달처럼 다 보인다. 그럼 누가 선생님이지?

〈선생님〉이라는 제목의 시는 아마도 진달모를 묘사한 듯했다. 선배가 이 시를 읽었을까. 그게 궁금해 웃음이 난다.

지빈의 시를 열 편쯤 읽으며 연달아 웃다 보니 졸렸다. 잠깐 쉬자 싶어 팔에다 고개를 묻고 눈을 감는다. 머릿속이 아득해진다. 금세 잠이 들 것이다. 잠들기 전의 몇 초쯤, 감당하기 어렵게 나를 짓눌러오는 무게가 있다. 그럴 때면 남편이었던 남자가 떠오르고 그가 떠난 이유도 알 것 같아진다. 한사코 이 세상을 떠나고 싶어 했던 그의 어떤 무의식이 나한테 옮아와 있음을 깨닫는 것 같달까. 서럽거나 가볍거나. 하지만 잠이 깨고 나면 남편이었던 남자도, 그에게서 나한테로 옮아온 어떤 것들도 잊는다.

무슨 소리엔가 벌떡 일어났다. 고개를 삔 듯 목이 저렸다. 방바닥에는 내가 뭉갠 종이가 구겨진 채 흐트러져 있었다. 밖이 소란했다. 사감실은 쉼터 건물 1층이었다. 출입문 왼쪽이라 문을 열면 바로 로비였다. 소란은 대문에서 나고 있었다. 마당에는 안개비가 불빛과 바람에 휘날렸다. 닫힌 대문 밖에서 남자들이 누군가를 내놓으라고 소리 지르며 문을 흔들어대고 있었다. 내용을 봐하니 두 명의 여자가 이곳으로 들어온 모양인데 선배는 그런 사람 없다고 대문 안쪽에 서서 부정하는 참이다. 거센 발길에 차여 대문이 금세라도 안으로 넘어올 것 같다. 선배는 문을 열 생각이 없는 듯 팔짱을 낀 채 소리를 질렀다.

「금세 경찰들이 올 거예요. 대문 부서지면 새로 달아줘야 한다는 건 알아요?」

선배의 외침에 바깥이 갑자기 조용해졌다. 여기가 공공기관이라는 걸 그들도 아는 모양이었다. 그년들한테 오늘 밤 안에 안 돌아오면 뼈를 추려놓겠다고 전하쇼. 살벌한 말이 들려오는가 싶더니 차 소리가 났다. 골목을 후진해 나가던 차가 멀어진다. 쉼터가 골목 안쪽의 막다른 곳에 있어 대문 안으로 들어오지 못한 차들은 후진을 해야 할 구조였다. 선배가 대문 빗장이 잘 걸렸는지 새삼 확인하곤 나를 안으로 밀었다.

「아까 누가 들어왔어요?」

「애들 둘이 찾아들었어. 육지로 나가려고 탑동항 근방에 숨어 있었나 본데, 안개 때문에 타려던 배가 결항한 거야. 그때쯤 영업 시작한 업소에서 나오지 않는 년들을 찾기 시작했을 테지.」

「또 쳐들어오지는 않을까요?」

「오늘은 그만했으면 충분하다 여길 거야. 지들이 지랄 안 해도 조만간 애들이 돌아갈 걸 알 테고. 혹시 또 소란이 나도 너는 내다보지 말고 그냥 있어. 최소한 이 안에서 사람이 죽는 사태 같은 건 안 일어나니까.」

그렇게 이야기하며 로비 안으로 들어와 문단속을 하는 찰나였다. '텅'하는, 귀가 먹먹한 굉음이 나더니 막 점검하고 들어온 대문과 함께 자동차가 마당 안으로 달려들었다. 대문을 치고 들어온 승용차가 로비 계단에 부딪치며 반쯤 돌아 멈췄다. 어이없는 사태에 내가 얼어붙어 있는 새에 선배가 문을 열며 뛰어나갔다. 범퍼 앞쪽이 망가진 차 안에서 한 남자가 비틀거리며 내렸다. 서른 살 남짓 돼 보이는 남자가 절룩이면서 안으로 들어오려 했다. 선배가 그 앞을 막아서며 어디 다친 데는 없느냐고 물었다. 남자는 선배의 말을 듣지 못한 채 등을 곧추세우더니 소리를 질렀다.

「야, 박나리. 너 여기 있는 거 다 안다. 좋게 말할 때 나와.」

술에 취한 남자가 고래고래 외치는 기세에 비해 젊은 여자들이 스무 명 넘게 들어 있을 건물은 잠잠하다. 조금 전 사내들이 대문 앞에 와서 소란을 피울 때도 쥐죽은 듯 고요했다.

「박나리가 누군데 공공건물을 치고 들어와서 소란을 피우는 겁니까? 금세 경찰들이 올 걸 몰라요?」

맞받아 소리치는 선배의 자그만 몸피가 몸집 큰 젊은 남자 앞에서 위태롭게만 보였다. 안에 있는 아이들이 나와 거들어줄 것 같지 않았다. 안에 있는 아이들은 전부 그와 같은 사람들한테서 도망쳐 나온 박나리였다. 나는 두려움으로 오그라드는 어깨를 억지로 펴면서 선배 옆에 섰다.

「당신들이 박나리 감춰놓고 있다는 거 알고 왔어요. 좋게 말할 때 내놔요.」

「박나리가 누군지 모르지만 혹시 여기 있다 해도 제 발로 찾아온 사람을 우리는 밀어내지 않아요. 그럴 권리도 없고 그럴 맘도 없어요. 당신은 박나리한테 무슨 권리가 있어요?」

「내 마누라요.」

「아아, 그러세요? 그렇다면 번지를 한참 잘못 찾아오셨네? 여기는 누구 마누라는 전혀 없고, 스무 살 될동말동한 젊은 애들만 모여 있거든요. 딴 데 가보셔야겠구먼. 대신 망가뜨린 대문 보수비는 내놓고 가셔야겠어. 그나마 얼른 가지 않으면 경찰이 금세 와서 음주 운전에, 주거 침입에, 공공건물 파손죄까지 물을 걸요?」

술기에 쉼터 대문을 치고 들어오긴 했지만 사람이 아주 막돼먹은 것 같지는 않다. 선배와 나한테 막혀 몸을 비비적대면서도 사태 파악을 해보려 나름대로 애를 쓰는지 머리를 흔들어댄다. 스물 갓 넘었을 젊은 여자의 남편을 사칭하는 그는 뭘 하는 사람일까. 얼른 사태 파악을 하고 선배 말에 따라 물러가는 게 좋겠다 싶은데 역시 취기가 깊은지 행동이 굼뜨다. 자꾸 안으로 밀고 들어오려는 걸 선배와 내가 밀어내는 새에 한 쪽이 망가진 대문 밖에 사이렌 소리가 울리더니 경찰차가 와서 섰다. 금세 경찰이 올 거라는 말이 괜한 엄포가 아니었던 것이다. 두 명의 경찰이 안으로 들어오더니 선배와 나한테서 남자를 떼어내면서 대뜸 수갑을 채웠다. 남자는 경찰차 안으로 밀려들어가 앉았고 경찰들은 익숙한 듯 선배한테서 간단한 경위를 듣고는 망가진 대문을 살피고 물러갔다. 남자가 차를 밀고 들어와 수갑 차고 나가기까지 고작해야 10분이나 걸렸을까. 기이한 꿈속에 들어앉은 듯 현실감이 느껴지지 않는다.

「선배, 박나리가 안에 있기는 해요?」

로비 계단 앞에 박히듯 놓인 차를 빼 대문 안쪽에다 주차하고 망가진 대문을 엉성하게나마 세우면서야 내가 물었다.

「아, 박나리? 미래의 시인이신 박지빈 님의 예명이 나리란다. 열일곱 살에 목포에서 이쪽으로 진출하셔서 박나리가 되셨다는 거 아니니. 계집애들 막으라고 내 이름이 딸막인데 어쩌자고 내 인생에는 계집들만 이리 꼬이는지. 아이고 허리야.」

로비 안쪽에 미영이자 지빈이고 나리일 젊은 여자들 다섯이 서 있다가 주춤주춤 우리한테 다가들었다.

「젊은 년들이 떼로 몰려 있으면서 늙은 년 혼자 방패 노릇하는 걸 지켜만 보니? 에라, 이 안개에 빠져 뒈질 넋 빠진 년들아.」

그들이 선배의 험한 욕설에 청량제를 들이켠 듯 웃음을 터트린다. 사감실로 따라 들어오려는 그들에게 선배가 가서 하던 일 계속하라고 소리를 치더니 그들을 몰고 2층으로 올라갔다. 2층에 자잘한 소란이 이는 대신 1층 로비엔 안개가 야금야금 스며들었다. 이대로라면 내일 비행기도 뜨지 못할 것이다. 정말 넋을 빼고도 남을 안개였다.

당신의 혼잣말

사흘 전

자줏빛 담장을 두른 집, 곧 노을이 머무는 동산이라는 뜻이라던 자미원(紫堳園)은 선재가 스님으로 살던 때에 거주했던 한옥 이름이었다. 우물마루 대청을 거느린 몸채와 사랑채의 지붕이 날렵했고 행랑채 등은 고즈넉했다. 담쟁이넝쿨에 감싸인 넓은 뜰에는 은성한 노을뿐만 아니라 소쇄한 아침 햇살도 호사스레 머물렀다. 집이 날개였고 배광이었다. 스스로 당호를 지어 붙이며 그곳에 입주했던 선재 스님은 승려라기보다 고급 저택의 주인인 양, 예술가인 양 방문객들 위에 군림하며 살았다. 출판사를 운영하다 운 좋게 대박을 터트렸다는 그의 초등학교 동창이 저축의 의미로 사뒀다 선재에게 내줬던 집이었다. 거기서 4년쯤 살았나. 독신이었던 출판사 사장이 결혼을 하게 되면서 선재는 그곳을 나왔다.

그로부터 세 해가 지난 지금 선재는 자신이 새로 열게 될 가게 이름도 자미원이라 한다. 문제의 새 가게에 그보다 적절한 이름은 있을 수 없는데 나는 지금 듣기 전까지 자미원을 떠올리지 못했다.

「뜻도 단양 자미원하고 같구요?」

「굳이 뜻을 달리할 필요가 없을 것 같아서 그냥 정했어.」

사미계만 받았을 뿐 비구계를 받지 않았던 그이였다. 사미계와 비구계 사이에 치러야 하는 고행 기간을 견디기 싫어 절을 벗어났던 그이에게는 돌아갈 절집이 없었다. 단양 남한강 줄기가 건너다보이던 그 자미원을 나온 뒤 선재는 주변 사람들에게 감당하기 버거운 존재가 되었다. 그이가 한 번씩 광주에 뜬다는 소식이 전해지면 이쪽의 우리는 그이를 어떻게 수발할지를 의논하느라 분분했다. 하루나 이틀 밤씩 돌아가며 재우는 순서를 정하고 다함께 모일 시간을 정하는 것이었는데 그의 체류가 늘어질 때면 문제가 복잡했다. 길어야 대엿새면 그를 수발할 사람이 바닥나기 마련이었던 것이다. 그런 나머지 날들의 선재를 떠맡았던 이는 거의 미카엘라였다.

「이번 주 토요일 세 시경에 고사 지내려는데 자네, 올 시간 있는가?」

「미카엘라하고 같이 갈게요.」

나는 두 달 전에 일어난 그이와 미카엘라 사이의 파국에 대해 아는 바가 없는 듯 시치미를 뗐다. 선재도 나의 시치미에 대해 느끼겠지만 우선은 모르는 체할 수밖에 없는 게 내 입장이었다. 그이를 잃을 것인가. 미카엘라를 잃을 것인가. 내가 자미원 개업식에 간다는 것은 그에 대한 선택이었다. 선재에 대한 언급이 없어진 미카엘라도 묵시적으로 내게 그 선택을 강요하고 있었다. 그러고 보면 나는 선재와 미카엘라를 화해시킬 생각을 애초부터 하지 않았다. 두 사람의 관계는 끝이 났다고 보았고 끝나는 게 마땅하다 여겼다.

「미카엘라가 오려 하겠나? 자네나 와줘. 고사는 세 시에 지내겠지만 점심은 시간 맞춰 대접할 테니 일찌감치 와. 자네 친구들 데리고 와도 좋고.」

혹시 개업식에 못 가게 되면 나중에라도 가겠다는 포석을 깔아놓으려다 말을 삼키고 전화를 끊었다. 늘 고음의 들뜬 듯한 소리를 내는 평소와 달리 조심스레 가라앉은 그이 목소리 탓이었다. 발신 번호를 확인해보니 광주호(光州湖) 상류 쪽 전망 좋은 곳에 위치한 새 자미원 전화번호인 게 틀림없었다. 담양군에 속한 줄 알았던 그 호수가 광주시에 속한 것임을 나는 문제의 자미원 때문에 알게 되었다.

선재가 개업식을 선언하고 나선 새 자미원 자리는 미카엘라한테 스스로 다가왔던 장소였다. 독신으로 살며 20년째 화원을 운영하는 미카엘라는 단골이 많았다. 하지만 미카엘라가 화원을 접고 싶었던 이유는 단골인지 친구인지 분간이 안 되게 뒤섞여버린 사람들에 치인 탓이었다. 꽃 장사 스무 해에 남은 건 고된 노동으로 골병이 든 육신뿐이라고 한탄하던 무렵, 미카엘라의 단골손님 중 한 사람이 광주호 옆에 그야말로 그림 같은 전원주택을 지었다. 이층집으로 주인은 위층에 사는데 주변이 너무 한적한 탓에 아래층을 세놓기로 했다. 맘에 드는 사람을 불러들이기 위해 내놓은 공간이라 넓이에 비하면 거저다 싶을 만큼 전셋값이 낮았다. 집주인은 미카엘라에게 들어와 살지 않겠느냐 제안했고 미카엘라는 설레어했다. 미카엘라가 가진 돈이라야 화원 보증금과 화원 건물의 옥탑방 전세 보증금이 전부였지만 양쪽을 합치면 새 가게의 보증금과 인테리어며 집기들을 충당할 수 있을 듯했다.

가게 명칭을 무엇으로 지을 것이며 인테리어를 어떻게 할 것인지, 미카엘라는 들떠서 두 달가량을 보냈다. 그렇게 오래 걸렸던 건 화원이 쉽게 나가지 않은 탓이었거니와 옮겨갈 가게 쪽이 상수원 보호 구역이라 상업 미인가 지역이었기 때문이었다. 그래도 방법이 없는 건 아니었다. 가사문학관(歌詞文學館)이 자리한 호수 근방에는 이미 숱한 가게들이 있었다. 그 가게들 대개가 불법으로 시작했지만 결국은 합법화되었다는 게 엔간한 상식이었다. 자신의 노후까지 염두에 둔 일이라 미카엘라는 인가 먼저 받고 시작하고 싶었던 것이다.

그럴 무렵 선재가 미카엘라의 옥탑방에 와 머물렀다. 당시 충주 외곽 지인의 가건물에 거처를 정하고 있던 선재는 거처에 머무는 시간보다 아는 사람들을 찾아 순례하듯 돌아다니는 기간이 훨씬 길었다. 특히 미카엘라한테 와 지내는 시간이 많았다. 미카엘라의 전업과 이사에 대한 꿈은 선재에게도 꿈을 꾸게 했다. 가게란 어차피 혼자 운영하기 어렵지 않냐. 함께 들어가 같이 일하며 살자. 그런 선재의 의견에 개운치 않은 심사가 없는 것은 아니었지만 미카엘라도 일정 부분 동의했다.

다재다능한 선재에게 사람을 상대하는 수완이야말로 가장 뛰어난 재능이었다. 선재는 한때 글을 써 신춘문예에 당선된 적이 있었고, 자미원에 머무는 동안 그림을 그려 전시회를 가진 적도 있었다. 젊은 날 이혼하기 전까지 교회 집사로 교리 교사를 했다는 선재는 성경에 박식했다. 선재 스님으로 사는 동안 익힌 불경에도 훤했다. 우리가 모르는 것, 우리가 알아도 인용할 수 없는 온갖 것들을 그이는 자유자재로 구사하며 사람들을 휘어잡았다. 무엇보다 선재는 색기가 강했다. 고우면서 귀티 나고 섹시하기까지. 머리를 깎기 전에는 말할 것도 없고 머리를 깎은 뒤에도 그의 색스러움은 조금도 바래지 않았다. 그의 민둥 머리는 승이 되기 위한 삭발이 아니라 스타일을 위한 콘셉트처럼 느껴질 정도였다. 그만큼 선재의 외모가 화사했다.

미카엘라에게 모자라다 못해 아예 없는 게 그 색기였다. 모태로부터 천주교인인 미카엘라는 수녀복을 입지 않아도 수녀처럼 보이는 여자였다. 그이는 선천적인 수줍음으로 인해 사람을 사귀는 데 시간이 걸렸다. 상대의 말을 깊이 들어주는 대신 누굴 향해서도 모진 말을 못했다. 선재를 밀어낼 강단이 자신에게 없거니와 외진 곳에서 가게를 혼자 벌일 수 없다는 사실을 잘 알고 있던 미카엘라는 새 가게를 선재와 더불어 시작하는 것에 수긍할 수밖에 없었다. 선재의 수완이 새롭게 시작하는 외떨어진 가게에 사람들을 끌어들이리라. 스스로와 타협한 미카엘라는 그렇게 애써 자위하며 이사를 겸한 전업을 준비했다.

나를 비롯한 동아리 여자들이 호숫가의 새 가게에 대해 뒤늦게 알게 된 게 그즈음이었다. 미카엘라가 선재와 더불어 광주호 쪽으로 옮겨가는 것에 우리는 맹렬히 반대했다. 우리는, 최소한 나는 평소 선재의 재능에 품었던 선망과 질투를 그렇게 풀고 있음을 내 스스로 느낄 정도였다. 동업은 무슨 동업! 합자 없는 동업이 어디 있냐. 굶주린 호랑이 앞에 토끼 꼴, 옮겨가자마자 주객이 전도될 것이다. 나는, 우리는 그런 꼴을 못 본다. 꼭 함께 가야겠다면 선재를 고용하는 형식으로 해라. 했지만 미카엘라 깜냥으론 선재를 고용할 수 없었고 어디서든 주인공이 돼야 하는 선재도 고용살이를 할 수는 없는 사람이었다. 미카엘라의 망설임이 길어질 수밖에 없었다. 새 가게의 인가 문제가 걸림돌이 되기도 했지만 일단 들어앉고 보자고 강행하기에는 선재와의 동행을 반대하는 주변의 목소리가 너무 높았다. 미카엘라 스스로도 선재에 대해 너무 많이 알고 있는 탓이기도 했다. 선재가 집 주인과 담판을 벌여 새 가게 자리를 차지해버린 건 그 와중이었다. 미카엘라한테 기대어 지내는 동안 집주인과도 친분을 쌓았던 선재는 자신의 수완을 증명이나 하듯 입주 조건을, 주인이 인테리어를 해주고 보증금을 없애는 대신 1년 단위의 사글세비로 바꿔치기까지 했다. 미카엘라로서는 눈뜨고 코를 떼인 꼴이었다.

멍청이! 서성이며 뇌까리는데 손아귀에 쥐고 있던 전화벨이 맹렬히 울렸다. 제 흉본 걸 눈치 채기라도 한 듯 전화를 걸어온 미카엘라가 대뜸 초대장 받았냐고 물었다. 아나운서처럼 매끄러운 선재에 비해 미카엘라는 가늘면서도 탁한 목소리를 가졌다.

「조금 전에 전화를 받았는데, 초대장 왔어요?」

「아주 작품을 만들어 보내왔대?」

「특별히 맘을 썼나 보네요. 어떻게 할까요?」

「초대장도 황송해 반송하려는 참인데 감히 어떻게 가뵙겠어? 나중에 다시 통화해.」

주어가 빠진 대화를 통해 너 알아 처신하라는 강압을 뿌려놓은 미카엘라가 전화를 뚝 끊었다. 나는 어이가 없어서 뚜뚜 소리만 내는 전화기를 노려보다 뒤늦게 소리쳤다.

「나한테 빚들 졌나, 대체 왜들 이래? 내가 뭘 잘못했는데?」

이 나이에 편 갈라서 어느 쪽에 붙을지를 결정해야 한단 말이야? 내가 얻을 게 뭔데? 못한 말들, 못할 말들이 속에서 부글부글 끓었다. 내던지듯 무선 전화기를 충전기에 꽂는데 또 전화가 울렸다.

이틀 전

해질녘 광주호에 색색깔의 노을이 드리워졌다. 호수 저편에 있는 자미원은 그 흰빛으로 인해 멀리서도 쉽게 눈에 띄었다. 어제 오후부터 내 전화에는 불이라도 난 것 같았다. 선재와 미카엘라와 나를 동시에 아는 여자들이 그렇게 많을 줄이야. 온 동네에 소문이 돌았던 것이다. 입이 굼뜬 미카엘라가 일일이 전화해서 전말을 설명하지는 않았을 것이었다. 나도 논술 학원 운영하는 친구한테 나불댄 게 전부였다. 하지만 그 친구는 미카엘라와 같은 성당 교우와 친했다. 그 교우는 미카엘라 화원 맞은편에 있는 중학교의 자모회장과 친구였다. 그 자모회장은 내 여중 동창생이었다. 결국 내 입이 일으킨 사달이었다. 당신도 전화 받았지? 갈 거야, 말거야? 가야 돼 말아야 돼? 물어오는 그들에게 어제 오늘 나는 어떻게 말했던가. 되도록 내 속내가 드러나지 않도록 애썼지만 솔직히 공평했다는 자신은 없었다.

「자네 왔나?」

텃밭에서 채소를 뜯고 있던 선재가 몹시 반가운 얼굴로 주차장으로 내려왔다. 두어 해 사이에 그의 몸이 제법 불어 원래 좋았던 혈색이 훨씬 좋아졌다. 워낙 고운 피부를 타고난 사람이기도 했다. 그이가 들고 있는 바구니 속의 푸성귀들이 새파랗다. 건물 옆 언덕바지 텃밭이 계절에 걸맞지 않게 푸르렀다. 텃밭에 무성한 각종 푸성귀들은 지난여름부터 미카엘라가 장차 가게를 벌였을 때를 대비해 미리 뿌린 씨앗의 결과물들이었다. 점심 메뉴를 오곡 쌈밥으로 단일화시킬 계획으로 채소 씨앗 먼저 뿌리기 시작했던 것이다.

「안에 일은 다 끝났나 보네요?」

「어, 어제 그제 대청소했어.」

황토색 생활 한복 차림인 선재는 머리에 황토색 두건을 두른 채였다. 머리카락을 기르기 시작한 것이다. 그이가 머리를 기르고 싶어 한 건 단양의 자미원을 떠난 뒤부터였다. 그렇게 하지 못한 건 떠도는 생활에 민둥 머리가 어울린다는 계산도 있었지만 그의 큰딸이 정색하며 말린 탓이었다. 나는 엄마가 머리 기르는 게 싫어, 했다던가. 이혼하고 나온 몇 년 뒤 사미계를 받고서야 딸들을 다시 만났던 선재였다. 그의 딸들은 저희들 어머니를 스님이 되어야 할 사람이어서 어쩔 수 없이 집 나간 여인으로 인식하고 싶어 한 듯했다. 이제 선재가 머리를 기르지 못할 까닭이 없었다.

「이 집은 테라스가 멋져요.」

내 말에 선재가 대답 대신 미소를 지었다. 계단 일곱 개를 오르면 나타나는 테라스는 미카엘라가 특히 마음에 들어 했던 공간이었다. 텅 비었을 때 와봤던 가게 안은 적당한 여백을 지닌 채 정리되어 있었다. 공간을 반으로 갈라서 호수 쪽으로는 입식 탁자들을 배열하고 반대편 산 쪽으로는 마루를 들여 원목 좌탁들을 놓았다. 호수 쪽 조명들의 등갓 재질은 유리였고 산 쪽 조명들의 등갓은 종이였지만 양쪽 등들의 모양이 비슷해 이질감 없이 어울렸다. 가게 안 구조나 집기들의 배열이 자연스러워 익숙하고 편했다. 약간 튄다 싶은 건 벽면에 몇 점 걸린 꽃그림들이었다. 선재가 예전 자미원에서 그렸던 그림들을 옮겨 와 건 듯했다. 미카엘라도 꽃을 주로 그렸다. 선재보다 훨씬 오래된 필력을 지닌 미카엘라는 이곳에서 그림을 본격적으로 그릴 계획이었다.

선재가 차를 끓여오겠다며 주방으로 들어간 새에 나는 호수 쪽으로 난 자리에 앉았다. 그새 한층 짙어진 호수의 노을이 자미원 실내까지 그 빛을 반사해 들여놓고 있었다. 어디서 본 듯 익숙한 장면이다. 어느 영화에서 보았나. 내가 간 적 있는 어느 호수 옆 카페의 풍경인가? 하는데 퍼뜩 떠올랐다. 아직 비어 있던 이곳을 살피고 돌아가던 길목, 여기가 바라보이는 호수 건너편 찻집에서 이야기를 나누던 미카엘라와 내 모습이었다. 그날 우리는 한나절에 걸쳐 가게에 숱한 이름들을 붙여보며 웃었고 인테리어며 집기 배열 등에 대해 그림까지 그려가며 의논했다. 의논이라기보다 내가 미카엘라의 구상에 대한 설명을 들었다고 해야 할 것이다. 그러니까 이 모든 풍경은 미카엘라의 구상이었던 것이다. 마치 세밀화를 보며 베끼기라도 한 듯 완벽한 재현이었다.

「세상에나, 천재다 천재!」

감탄인지 탄식인지 알 수 없는 소리가 신음처럼 나왔다. 나는 십여 년 전 늦가을, 한 달 정도 가출한 적이 있었다. 이혼을 작심하고 감행한 가출이었는데 남편은 한 달 만에 내가 머물고 있던 절을 찾아냈다. 나는 남편이 겨울이 깊어지기 전에 나를 찾아내준 것을 고마워하며 집으로 돌아왔다. 그런데 선재가 그 해 겨울 신춘문예에 응모하여 당선된 작품이 나의 가출 얘기였다. 아니, 내 남편의 아내 찾기였다. 아내가 가출하자 남편은 아내를 찾아 시간 날 때마다 절을 순례한다. 그 과정을 통해 부부의 지난 시간들이 속속들이 펼쳐진다. 마침내 남편이 아내가 있는 절로 찾아들지만 아내는 몸을 숨긴다. 남편은 아내가 그곳에 있음을 눈치 채고도 그냥 차를 돌려 나가는 것으로 마무리된 그 단편 소설은 남녀 주인공의 교차된 심리 묘사가 절묘하다는 평을 받았다.

당시 나는 내 일상을 속속들이 꿰고 있던 선재가 내 삶을 복제해 당선했다는 사실에 분노하기보다 감탄하느라 바빴다. 내가 돌아오기 전, 공모 마감 일주일 전에 쓰기 시작한 소설이 당선됐다는 데 경탄할 수밖에 없었다. 그로 인해 내 가출은, 누구 당선시키려고 집 나갔냐는 등의 농담거리가 되었지만 그때 선재가 시인하며 미안해했기에 그를 탓할 수도 없는 일이 되고 말았다. 탓은커녕 그로 인해 내 재능 없음에 절망할 수 있었고 그 절망을 일견 선재에게 돌리며 소설을 쓰겠다는 헛된 꿈을 포기할 수도 있었으니 결과적으로 고마워해야 마땅했다.

「천재다, 천재.」

나도 모르게 뇌까리는데 머그 찻잔 두 개를 든 선재가 다가와 내게 찻잔을 건네주었다. 노을빛이 깃든 선재의 얼굴은 상기된 듯했지만 심상한 표정이다. 본명이 김부자(金富子)인 그였다. 내가 처음 만났던 김부자 씨는 미카엘라와 함께 소설 습작 교실에 다니고 있었다. 하동에서 광주까지 소설 공부를 하기 위해 일주일에 한 번씩 오가던 그이를 미카엘라를 통해 만나게 되면서 함께 어울렸다. 당시 우리가 그이를 하동댁이라 불렀던 건 도무지 금기라는 것이 없어 보이는 그의 의식과 행동에 대한 반작용 같은 것이었다. 그 이후 그의 삶은 호칭이 바뀌는 횟수만큼이나 변화무쌍했다.

「단양 자미원이나 담양 자미원이나 노을이, 정말 이쁘네요.」

노을에 대한 감상이 통했는지 그이가 웃으며 주머니에서 새 담뱃갑과 라이터를 꺼내더니 내게 밀었다.

「자네 오면 대접하려고 내가 아까 시장에 나갔을 때 담배를 사왔잖겠어? 생각해보니 자네한테 신세진 게 말도 못하게 많은데 그동안 담배 한 갑 사준 적이 없더라고.」

「별 말씀을 다 하시네요.」

내 가방 속에도 담배가 있었지만 나는 그가 건넨 담뱃갑을 열어 담배를 꺼내 물었다.

「자네 담배 피우는 것은 언제 봐도 맛나게 보이더라.」

괜한 소리였다. 내가 남편이나 아이 앞에서 담배를 피우지 못한다는 걸 알고 있는 그였다. 학창 시절 허영기에서 비롯된 담배질에 인이 박여 끊지 못한다는 것도 알고 있었다.

「담배 안 배우길 잘하셨어요. 음, 미카엘라한테 연락은 해보셨어요?」

어제 오후부터 내내 입안에서 되새김질했으나 할 수 있을 것 같지 않았던 말을 작심하고 내놓았다. 한때는 나도 분명히 그의 숭배자 중 한 명이었다. 그가 담배를 내민 손길에 마음이 약해진 때문인지도 몰랐다. 미카엘라 없이 그이 혼자 호숫가 이 외진 곳에서 다가오는 겨울을 버텨내기는 어려울 터였다. 전국 곳곳에 혹시 선재나 김부자의 숭배자들이 남아 있을지는 몰라도 여기는 광주였다. 새 자미원이 자리 잡을 때까지 손님이 될 사람들, 손님을 끌고 올 이들은 광주에 있었고 그들은 모두 미카엘라와 연결되어 있었다.

「조금 전에 택배가 왔는데 미카엘라가, 내가 보낸 엽서를 돌려 보냈더라구.」

「전화를 하지 그랬어요. 멀지도 않은데 그냥 찾아가 보든가요.」

「몇 번이고 했지만 전화를 안 받아 엽서를 보냈던 거고, 엽서가 돌아왔기에 다시 전화를 했어. 역시 안 받데. 사실 내 의도는 그게 아니었는데, 좋은 기회가 왔는데 망설이다 놓칠까 봐서 우선 아무라도 시작하고 봐야겠다, 그거였거든. 내가 시작해놓은 뒤에 미카엘라가 와서 합쳐도 될 거라고. 그런데 미카엘라가 워낙 차게 구니까 내 뜻을 설명할 도리가 없어. 변명이라도 할 기회를 줘야 말이지.」

기껏 느슨해지려던 내 맘이 아차, 물에 불었다가 마른 종이처럼 오그라드는데 여유롭게 일어난 그이가 불을 켜고 돌아왔다. 미카엘라를 통하지 않고는 개업식에 올 사람이 없을 것이라 여기는 건 어쩌면 미카엘라나 나의 깊은 오해일지도 몰랐다. 지금쯤 선재의 개업식에 오기 위해 전국에 산재한 그의 숭배자들이 화분이며 봉투를 준비하고 있을지도. 불사조 같은 사람 아니던가. 남자 한번 품어보지 못하고 홀로 나이 들어버린 꽃장수나 만년 문학소녀로 열등감에 절어 늙어가는 아줌마쯤, 화려한 이력들을 지닌 그의 숭배자들에 가려 보이지도 않을 것이다.

「설령 그랬다 해도, 방법이, 잘못되기는 했지요.」

「내가 그걸 왜 모르겠어. 그래서 이렇게 미안해하고 있지 않아.」

그가 미카엘라한테 미안해하고 있을지 몰라도 당사자가 아닌 나는 느낄 수 없었다. 10여 년, 내 가출기(家出記)를 훔쳐갔으니 술이나 한잔 사라며 웃을 때 속으로 느꼈던 그 알싸한 여운은 아직 내 몸 어딘가에 남아 있었다.

「우선 섭섭한 게 풀리지 않아 그렇지 미카엘라도 그 맘 알겠지요. 그런데 앞으로 일은 누가 도와주기로 했어요?」

「여기 위층 아이가 대학 다니는데 그 아이한테 부탁해서 아르바이트생 하나를 구했어. 내일부터 올 거야. 당일엔 위층 여자가 일일 도우미 한 사람 구해준다고도 했고, 어쩌면 서울 우리 애들이 올지도 모르겠어.」

「작은애, 유학 가 있지 않아요?」

「제 할아버지가 불러들였나 봐. 당신 죽기 전에 얼굴 보여달라고. 마침 방학이기도 해서 들어와 있는데, 한번 와보고 싶다고 해서 오라 했어. 큰애가 데려 온다대.」

자식들이 올 테니 체면 좀 세워달라는 압력처럼 느껴지는 건 순전히 내 선입견일 터이다. 그 자신의 말에 따르면 어미 없이도 비틀림 없이 잘 자란 딸들이었다. 자식들한테 안정된 어미 모습을 보여주고 싶은 건 욕심이라 할 수도 없는 일 아닌가. 자신이 두고 나온 아이들이 딸이 아니라 아들이었다면 자신이 이렇게 가슴 아프지 않을 거라고 우는 걸 몇 차례나 보았다. 사실 이 새 자미원 일만 해도 선재만을 나쁘다 몰기는 어려웠다. 결단을 못해 기회를 놓친 사람은 미카엘라였다. 어쩌면 선재가 아니었더라도 미카엘라는 이곳으로 들어오지 못했을지도 몰랐다. 이곳은 미카엘라에게 적합한 곳이 아니었던 것이다. 잘잘못을 따질 수 있는 사안이 아니었는데 내 감정은 대놓고 선재만 탓했다.

「그새 밖이 캄캄해졌네요. 그만 가볼게요.」

「왜에, 저녁이나 먹고 가지.」

「가면서 미카엘라 한번 들여다보려구요. 아까 올 때 얼핏 보니 가게 문이 닫혀 있는 것 같았는데, 돌아와 있으려나 모르겠네요.」

주차장까지 따라 나와 차를 돌리는 나를 지켜보다가 가만히 손을 들어 배웅했다. 자미원에서 광주호를 반 바퀴쯤 돌아나와 미카엘라의 가게까지는 30분 남짓한 거리였다. 미카엘라의 화원은 실내에 불을 켠 채 셔터가 3분의 1쯤 내려져 있고 옥탑방은 불이 꺼진 채이다. 가게 앞에 차는 있는 걸 보니 멀지 않은 곳에서 누군가를 만나고 있는 모양이다. 전화 한 통이면 몇 분 안에 찾을 수 있고 마주하면 이런저런 얘기들을 나눌 수 있겠지만 귀찮다. 내가 왜 이쪽저쪽을 오가며 중재를 해야 한단 말인가. 될 대로 되겠지. 나는 미카엘라를 그냥 지나쳐 10분 거리의 내 집으로 돌아왔다.

하루 전

두 사람 일을 내버려두려 해도 계속 불편했다. 주말에 비가 내릴 거라는 일기 예보도 자꾸 신경이 쓰였다. 비가 오든 눈이 오든 무슨 상관이야. 아예 두 사람을 버리지 뭐. 양다리를 걸치면 또 어때서? 그렇게 혼자 머리를 흔들어대다가 하는 수 없이 집을 나왔다. 아무리 생각해도 선재와 미카엘라는 나한테 한 사람 같았다. 너무 오래 그들을 함께 봐온 탓인지 그 둘을 분리하기가 어려웠다. 말끔하게 갈라버릴 수 없다면 다시 합쳐놓을 수밖에 없는 것 같았다. 비록 나도 수긍하지 못했을망정 선재의 뜻은 그게 아니었던 것 같다고, 미카엘라를 설득해볼 심산이었다. 당신 맘도 불편할 것 아니냐고, 한두 해 만난 사이도 아니고, 풀어주는 척이라도 하면 어떻겠냐고. 어떻든 지금 열쇠는 당신 손에 있지 않냐고.

점심이나 먹자는 핑계로 들어선 나를 미카엘라는 밝은 얼굴로 맞았다. 손을 바쁘게 놀리며 꽃바구니를 만들고 있는 참이다. 가시를 훑어낸 연분홍 장미가 툭툭 아무렇게나 바구니 속에 꽂히는 것 같다. 세 다발에 세 송이를 더해 서른세 살 난 여자의 생일을 축하하기 위한 선물 바구니를 만드는 거라고 작업을 설명해주는 표정이 무심하다.

「내가 이렇게 이십여 년 동안 만진 꽃이 몇 송이나 될까?」

대답을 바라지 않는 혼잣말이다. 혼자 있을 때는 하지 않는 혼잣말을 사람이 옆에 있으면 이따금 뇌까리게 된다던가. 그의 첫사랑에 관한 이야기도 혼잣말처럼 비어져 나와 들었다. 율리오는 사제였다. 그전까지 어떤 남자한테든 안기는 상상이 되질 않았는데 글쎄 율리오 신부를 상대로 내가 그런 상상을 허구한 날 하고 있지 뭐야. 그래서 악수 한번 해보지 못하고 말았어.

스물여덟 살에 웃기는 풋사랑을 한 거지. 미카엘라는 그렇게 얼버무리고 말았지만 나는, 율리오가 아직도 미카엘라 안에 머물고 있을 거라고 믿었다. 그 부분에 대한 그이의 극도의 수줍음과 조심성 때문에 나 또한 율리오 신부에 대해 다시 물어본 적은 없었다. 몇 번 상상해보기는 했다. 스물여덟 살 여자 마음에 들어왔던 서른한 살의 사제. 안경 속 눈동자에 서린 웃음이 너무나 맑아서 미카엘라의 가슴을 죄어들게 했다던 그.

「가끔 이렇게 옆에 사람이 있을 때도 누가 있는 걸 잊어. 누가 있는 걸 의식 안하는 건 아닌데 말이야. 그러면서도 또 대답을 바라는 건 아닌 소리를 지껄이게 되거든. 결국 대답을 바라는 것이겠지? 이 꽃바구니를 받게 될 여자 생일을 내가 다섯 번째 맞나 봐. 스물여덟에 결혼해서 요 위 아파트로 온 직후부터니까. 안팎이 번갈아 이따금 꽃을 사러 와. 둘이 싸웠을 때 원인 제공자가 사과의 의미로 꽃을 건넨대나. 그럼 화해가 된다고. 꽃 몇 송이로 화해가 될 만한 싸움만 하면서 사는 걸 보면, 참 현명해.」

미카엘라가 연방 혼잣말인 듯 뇌까리다 고개를 돌려 나를 보는데 어느새 꽃바구니 완성되어 있다. 나는 그의 손길이 움직이고 있는 것을 내내 지켜보고 있었는데도 그이가 가위를 내려놓는 걸 보고서야 완성된 것을 알아차렸다.

「열두 시 십 분 전에 찾으러 온댔으니 이거 내주고 난 담에 점심 먹으러 가자. 뱃가죽이 등에 붙은 것 같애. 아귀지옥이 이럴까 싶네.」

미카엘라는 워낙 살집이 없었다. 거의 화장을 하지 않을 뿐만 아니라 애써 피부를 다듬지도 않는 그의 희누런 얼굴엔 주근깨나 기미가 아닌 검버섯이 몇 점 피어 있었다. 주름살도 깊었다. 혼자 살면서 왜 스스로를 가꾸지 않느냐, 도대체 번 돈은 다 어디다 쓰느냐고 주변에서 숱하게 지청구를 하지만 미카엘라에게 여유가 없었다는 걸 모르지는 않았다. 초, 중학생인 조카 둘을 아직 키우고 있는 그였다. 남동생의 아이들인데 작은 아이가 돌도 되기 전에 아이들 엄마가 집을 나갔다. 그 무렵 동생이 다니던 직장에서 떨려났는데 설상가상 음주 운전 사고로 오른팔을 못 쓰는 불구가 되었다. 그 바람에 삼십대 초반의 미혼이었던 미카엘라가 아이들을 떠맡았던 것이다. 물론 아이들 할머니가 계시긴 했지만 지금까지 엄마 노릇은 미카엘라가 하고 있었다. 그렇게 십수 년을 지내다 보니 돈보다도 여자로서 자신을 가꾸는 습관이 생기지 않은 것이다.

「밥 먹을 시간도 없을 만치 바쁘게 돈을 버는 것도 아니면서 만날 배고프다, 배고프다. 제발 끼니 좀 챙겨 먹어요.」

새벽에 꽃 시장 가는 날은 바빠서 아침을 굶고 꽃 시장 가지 않는 아침은 자느라 굶는 사람이었다. 알면서도 나는 만날 때마다 밥을 가지고 미카엘라를 타박했다. 밥을 맛나게 먹고 난 뒤 그의 얼굴엔 화색이 돌았다. 밥 한 공기에 꽃처럼 피어나는 그 얼굴이라니.

그이가 킬킬 웃으며 작업대 위를 정리하기 시작했다. 꽃 시장 다녀온 뒤 꽃을 정리해 냉장고에 담고 주문받은 꽃다발과 꽃바구니들을 만들었는지 작업대 밑이 온통 어지럽다. 사람도 들어갈 만한 커다란 비닐 부대에 쓰레기 봉지를 끼워 펼친 미카엘라가 내게 그걸 잡고 있으라더니 푸른 쓰레기들을 쓸어 담기 시작했다. 자루 속으로 쓸려 들어간 가시 달린 줄기들이 비닐 두 겹을 뚫고 비죽비죽 튀어나온다.

「요새 이렇게 쓰레기 자루에 쓰레기를 담다 보면 내 허영기에 대해 생각하게 돼. 나는 아무것도 욕심 내지 않은 척, 혼자 가만가만 늙어왔고 앞으로도 그렇게, 살아갈 거라 여기는 척, 살았지만, 아니었지 않나. 나, 사람들 속 이야기 듣기 싫을 때 많았거든. 그들이 내게 떠넘기는 그 쓰레기 같은 속내들이라니. 그래도 참았어. 나는 그런 사람이니까. 그런 척해야 했으니까. 성당에서 자원 봉사 나갈 때도 마찬가지야. 내가 왜 봉사를 해야 해? 내가 얻은 게 뭐 있어서? 뭘 얻으려고? 그런 생각이 들 때면 미칠 것 같지만 표현할 수 없지. 나는 태어나면서부터 미카엘라니까, 견디는 거야. 그래야 내 존재 가치가 있는 것 같으니까. 참고, 참고 또 참다 보니 내가 참고 있는 것도 모를 때가 많았어. 요즘 내가 참았던 것들이 전부 이런 가시 쓰레기가 돼서 쓰레기 자루 같은 나한테 돌아왔다는 생각이 들어. 그래서 요즘 쓰레기만 만나면 미친 것처럼 마구 쓸어내다가 놀라기도 해. 쓰레기 자루나 쓰레기나 쓰레기이긴 똑같잖아.」

약간 숨차 하면서도 쓰레기가 다 담길 때까지 속내를 쏟아낸 미카엘라가 허리를 펴고 찡그리듯 웃었다. 방금 자기가 쏟아낸 말들을 기억하고 있는 것 같지 않다. 자신의 어깨를 번갈아 툭툭 두드린 미카엘라가 쓰레기 자루를 번쩍 들어 뒷문 밖에다 내놓고 들어왔다. 바싹 마른 몸피에 힘이라곤 없어 보이는데도 커다란 화분을 옮긴다든가 할 때보면 신기하리만치 쉽게 했다. 그이가 작업대 위의 작업 도구들을 정리하는데 챙강, 소리와 함께 손님이 들어섰다. 전화로 주문한 꽃바구니를 가지러 온 남자였다. 미카엘라가 축하 메시지가 쓰인 분홍 리본을 달아 꽃바구니를 건넸다. 남자가 꽃바구니 값을 치르고는 바쁜 듯 인사하며 나갔다.

「저 사람, 아침에 출근하고서야 제 각시 생일을 알게 됐대. 지금 각시 회사로 달려가는 거야. 참 이쁘지.」

중얼대며 꽃바구니 값 5만 원을 앞치마 주머니에 쑤셔놓은 미카엘라가 앞치마 차림새 그대로 열쇠를 챙겼다.

「밥값 벌었으니 밥 먹으러 나가자」

얼굴은 여전히, 너무 밝다. 두 사람 사이에서 내가 어떤 역할을 할 수 있을 것이라, 내가 그런 존재이리라 여겼던 건 나의 착각인 것 같았다. 설사 밥을 몇 시간 먹더라도 선재 이야기를 건네기는 어려울 것 같았다. 날이 흐렸다.

그날

「폭우가 뭐 어쨌다고?」

텔레비전의 골프 게임에 빠져 있던 남편이 거실에서 소리쳤다. 닫힌 베란다 창 앞에서 비를 쳐다보며 나는 속으로만 읊조렸다 생각했는데 소리 내 중얼거렸던 모양이다.

「대체 비가 어떻다고 아까부터 계속 비 타령이야? 어디 물난리라도 났어?」

뒤늦게 재미 붙인 골프에 골몰해 있는 즈음이라 남편이 집에 있는 날의 텔레비전은 온통 골프 치는 장면들만 방영했다.

「뭐 마려운 강아지처럼 왔다 갔다 하지 말고 화장실에나 가. 잠을 좀 자든지.」

제 재미 방해하지 말고 눈앞에서 사라져달라는 것이었다. 완전히 사라지지는 말고 몇 걸음 밖, 제가 부르면 제꺽 대답할 수 있는 만큼의 거리쯤으로.

오후 2시 반이었다. 자미원 고사에 대어 가려면 지금쯤 나가야 할 텐데 나는 아침에 일어난 차림새 그대로 세수도 하지 않은 채였다. 아이 학교가 노는 토요일이라서 느지막이 일어나 아침 겸 점심을 지어먹었다. 아이는 제 방에서 만화를 보느라 낄낄대고 있었다. 두 시간 뒤엔 학원 주말반에 나갈 녀석이었다. 이렇게 세 식구가 다함께 집에 있는 날은 내 몸도 마음도 부산했다. 그 부산함을 벗어나 외출하기엔 수속이 번거로웠다. 외출 후유증도 길었다. 두 사람을 두고 나갔다 오면 온 집안이 쓰레기 더미 같았다. 어제 미카엘라는 자신이 쓰레기 자루 같다고 했는데 나도 마찬가지였다. 누구나 쓰레기 자루를 지고 사는 것이다. 그러다 그 자루 속에다 자신을 쓸어 넣기도 하고.

「어디 가? 당신들 조직에 무슨 문제라도 터졌어?」

대충 세수를 하고 손가방을 들고 나서는데 남편이 텔레비전에 눈을 박은 채 물었다. 스스로 움직여 집안을 정리해주는 쓰레기 자루가 사라지면 너도 불편하겠지. 내 심사가 꼬여 있었다.

「조직 단합 대회에 가. 저 녀석 학원 시간 늦지 않게 챙겨요.」

남편은 내 친구들이나 내가 만나는 사람들을 싸잡아 조직 폭력단이라고 표현하길 즐겼다. 10여 년 전 가출한 마누라를 찾아다니면서 저와 나의 치부를 주변에다 온통 공개해버린 이후부터였다. 그 무렵 내 친구들은 마누라 행방을 물어대는 그에게 전혀 도움을 주지 않았다. 나의 가출 원인을 모조리 남편 책임으로 돌리면서 네가 오죽했으면 그 여편네가 집을 나갔겠느냐고, 그 위인 행방을 모르지만, 알아도 알려줄 수 없다고 한결같이 대답했던 모양이었다.

「단합 대회 같지는 않고만. 언제 올 건데?」

「가봐야 알아요.」

「단합 대회든 패싸움이든 운전 조심이나 해.」

그때 그렇게 욕을 먹고도 남편은 내 친구들을 재미있어 했다. 여자들이 어째 그리 사납냐, 그게 여자들 우정이라 이거야? 이죽거리면서도 나름 친밀감을 느끼는지 내가 누굴 만난다고 하면 그들의 근황을 물어왔다. 그가 물어올 때 나는 좋은 일은 서너 배쯤 부풀려 말해주고 반대의 경우는 3, 4분의 1쯤으로 축소시켜 말하거나 언급하지 않았다. 그래서 그는 제 여편네를 비롯한 여편네 친구들이 모두 건전하기만 한 줄 알았다. 밤새 안 들어온대도 뻔히 아는 누구 집에서 뻔히 아는 여자들끼리 맥주나 홀짝이며 할 일 없는 수다나 떨기 마련. 화투를 치는 것도 아니고 계도 아니고 몰려 여행이라고 가봤자 기껏 절밥이나 얻어먹으러 다니는 여자들. 사실 대개 그렇기는 했다. 대개 그런 일상의 행간에 끼어든 일탈들, 하다못해 불륜까지도 일상에다 뒤섞어 대개 그런 것으로 만들어버린다는 것을 알지는 못했다.

문 밖에다 화분들을 잔뜩 내놓고 비를 맞히고 있지만 미카엘라의 화원은 닫혀 있었다. 꽃 냉장고에만 불이 밝혀지고 셔터가 다 내려와 있고 차가 없는 걸 보면 멀리 가 있거나 가고 있다는 뜻이다. 전화도 받지 않았다. 피정이라도 갔나. 수도원은 가까이 있지만 미카엘라가 현실에서 가장 멀리 가고 싶을 때 찾는 곳이었다. 비 오시는 날 설마 오체투지라도 하고 있는 거야? 혼잣말 중얼거리는 버릇은 미카엘라만 가진 게 아니었다. 듣는 사람이 없어도 중얼중얼. 듣는 사람이 있어도 혼자 인 듯, 그렇지만 상대를 의식하면서 중얼중얼.

지금 내가 두려워하는 걸 뭘까. 알 만한 사람들이 모조리 자미원에 모여 있는데 미카엘라만 빠졌을 경우가 그 하나일 것이다. 미카엘라의 이후를 보기가 얼마나 괴로울지. 미카엘라를 아는 사람들 거의가 자미원에 가지 않았을 경우도 편치 않기는 마찬가지다. 멀리서라도 선재의 지인들이 찾아와 주었다면 그나마 다행인데, 그럴 만한 사람들이 여태도 선재 주변에 남아 있을지. 중얼중얼하다 보니 문득 선재의 혼잣말은 들어본 적 없다는 사실이 떠올랐다. 어쩌면 혼잣말을 들려줄 상대가 선재한테는 없었을지도 몰랐다.

광주호로 가는 길엔 비 탓인지 오가는 차량이 평소보다 훨씬 적다. 덕분에 비 내리는 도로가 한가하긴 했지만 나는 불안했다. 오늘 선재를 만나지 않으면 다시 그이를 만나고 싶지 않을 것 같아 왔지만, 이왕 여기까지 오고 말았으니 자미원 마당이 차들로 미어졌으면 싶은 것이다. 그러면 나는 슬그머니 돌아설 수도 있지 않겠는가. 비에 잠긴 수도원으로 미카엘라를 찾아가 봄 직도 하고. 광주호가 나타났다. 하늘과 호수가 한 빛깔이었다. 여느 때는 한눈에 잡히던 호수가 오늘은 흐릿해서 안개처럼 막막했다. 낮임에도 간판은 물론이고 지붕이며 울타리에 조명을 켠 가게들이 많았다. 상업 지구와 호수 사이의 길을 따라 자미원 진입로에 이르자 자그만 자미원 팻말이 나타났다. 자미원 250미터.

비를 맞고 있는 자미원 팻말은 전기 조명이 아니라 목판이다. 수수한 듯하면서 은근히 세련된 검은 글자들에 바탕은 희게 칠했다. 아마도 선재가 새긴 글자일 터이다. 늘 다른 팻말, 새로운 곳을 찾아다니는 여행자처럼 살아온 그이였다. 평생 주민으로 살 수 없었던 선재에게 여행만 하며 살 자신이 없었던 게 문제라면 문제였을 것이다.

팻말 앞에서 거푸 두 개비의 담배를 피우고 나니 3시 반이다. 혹시나 나처럼 약간 늦은 방문객을 기대하며 진입로를 막고 기다렸지만 나를 채근하는 경적음 같은 건 들리지 않았다. 지금쯤 고사가 끝났을까. 선재가 사람들을 더 기다리기로 했다면 이제 시작할 수도 있을 터, 진입로로 들어섰다. 이 길에 집은 자미원뿐이었다. 그리 길지 않은 진입로지만 산 밑에 바짝 붙은 외길이라서 모퉁이를 세 번이나 지나야 자미원이 나타났다.

맙소사! 탄식을 하고 보니 또 혼잣말이다. 비 내리는 호수를 향해 드넓게 열린 자미원 마당이 물에 잠긴 듯 고요했다. 차가 두 대뿐이다. 한 대는 나한테도 눈에 익은 집주인 여자의 차였다. 3시 40분, 오늘 사람이 몇 명 다녀갔든 아마도 내가 마지막 손님일 텐데 내다보는 사람도 없다. 몇 걸음 건너 자미원 문을 밀고 들어갈 일이 막막해 하릴없이 뒤를 살펴본다. 빗방울이 뒤창에 장막처럼 드리워져 있다.

해설

실종, 존재의 불온성에 대한 내면들

고명철(문학평론가, 광운대학교 교수)

1

작가 송은일이 두 번째 소설집을 선보인다. 그의 첫 번째 소설집 《딸국질》(2006)에 대한 문학평론가 장일구의 매우 적확한 평가에서 알 수 있듯, "송은일은 인간 정신의 심연과 중층을 추적하여 기술함으로써 심리 소설의 긍정적 가능성을 개시(開示)"하는 특장(特長)을 지니고 있다. 기왕 말이 나왔으니 말인데, 최근 소설을 읽다 보면, 무언가 결락되어 있다는 느낌을 지울 수 없다. 문학적 상상력의 스펙트럼이 종래 낯익은 서사보다 훨씬 다채로운 것은 사실이되, 소설을 읽는 특유의 예술적 감흥이 쉽게 일어나지 않는다. 그 어느 때보다 다양한 사건이 등장하고, 사건과 연루된 이야기들이 흥미롭게 진행되지만, 독자들의 심미적 세계에 충격을 가함으로써 지루한 일상의 틈새에서 솟구치는 예술적 감동을 안겨다주지 않는다. 여기에는 여러 이유가 있으나, 소설 속 인물들의 복잡다단한 내면세계에 대한 집요한 추적이 간소화됨으로써 인물의 구체성과 생동감이 사라진, 그리하여 앙상한 허구의 뼈대만 남은 것과 무관하지 않다. 일상의 영토 밖에 존재하는 허구의 세계, 아니 일상과 팽팽한 긴장 관계를 유지하는 허구의 세계에 사는 인물의 내면을 섬세히 들여다보며, 인물들 사이의 복잡하게 뒤엉킨 갈등의 양상을 촘촘히 그려냄으로써 우리 삶에 대한 반성적 성찰의 계기를 스스로 만나는 것이야말로 소설을 통한 예술적 감동을 만끽하는 일이다.

이러한 면에서 송은일 소설의 두드러진 매혹 중 하나는 인물의 내면 풍경을 차분히 그려내는 가운데 인간의 삶을 이루는 비의성(秘儀性)의 문양(紋樣)을 섬세히 새기고 있다는 점이다. 한국 소설의 외화내빈(外華內貧)을 걱정하는 현실에서 송은일의 소설이 한국 소설의 내적 자질을 튼실하게 다져주는 역할을 다하고 있다는 것을 이번 두 번째 소설집에서 확인할 수 있다.

2

이번 소설집을 읽으면서 9편의 소설을 관통하며 흐르는 핵심어를 떠올려본다. 9편의 소설은 나름의 서사적 매력을 발산하되, 마치 무언의 약속이나 한 것인 양 '실종'과 관련한 서사들로 이루어져 있다.

실종.

무엇이 혹은 누군가가 감쪽같이 사라졌다는 것이야말로 충격이 아닐 수 없다. 특히 우리에게 익숙한 존재가 어느 날 갑자기 사라졌다는 것은, 그 존재의 사라짐 자체로 인해 주변의 익숙한 모든 것들은 순간 낯선 것으로 형질 변화를 일으킨다. 타자의 사라짐은, 타자 자체가 없어졌으되, 타자의 흔적을 남기는데, 남은 자들은 그 흔적과 연루된 모든 것들과의 관계 속에서 사라진 타자를 새롭게 인식한다. 물론 그 과정에서 타자를 인식하는 주체 역시 새로운 인식에 동참하게 되는 낯선 경험을 통해 낯익은 주체에 대한 거리 두기를 하게 된다. 결국 타자의 사라짐은 타자와 연루된 모든 것들과의 질서에 균열을 내고, 균열의 틈새에서 새로운 관계가 형성되고, 그 관계 속에서 타자와 주체는 새로운 인식의 과정을 밟는다. 따라서 실종은 안일한 일상을 송두리째 뒤흔든다는 점에서 불온한 성격을 띤다. 실종은 충격이며 두려움을 가져다주고, 어떤 새로움을 동반한다.

〈여우비거나 여우별이거나〉는 실종과 관련하여 송은일 소설의 독특한 서사의 윤리를 읽을 수 있다. 이 소설은 죽은 이의 한을 풀어주는, 이른바 영혼결혼식에 얽힌 이야기로 이루어져 있다. 몽금댁 딸 주령을 어렸을 때부터 흠모하던 경산댁 아들 필우는 주령과의 사랑을 이루지 못한 채 죽는다. 필우에게 "보이는 것이라곤 한주령뿐이라 주령에게 다가가고 싶은데 다가갈 수 없으니, 혼자 미쳐 산"(〈여우비거나 여우별이거나〉, 112쪽), 말하자면 주령을 향한 지극한 짝사랑을 품은 채 죽는다. 이렇게 죽은 필우의 영혼을 달래기 위해 경산댁은 영혼결혼식을 준비하는데 어찌된 일인지 영혼결혼식은 순탄히 진행되지 않는다.

바로 필우의 주령을 향한 짝사랑의 한이 맺혔기 때문이다. 사실, 주령은 필우에 대해 매우 불쾌한 기억을 간직하고 있는데, 필우는 주령을 겁탈한 씻을 수 없는 죄를 졌다. 주령은 어렸을 때 필우로부터 입었던 육체적·정신적 상처로 인해 아직도 필우를 용서하고 있지 않다. 그런데 필우의 영혼결혼식이 잘 진행되지 않자, 필우의 가족들은 주령에게 필우의 맺힌 한을 주령이 풀어줌으로써 필우가 편히 저승에 가기를 원한다.

주령에게 필우는 없는 존재이다. 아니, 주령에게 아무런 의미가 없는 존재이다. 하지만 필우의 흔적은 여전히 주령의 삶을 에워싸고 있다. 필우의 사라짐은 영원한 것처럼 보일 뿐, 주령의 삶과 연계되어 있다. 주령은 잠시 필우의 존재를 망각하고 있을 뿐, 필우의 흔적 자체를 인위적으로 지워낼 수 없다. 바로 그것이 우리의 삶이다. 어떤 존재의 실종과 소멸은 영원한 것처럼 보일 뿐, 그 존재와 연루했던 뭇 관계들 자체를 깨끗이 청산할 수는 없다. 때문에 주령과 그의 외삼촌은 다음과 같이 말한다.

「오늘은 이 외삼촌이 네 아버지 대신으로 앉은 셈이니 몇 마디 해야겠다. 오늘 지켜보자니 너나 네 엄마나 좀 전에 다녀간 그분네와 좋지 못한 전사가 있었던 건 분명하다만 내 생각으로는 그 일을 풀 때가 되지 않았나 싶다. 그분네가 여기까지 찾아올 정도이면 그쪽에서도 말로 다 못할 묵은 속내가 있었다는 뜻인데, 그걸 다 무시하고는 네 맘이 편치 않을 것이다. 그쪽 청을 들어줄 수 없다고 길길이 날뛰는 네 엄마도 마찬가지다. 청을 들어줄 수 없다고 큰소리칠 수 있는 한, 청원하는 쪽보다는 형편이 낫기 마련. 형편이 나은 쪽에서 일을 풀어야 하는 법이다. 그게 사람살이 이치야. 외삼촌은 그렇게 생각한다. 어쨌든 주령아, 네 엄마는 결정 못한다. 네가 결정해야 해.」

(중략)

「엄마, 가볼게요. 가보는 게 편할 것 같잖아요. 이제 와서 그게 무슨 대수겠어요? 응, 엄마?」

몽금댁이 반응하기 전에 이모와 외숙모들이 아이고오, 한숨을 터트렸다. 몽금댁이 곁에 있는 이모 어깨에다 얼굴을 묻으며 아이구우, 신음을 흘렸다. 잠깐 적막이 지나간 뒤에 외삼촌이 큰기침을 했다.

「되었다 그럼. 주령이, 당장 그 절로 가그라. 그라고 주령 에미!」

「예? 예, 오라버니.」

「자네도 애 따라가서 그 혼령들 잘 떠나라고 빌어줘. 내 자식 잘 살리는 맘으로 남의 자식 길도 빌어주고 오라는 말이네. 그라고 자제 그 맘보 좀 키우고. 낫살이나 묵어갖고 대체 은제까지 막둥이 노릇을 할라나?」

—〈여우비거나 여우별이거나〉, 136~138쪽

주령의 외삼촌은 주령과 그 엄마에게 필우의 영혼결혼식이

원활히 진행되도록 협조해줄 것을 당부하며 사라진 자의 맺힌 한을 자연스레 풀어주는 게 살아 있는 자의 아름다운 역할임을 역설한다. 비록 필우가 살아 있을 때는 도저히 용서할 수 없는 죄를 범했지만, 그 죄를 용서할 수 있는 특권을 지닌 것 또한 살아 있는 자의 몫이다. '사람살이 이치'가 바로 그것이다.

나는 이것이야말로 송은일의 소설이 견지하는 서사적 윤리라고 생각한다. 죽은 자의 한을 위무하는 것 자체가 아니라, 죽은 자의 흔적을 애써 지워내는 게 아니라, 죽은 자의 한에 서린 삶의 순정에 착목하는 것이야말로 쉽게 간과할 수 없는 송은일의 서사적 윤리인 셈이다. 그렇다. 우리가 주목해야 할 것은 어떤 존재의 사라짐, 그 실종이 가져다주는 사건의 새로움이 아니다. 강간범으로서 파렴치한 필우의 행태악(行態惡)과 그것의 잘못을 응징하고 살아 있는 자들과 화해하는 성격을 띤 서사적 윤리가 아니라, 필우와 주령과의 세속적 관계를 훌쩍 넘어선, 그 어떠한 사회적 이해관계를 넘어선, 존재들 사이를 이어주는 '삶의 순정'을 새롭게 발견하는 것이다.

이와 같은 '삶의 순정'을 발견하고자 하는 서사적 욕망은 〈구토〉에서도 읽을 수 있다. 현실에 제대로 적응하지 못한 채 실직자로 사는 남편을 둔 명주는 학습지 교사 생활을 하며 힘든 삶을 살고 있다. 어느 날 명주는 느닷없이 20대의 추억을 간직하고 있는 장소를 방문한다. 그곳은 남편이 장밋빛 미래를 꿈꾸며 고시 공부를 하던 곳으로, 명주는 젊은 시절의 열정의 흔적이 남아 있는 그곳을 무작정 방문한다. 그곳에서 명주는 낯선 글쟁이와 하룻밤 정을 나눈다. 명주는 악다구니치는 현실의 삶에서 잠시 벗어나고 싶었으리라. 24평형 집에서 13평형 집으로 축소된 자신의 현재 삶에서 도망가고 싶었을 터이다. 믿었던 남편은 경쟁의 틈바구니에서 도태된 삶을 살고 있으며, 젊었을 적 그 아름다운 미래의 꿈은 현실의 삶 속에서 사라진 지 오래다. 남편과 꿈꿔 왔던 미래는 더 이상 꿈꿀 수 없다. 명주는 위안을 받고 싶다. 지긋지긋한 현실의 삶으로부터 벗어날 출구를 찾고 싶은 것이다. 하지만 현실을 벗어날 출구는 그 어디에도 존재하지 않는다. 명주가 찾은 젊은 시절의 낭만과 꿈이 서린 그곳 역시 현실의 스산한 삶의 풍경으로부터 벗어나 있지 않다. 다만 그곳에서 명주는 자신의 젊은 시절처럼 무언가를 꿈꾸는 글쟁이의 순정을 발견할 뿐이다. 그리고 그 숱한 순정을 지켜보아온 그곳 주인아주머니의 존재가 지닌 삶의 위엄을 목도할 뿐이다.

어떻게 보면 송은일 소설은 서사 자체가 단조롭다. 앞서 말했듯 그의 소설에서는 사건이 요란스럽지 않다. 사건 자체가 별스럽지 않다. 때문에 자칫 소설의 재미가 반감될 수 있다. 하지만 송은일의 소설에서 개별 인물들이 간직한, 어떤 존재의 사라짐으로 인한 새로운 인식의 실마리는 소중한 서사적 진실이다. 가령 〈매직글라스〉에서는 두 여자의 이야기가 교차되는데, 서로 다른 시선으로 타자를 관찰하며 진행되는 이야기는 마치 동전의 앞뒷면처럼 동일한 대상을 어떠한 관점으로 포착하느냐에 따라 그 대상이 지닌 면모의 실체가 입체적으로 드러날 수 있다는 전언을 들려준다.

남편과 딸을 산행에서 모두 잃어버린 홍연은 그 충격으로 '팅팅 불어난 몸통에 긴 머리를 뒤집어쓰고 자리옷 차림새로 유령처럼 서성이는 여자'(〈매직글라스〉, 206쪽)의 외양을 보인다. 홍연은 우연히 죽은 남편의 핸드폰에 남아 있는 여성 산악회 회원의 번호를 추적하여 그 여인의 일거수일투족을 관찰할 수 있는 곳에다 집을 구한다. 홍연은 그 여인 때문에 자신의 남편과 딸을 잃었다는 망상증에 사로잡힌 것이다. 그 여인은 미용실을 운영하는데, 그녀 역시 사랑하는 사람을 잃은 상처를 안고 있다. 그런데 공교롭게도 그녀 역시 홍연의 남편처럼 산행을 즐긴 적이 있다. 이렇게 홍연과 은심이란 여인은 서로 다른 관점으로 서로의 입장을 생각하며 이웃처럼 지낸다. 그러나 결국 홍연의 남편과 은심은 내연의 관계를 갖은 게 아닌 것으로 드러난다. 이 얼마나 아이러니한 순간인가. 홍연은 오직 자신의 남편과 은심이 모종의 연인 사이일 것이라는 관계 망상증에 사로잡혀 있었던 것이다. 홍연은 자신이 생각한 대로 은심을 의심하고 있었고, 자신이 생각한 대로 은심을 불륜의 대상으로만 간주했다. 철저히 주체가 망상하는 틀 안에 타자를 옭아맨 채 홍연이란 주체는 서서히 자기 자신을 망실하는 과정을 밟고 있었던 것이다. 관계 망상증에 사로잡힌 채 타자만을 일방향으로 관찰할 수 있는 매직글라스를 통해 홍연은 타자와 일그러진 관계를 맺고 있었다. 매직글라스는 타자와 진정한 소통을 위한 게 아닌, 자신의 실체를 숨기면서 오직 자신이 보고 싶은 것만을 보려고 하는 관계의 협애성과 편집증을 보여주는 상징적 장치로 활용되고 있는 것이다. 어쩌면 우리 자신도 홍연처럼 매직글라스를 통해 타자를 염탐하고 있는지 모를 일이다.

여기서 관계 망상증을 쉽게 간과하면 곤란하다. 일종의 편집증과 같은 정신적 증후로, 관계를 맺는 것 자체를 혐오한다기보다 주체가 작위적으로 맺는 관계에 편집증적 광기를 보인다는 게 특이하다. 따라서 관계 망상증에 사로잡힌 사람들은 자신이 타자와 소통을 하는데, 그 소통이 얼마나 끔찍한지를 전혀 모른다. 도리어 그 관계야말로 지극히 정상적인 것으로 생각하기 십상이다. 여기에는 어떤 존재와의 관계에 대한 상처를 외면할 수 없다. 누군가로부터 치명적 상처를 입은 존재는 그 관계의 훼손으로 인해 또 다른 누군가를 대상으로 자신이 입은 상처가 치유되기를 욕망한다. 그 과정에서 특정 존재에 대한 병적일 정도의 과도한 편집증적 증후인 관계 망상증에 사로잡히는 것이다.

〈단풍나무와 배추〉에 등장하는 한 여인은 이러한 관계 망상증의 한 사례를 보여준다. 남편의 온전한 사랑을 받지 못한 여인은 "한 사람만을 겨냥한 음식 만들기를 즐겼다."(〈단풍나무와 배추〉, 144쪽) 여인은 딸만을 위한 온갖 맛있는 음식을 만든다. 사랑이 결핍된 여인에게 요리는 특정인의 사랑을 갈구하게 한다. 비록 그 사랑이 채워지지 않더라도, 요리를 통해 잃어버린 사랑을 충족시킬 수 있다는 기대감을 갖는 관계 망상증에 사로잡힌다. 요리는 그녀와 뭇 존재들의 관계를 맺게 하는 매개물인 셈이다. 그런데 이러한 관계 망상증 속에서 요리는 존재의 고통과 상처가 스며들었기에 독을 지닌다. 사랑이 부재한 게 아니라 사랑이 결핍됐기에 그 독은 맹독성을 지닌다. 마음껏 충족되지 않는, 좀처럼 채워지지 않는 사랑이기에 사랑의 충일을 위한 음식은 치명적이다. 그리하여 그 음식을 장만하기 위해 다른 생명체의 생명을 앗아가는 행위는 너무나 자연스러울 수밖에 없다. "끓는 물을 부어 나무를 데쳐 죽이"(161쪽)고, 그 행위를 통해 맛있는 요리를 준비할 공간을 확보하는 게 절실할 뿐이다. 그만큼 사랑이 결핍된 여인의 "심연에 뜨거운 살기가 도사리고 있"(163쪽)는바, 그것은 여인의 딸에게 고스란히 스며든 채 "토하고 또 토하고 난 다음엔 창자가 꼬일 때까지 굶어야 할 나날이 예비되는 과정", "그럼에도 또 먹고 싶은 식욕의 지옥"(166쪽)을 위해 생을 소모한다. 요리를 하는 여인과 여인의 딸 모두는 정상적인 식생활의 기쁨을 누릴 수 없는 위악(僞惡)적 삶을 살고 있다.

여기서 잠깐, 송은일의 소설 속 인물에 대해 다시 한 번 살펴볼 게 있다. 그의 소설 속 인물들은 한결같이 어떤 인물의 실종과 관련을 맺는다. 그런데 그 인물의 실종을 탐구하는 추리 소설과 달리 실종 자체가 중요한 것은 아니다. 사라진 것과 관계를 맺은 남은 자들의 삶이 중요하다. 물론 사라진 자들의 흔적을 중심으로 해서 말이다. 그런데 나는 〈눈 내리는 날의 숨바꼭질〉과 같은 작품에서는 작가가 의도한 것은 아니지만, 사라진 자들의 흔적이 어떻게 하여 남은 자들의 삶 깊숙이 자리하고 있는지를 상상하게 된다.

이 작품의 대강은 이렇다. 연호는 금속 공예 작가로서 대장장이 딸이다. 그는 남편 승수와 결혼 생활을 하다가 어느 날 승수가 실종된다. 승수의 애인 소미는 연호를 찾아와 승수의 실종을 염려하며 승수의 실종과 연관된 얘기를 나눈다. 사실 연호는 승수의 실종에 흥미가 없다. 오직 자신의 금속 공예 작업에만 주목할 따름이다. 이렇게만 본다면, 이 소설은 대중 통속소설에서 흔히 취급되는 한 사람을 중심으로 전개되는 애정 삼각 구도나 다름이 없다. 하지만 이 소설에서 다음과 같은 부분을 읽어보자.

> 「작년 선생님 전시회 끝냈을 즈음 첫눈이, 폭설이 내렸잖아요? 당시 경주 여행 중이셨던 선생님은 여행을 가지 않고 폐교에 계셨던 거지요. (중략) 그런데 박승수가 술에 취해 택시타고 이리로 왔어요. 이유는 아무래도 상관없고요. 와서 여차여차하다 술기운을 이기지 못해 잠이 들어요. 혹은 아내가 없는 빈 공간에서 술기운을 못 이겨 잠이 들어요. 그런데 그 아내는 여행을 가지 않고 있던 참이라 그가 찾아왔을 때 그를 만나기 싫어 숨었어요. 숨었다가 남편이 잠든 뒤 들어와요. 그러고는 그를 세상으로부터 증발시키는 거지요.」
>
> 「어떻게?」
>
> 「그러게요, 어떻게 할까요? 거기서 막혀 친구의 시놉은 미완성으로 끝나고 말았어요.」

「숨바꼭질하다 술래가 숨은 사람을 찾지 않고 사라지는 격이네. 시시해.」

「시놉은 그랬지만 친구는 거기서부터 본격적인 이야기를 만들 수 있겠다고 하더군요. 사람을 어떻게 증발시킬 수 있을까요?」

(중략)

「그래서 가령이라고 했잖아요. 설마 제가 제 파트너를 가지고야 그런 장난을 할 수 있겠어요? 그냥 예를 들어 그렇다 한 거지요. 어쨌든요, 선생님. 그런 경우 어떻게 증발시킬 수 있을까요? 선생님이시라면요?」

(중략)

「나는 그대나 그대 친구 같은 상상력이 없어 이야길 잇지 못하겠어. 그러는 그대라면 어떻게 증발을 시키겠어? 가령 말이야.」

—〈눈 내리는 날의 숨바꼭질〉, 74~76쪽

연호의 제자 소미와 승수의 실종과 관련한 얘기를 나누는 부분이다. 이 부분은 이 작품뿐만 아니라 송은일의 소설을 이해하는 데 흥미로운 부분으로 생각된다. 소미의 대담한 추리에 따르면, 승수는 증발된 것이다. 실종과 증발은 어감이 다른 만큼 그 의미 맥락도 전혀 다르다. 실종에 주체적 의지가 담겨 있다면, 증발은 타율적 강제로 인한 사라짐의 의미가 다분하다. 소미의 말에 따르면 승수는 실종된 게 아니라 증발된 것이다. 즉 승수

개인의 주체적 의지와 상관없이 누군가가 승수의 자취를 없앤 것이다. 그렇다면 그는 누구일까? 어떤 방법으로 승수를 증발시켰을까? 이에 대해 연호는 이렇다할 답을 내놓지 못한다. 아마도 작가 송은일은 알고 있을 터이다. 설령 승수가 증발되지 않더라도, 송은일은 승수의 사라짐에 대한 어떤 상상의 세계를 펼치고 있다. 작가 혼자만이 아니라 독자도 이 상상의 길에 동참하기를 원한다. 숨바꼭질과 같은 서사의 놀이를 즐겼으면 하는 욕망을 송은일은 품는다. 여기서 나는 소미의 추리를 이어받아, 승수의 증발은 연호에 의한 게 아닐까 하는 상상을 해본다. 연호는 아버지에게서 물려받은 용광로와 같은 무쇠 솥이 있는데, 그 무쇠 솥을 이용하여 자신의 금속 공예품인 종을 완성한다. 승수의 흔적은 그 어디서도 찾을 수 없는바, 대담한 상상의 나래를 펼쳐보건대, 혹시 승수를 그 무쇠 솥에 넣어 펄펄 끓여낸 쇳물로 금속 공예품들을 만들지는 않았을까. 그리하여 연호는 승수와 소미의 사랑에 대한 질투를 복수의 예술로 녹여낸 것은 아닐까. 또한 승수에 대한 연호의 사랑을 쇳물과 같은 순정한 대상으로 다시 복원하고 싶어한 것은 아닐까.

물론, 이것은 어디까지나 독자로서 승수의 실종에 대한 상상의 나래를 펼쳐본 데 불과하다. 작가의 상상력은 승수의 실종에 대해서는 딱히 무엇이라 보여주지 않는다. 흔히들 실종과 관련된 서사적 문제를 해결하는 방법으로 추리 소설의 기법을 통해 실종의 여러 맥락을 탐구하지만, 송은일의 소설은 근대적 이성에 기반한 이와 같은 추리 소설의 기법을 차용하고 있지는 않다. 다만 〈눈 내리는 날의 숨바꼭질〉의 윗부분에서 읽을 수 있듯, 어떤 결락된 부분의 이야기를 독자와 함께 궁리하며 채워넣고자 하는 작가의 서사적 욕망을 눈여겨보아야 할 필요가 있다.

3

끝으로 이번 소설집에 실린 작품들을 읽으면서, 당부하고 싶은 말이 있다. 한국 소설의 미적 가치가 예전만 같지 않다는 소식이 심심찮게 들려온다. 구차한 변명을 하지 말자. 이 같은 진단은 한국 소설의 상상력이 빈곤하다는 것을 말해준다. 다양한 읽을거리 중 하나에 지나지 않는 것으로 자족해서는 곤란하다. 두 번째 소설집에서 들려주고자 하는 소설적 전언이 그렇듯, 주체와 타자들의 이유 없는 실종은 존재하지 않는다. 아니, 어쩌면 이유 없는 실종의 유혹에 젖어 있는지 모른다. 실종은 한국 사회의 이상 증후군으로 자리 잡고 있는지도 모를 일이다. 지금보다 더욱 열정적이면서 밀도 있는 현실에 대해 탐구하고, 이후 좀더 넓고 깊은 서사적 사유를 통해 한국 사회의 또 다른 이상 증후군을 예각적으로 탐색했으면 하는 마음 간절하다. 송은일의 세 번째 소설집을 기대하는 이유다.

남녀실종지사

초판 1쇄 인쇄일 • 2009년 8월 20일
초판 1쇄 발행일 • 2009년 8월 25일
지은이 • 송은일
펴낸이 • 임성규
펴낸곳 • 문이당

등록 • 1988. 11. 5. 제 1-832호
주소 • 서울시 성북구 동소문동 4가 83 청구빌딩 3층
전화 • 928-8741~3(영) 927-4990~2(편)
팩스 • 925-5406

홈페이지 http://www.munidang.com
전자우편 webmaster@munidang.com

ISBN 978-89-7456-424-7 03810

값은 뒤표지에 표시되어 있습니다.